ANETTE SORGE

DER KAMPF UM COLORANIA

EMITH

IM TAL DER SCHATTEN

Bestell-Nr.: 52 50156
ISBN 978-3-86773-303-8

Oberer Garten 8
D-72221 Haiterbach-Beihingen
07456-9393-0
info@cap-music.de
www.cap-books.de

Umschlaggestaltung: Jan Henkel, www.janhenkel.com
Fotonachweis: Michael Steden/Shutterstock.com
Bibelübersetzung: Elberfelder Bibel
Satz: Nils Großbach
Printed in Germany

Inhaltsverzeichnis

1. Die seltsamen Fremden

Emith und seine Brüder drängten sich durch die Menschenmenge und hielten nach Cynthia Ausschau. Sie wollten sich mit ihr unter einem großen Baum in der Nähe des Marktplatzes treffen. Doch die Stadt war so voll, dass man kaum durchkam, geschweige denn irgendwo in der Menge ein vertrautes Gesicht fand.

Es hatte sowieso sehr viel Überredungskunst erfordert, bis Tante Leah ihnen erlaubt hatte, allein durch die Stadt zu gehen und nicht mit ihr und Onkel Anohim zusammen. „Was ist, wenn wir uns verlieren?", hatte sie immer wieder besorgt gefragt.

Doch Emith hatte ihr versichert, er kenne sich in Atraria gut aus und könne seine Brüder auf jeden Fall am Abend wieder zum Gasthaus zurückführen.

Die Stadt Atraria feierte ihr hundertjähriges Bestehen und zu diesem Anlass gab es ein großes Stadtfest mit Musik und Tanz, mit Gauklern und Akrobaten. Viele Gasthäuser hatten die Preise für eine Übernachtung speziell für dieses Fest gesenkt, denn man wollte so viele Menschen wie möglich nach Atraria holen. Dementsprechend war die Stadt überfüllt und auch in den umliegenden Dörfern waren viele Menschen untergebracht, die von weit her für dieses Ereignis angereist waren. Unter der Herrschaft des Schwarzen Meisters hatte es lange keine Feste gegeben. Doch jetzt hatte der Stadtrat von Atraria ausgerechnet in der Stadt, in der noch immer die Schwarze Festung stand und in der noch immer der Schwarze Meister wohnte – wenn er auch nicht mehr regierte –, ein großes Fest ausgerufen. Das hatte sich natürlich wie ein Lauffeuer herumgesprochen und viele Coloranier, die lange Zeit Freude und Feiern nicht gekannt hatten, waren zu dem Fest gekommen. Auch Tante Leah und Onkel Anohim hatten sich entschlossen, mit ihren Söhnen hinzufahren, ebenso war Cynthias Familie angereist.

Noch immer hielten Emith, Johrin, Jotan und Jakob nach Cynthia Ausschau. Weil er sich so angestrengt umschaute, passte Emith einen Moment nicht auf und rannte in einen Mann hinein, der ihm entgegenkam. Erschrocken entschuldigte er sich und schaute den Fremden bedauernd an. Doch der schien seine Entschuldigung nicht anzunehmen. Wütend schimpfte er auf Emith ein. Es war ein hochgewachsener Mann mit dunklen, funkelnden Augen und einem dunklen Bart. Er trug fremdartige Kleidung, wie Emith sie noch nie gesehen hatte: ein dunkelgrau-schwarz gestreiftes, seltsam geschnittenes Gewand mit einer schwarzen Schärpe. Um den Kopf hatte der Mann ein Tuch aus dem gleichen Stoff gewickelt. Außerdem war auffällig, dass er keine Farben angenommen hatte. Er sah aus, wie die Bewohner Coloranias früher alle ausgesehen hatten: schwarz, weiß und grau. Früher hatte es in Colorania nur diese Farbtöne gegeben, denn der Schwarze Meister, der das Land viele Jahre unterdrückt hatte, hatte ihnen die Farben gestohlen. Doch jetzt, durch das Eingreifen des wahren Königs, hatte das Land wieder Farben bekommen, und die meisten Bewohner Coloranias ebenso. Es gab nur noch wenige, die sich weigerten, die Herrschaft des wahren Königs von Colorania anzuerkennen und Farben anzunehmen. Deshalb fielen sie in einer bunten Menschenmenge sofort auf, so wie jetzt der Fremde.

Emith und seine Brüder starrten ihn mit offenen Mündern an. Woher kam dieser seltsame Fremde? Aus Colorania offensichtlich nicht! Auch nicht aus Shantakan, dem Land, das im Nordosten an Colorania grenzte. Dort waren Emith und seine Brüder schon einmal gewesen und sie wussten, dass die Menschen in Shantakan anders aussahen und sich auch anders kleideten. Außerdem hatten die Leute dort ebenfalls die Farben. Gab es überhaupt ein anderes Land, das keine Farben hatte? Emith wusste es nicht.

Auf einmal fiel ihm auf, dass neben dem Fremden noch ein weiterer Mann ging, der ähnlich aussah. Auch er hatte keine Farben und trug dieselbe seltsame Kleidung. Wie sein Gefährte hatte auch er dunkle, sehr ernst und fast ein wenig finster blickende Augen.

Nachdem der Fremde seine Schimpftirade beendet und Emith sich noch einmal wortreich entschuldigt hatte, setzten die beiden Männer ihren Weg fort. Emith und seine Brüder starrten ihnen nach, bis sie in der Menschenmenge verschwunden waren.

„Seltsame Kerle", murmelte Johrin.

„Und wie der sich aufgeregt hat, nur weil du ihn ein bisschen angerempelt hast!", ereiferte sich Jotan.

„Wollen wir jetzt erst mal was essen?", fragte Jakob.

Emith gab ihm einen freundschaftlichen Rippenstoß. Doch keiner der Jungen hatte etwas gegen Essen einzuwenden. Sie hatten inzwischen den Baum erreicht, unter dem sie sich mit Cynthia treffen wollten. Da sie sowieso warten mussten, konnten sie die Zeit auch zum Essen nutzen. Hinter dem Baum fanden sie eine niedrige Mauer, auf die sie sich setzten.

Während sie ihr Essen auspackten, lauschten sie der wilden Tanzmusik, die auf dem Platz vor ihnen gespielt wurde. Mehrere Männer in langen, bunten Gewändern spielten auf traditionellen coloranischen Saiteninstrumenten. Zwei andere trommelten dazu. Die Leute um sie herum tanzten ausgelassen, die Stimmung auf dem Fest war wirklich großartig.

„Wo Cynthia wohl bleibt?“, fragte Johrin nach einer Weile. Sein erhitztes Gesicht leuchtete rötlich in der Mittagssonne. Er strich sich nasse Haarsträhnen aus dem Gesicht. Genau wie seine jüngeren Brüder Jotan und Jakob hatte er rotes Haar, braune Augen und viele Sommersprossen. Emith, der nicht ihr richtiger Bruder, sondern eigentlich ihr Cousin war, sah ganz anders aus: Er hatte schwarze, kurz geschnittene Haare und hellblaue Augen. Johrin war vierzehn, Emith und Jotan dreizehn und Jakob elf. Seit über einem Jahr wohnte Emith nun schon mit seinen Cousins zusammen und sie waren wie Brüder für ihn.

„Ich weiß auch nicht, wo sie bleibt“, antwortete Emith, der ebenfalls die ganze Zeit nach Cynthia Ausschau hielt. „Eigentlich müsste sie schon hier sein!“

„Kennt sie den Weg?“, fragte Jotan.

„Ja“, antwortete Emith. „Wir waren schon einmal zusammen hier. Sie kennt sich hier aus.“ Er ließ seinen Blick wieder durch die Menge schweifen. Doch nirgendwo sah er ein vertrautes Gesicht.

Inzwischen hatten sie aufgegessen und wussten nicht so recht, was sie nun machen sollten.

„Ich weiß nicht. Vielleicht hat ihre Familie es sich ja noch mal anders überlegt und sie sind doch nicht gefahren. Wir können nicht den ganzen Nachmittag hier warten!“, meinte Jotan schließlich.

„Lass uns noch eine Weile hier sitzen bleiben. Und wenn sie dann nicht kommt, gehen wir“, schlug Johrin vor.

Die anderen nickten. So saßen sie noch einige Zeit auf der Mauer, lauschten der Musik und schauten den Tanzenden zu. Als Cynthia nach einer weiteren halben Stunde immer noch nicht erschien, standen sie auf und gingen weiter. Sie schauten eine Weile den Gauklern zu, die mit ihren Späßen vor allem die Kinder zum Lachen brachten. Dann kamen sie an einem Mann vorbei, der ein Murmeltier hatte, das lustige Kunststücke vorführte. Auf einmal sah Emith die beiden Fremden wieder, mit denen er vorher den Zusammenstoß gehabt hatte. „Schaut mal", rief er.

Seine Brüder folgten seinem Blick. Sie sahen, wie die Fremden in eine ruhige Seitenstraße einbogen, weg vom Trubel des Festes. Die vier Jungen warfen sich einen Blick zu. Keiner musste etwas sagen, sie alle waren neugierig und wollten den Fremden folgen, um zu sehen, was sie vorhatten. Keiner von ihnen dachte sich etwas Böses und

keiner von ihnen ahnte, dass sie gerade im Begriff waren, in ein neues Abenteuer hineinzuschlittern.

Lena schaltete ihr Tablet aus. Sie hatte keine Zeit mehr zum Lesen. Nervös schaute sie auf die Uhr. Eigentlich hätte sie noch Hausaufgaben machen müssen, doch dann hatte sie gesehen, dass Michaela ihr eine neue Colorania-Mail zugeschickt hatte. Da hatte sie natürlich sofort angefangen zu lesen. Die anderen Colorania-Geschichten hatte Michaela ihr auch alle zugeschickt. Seit der letzten Mail war bereits ein halbes Jahr vergangen, denn Michaela und Nico, die die Mails immer von einem Herrn H., wer auch immer das sein mochte, zugeschickt bekamen, hatten jetzt selbst lange keine mehr bekommen. Umso glücklicher war Michaela gewesen, als sie nun endlich wieder eine Mail in ihrem Postfach gefunden hatte. Sie hatte Lena versprochen, ihr diese neuen Mails immer sofort weiterzuleiten.

Doch nun hatte Lena einen Termin. Einen Frisörtermin. Einen Frisörtermin, der sie nervös machte. Denn sie wusste nicht, was ihr Vorhaben für Folgen haben würde. Sie wusste nur, sie *musste* das tun. Noch einmal schaute sie auf die Uhr. Schnell sprang sie auf. Sie war schon spät dran!

Eine Viertelstunde später saß sie im Frisörsalon.

„Wie soll es denn werden?", fragte die Frisörin freundlich.

Lena warf ihr langes blondes Haar zurück. Sie schluckte. „Also … auf jeden Fall kürzer … und blau."

„Blau?", fragte die Frisörin. Sie sah aus, als glaubte sie, sich verhört zu haben.

Lena schluckte. Fand selbst die Frisörin, die sowas jeden Tag machte, es absurd, dass sie sich die Haare blau färben wollte?

„Ja, blau!", bestätigte sie mit grimmiger Miene.

„Okay, okay!", beschwichtigte die Frisörin. „Welcher Blauton darf es denn sein? Wir haben da verschiedene …"

Anderthalb Stunden später verließ eine andere Lena den Frisörsalon. Sie sah ganz anders aus als früher. Und sie fühlte sich anders. Jetzt musste sie gleich weitermachen, bevor sie der Mut verließ …

Blaue Haare, schwarze Seele?

Michaela betrat den Klassenraum und stellte ihre Schultasche unter ihrem Tisch ab. Sie wechselte ein paar Worte mit Connor, der sich müde an ihr vorbei zu seinem Platz in der letzten Reihe schleppte, wo er am liebsten saß.

Michaela vermutete immer, dass er sich im Unterricht noch heimlich Nutellabrote hineinstopfte. Allen war bekannt, dass er die sehr gerne aß und in größeren Mengen, als gut für ihn war.

Doch plötzlich wurden ihre Gedanken von Connor abgelenkt, denn eine neue Schülerin betrat den Klassenraum. Zumindest auf den ersten Blick. Dann erkannte sie, dass es Lena war. Michaelas Mund blieb offen stehen. Lena, die vorher lange blonde Haare gehabt hatte und stets unauffällig gekleidet war, hatte jetzt kurzes knallblau gefärbtes Haar, riesige Ohrringe und ein Piercing in der Nase.

Das sah krass aus. Michaela brachte kein Wort heraus. Sie starrte die Freundin einfach nur an. Jetzt hatten auch die anderen in der Klasse Lenas auffallende Veränderung bemerkt. Jo, mit der Michaela früher einmal befreundet gewesen war und die Lena noch nie hatte leiden können, spöttelte sofort: „Ist unser Bibellexikon vom Glauben abgefallen? Oder ist das jetzt unter den Jesus-Leuten so üblich?"

„Halt die Klappe, Jo", kam Connors Stimme aus der letzten Reihe. „Musst nicht sofort neidisch sein, nur weil du nicht so stylish bist wie sie!"

Ein paar Mädchen fingen an zu kichern, während Joanne irgendeine wütende Bemerkung in Connors Richtung zischte.

Doch Michaela hörte nicht mehr hin. Sie wandte sich Lena zu. „Warum hast du das gemacht?", fragte sie.

Lena schaute sie an. In ihren Augen lag eine Mischung aus Verunsicherung und Trotz. „Gefällt's dir nicht?", fragte sie.

Michaela zögerte. „Naja, es ist schon ziemlich ungewohnt", gab sie zu. „Aber … die kurzen Haare stehen dir gut, und das Blau, ja, das Blau eigentlich auch."

Lena wirkte erleichtert.

„Aber trotzdem: Warum hast du das gemacht – ich meine – wie bist du darauf gekommen?"

Lena zuckte die Achseln. „Ich wollte halt einfach mal was Neues ausprobieren!"

„Ja, okay, aber … so krass hätte es ja auch nicht gleich sein müssen …"

„Gerade hast du noch gesagt, es steht mir!" Lena wirkte beleidigt.

„Ja, tut es ja auch! Trotzdem ist es krass! Was haben denn deine Eltern dazu gesagt?", fragte Michaela neugierig. Sofort sah sie, wie Lenas Gesicht sich verhärtete. Doch Lena kam nicht mehr zum Antworten, denn die Musiklehrerin hatte inzwischen die Klasse betreten und ohne Vorankündigung ein modernes atonales Orchesterstück in voller Lautstärke angeschaltet. Michaela verdrehte die Augen. Die Frau liebte es, ihre Klasse mit der schrecklichsten Musik zu quälen. Für Michaela hörte sich die Musik gerade so an, als würde man das Jammern vieler Katzen mit dem Geräusch einer Kreissäge und dem Schreien eines hungrigen Babys mischen – untermalt von dem rhythmischen Wummern einer herannahenden Dampflokomotive. Sie stöhnte. Das versprach mal wieder eine *interessante* Musikstunde zu werden.

Nach neunzig Minuten Musikquälerei kam endlich die große Pause. Wie immer standen Michaela, Lena und Connor mit Nico und Mirko aus der Parallelklasse zusammen. Heute stand Lena, die sich sonst eher im Hintergrund hielt, im Mittelpunkt der Gespräche.

Alle wollten von ihr wissen, weshalb sie ihr Outfit so stark verändert hatte. Doch auch die anderen erhielten von ihr nur die Antwort, die sie Michaela schon gegeben hatte: Sie hätte halt mal was Neues ausprobieren wollen.

Michaela fragte noch einmal: „Also, was haben deine Eltern denn nun gesagt?"

Lena zuckte mit den Achseln. „Es gab einen Riesenaufstand. Ich weiß nicht, für meine Eltern schien das Färben der Haare sowas wie eine Absage an den Glauben zu sein. Und das Piercing erst! Ich glaube, sie sehen ihre Tochter jetzt irgendwie im Höllenfeuer schmoren oder so ähnlich!"

„Krass!" Michaela sah Lena mitleidig an. „Aber konntest du nicht mit ihnen darüber reden und ihnen deinen Standpunkt klarmachen?"

„Nein. Auf diesem Ohr sind sie scheinbar taub. Aber da müssen sie jetzt halt durch!" Lenas Gesicht verriet finstere Entschlossenheit.

„Scheint so", murmelte Michaela.

Zu Hause angekommen, schmiss Lena sich auf ihr Bett und heulte. Die Anspannung der letzten Tage war einfach zu viel gewesen. Und sie konnte mit ihren Freunden nicht darüber reden.

Höchstens über den Konflikt mit ihren Eltern. Okay, immerhin darüber hatte sie reden können. Und der Streit mit ihren Eltern war auch wirklich schlimm genug. Aber das, was wirklich in ihr vorging und was sie schon viel länger quälte, würden ihre Freunde nicht verstehen können. Niemand würde das verstehen können!

„Lena, komm essen!“ Die Stimme ihrer Mutter klang müde.

Schnell wischte sich Lena die Tränen ab und warf einen Blick in den Spiegel. Sie sah schrecklich aus. Man sah sofort, dass sie geheult hatte. Noch einmal wischte sie sich über die Augen, dann ging sie in die Küche.

Ihre jüngere Schwester Anna plauderte die ganze Zeit munter vor sich hin. Doch weder Lena noch ihre Mutter waren in Plauderstimmung. Beide gaben ab und zu eine einsilbige Antwort. Die Stimmung war gedrückt und Lena war froh, als sie sich wieder in ihr Zimmer zurückziehen konnte. Plötzlich fiel ihr ein, dass sie ja die Colorania-Mail gestern gar nicht zu Ende gelesen hatte. Froh, eine Ablenkung zu bekommen, schaltete sie ihr Tablet an und las weiter.

II. Die geheimnisvolle Schriftrolle

Schweigend schritten die beiden Fremden voran. Die vier Jungen folgten ihnen in gebührendem Abstand. Längst hatten sie den Trubel des Festes hinter sich gelassen. Doch auch hier, in den Seitenstraßen, waren noch genug Leute unterwegs, sodass nicht weiter auffiel, dass die Jungen die beiden Männer verfolgten.

In Atraria grenzte nach wie vor die Schwarze Festung an den Marktplatz. Sie hatte viel von ihrem Schrecken verloren, seit alles um sie herum bunt und schön geworden war. Auch gab es keine Schwarzen Ritter mehr, die überall in der Stadt herumritten und den Menschen Angst einjagten. Die Festung selbst war jedoch noch immer streng bewacht. Vor dem großen Eingangstor postierten mehrere Wachsoldaten und Emith vermutete, dass in den Türmen rings um die Festung herum ebenfalls Wachen waren.

Die Fremden gingen an der Festungsmauer entlang in Richtung des Waldes, in dem früher der Todesfelsen, ein berüchtigter Hinrichtungsort des Schwarzen Meisters, gewesen war. Nach dem Opfertod des Königs und nach dessen Auferstehung vom Tod war dort ein See entstanden.

Emith und seine Brüder fragten sich schon, ob die Fremden in den Wald oder gar zum See wollten, da bogen sie links auf einen kleinen Pfad ab, der weiter um die Schwarze Festung herumführte. Die Jungen waren sich nicht sicher, ob sie ihnen weiter folgen sollten. Hier war es menschenleer.

„Was ist, wenn sie mich erkennen?", flüsterte Emith. „Immerhin sind wir ja vorhin zusammengestoßen!"

Johrin schlug vor, ein Stück in den Wald hineinzulaufen und sich dann hinter den Büschen durchzuschlagen, parallel zu dem Pfad, den die Fremden gingen.

Mit dem Vorschlag waren alle einverstanden. Also liefen sie ein Stück in den Wald hinein und duckten sich hinter Büschen und Sträuchern. Sie mussten nicht mehr weit gehen, denn bald erreichten die beiden Fremden einen Hintereingang zur Schwarzen Festung, vor dem sie stehen blieben. Gespannt warteten die Jungen im Gebüsch, was geschehen würde.

Die beiden Fremden wechselten ein paar Worte mit den Wachposten, die vor dem Hintereingang standen. Nach einer kurzen Diskussion zogen sie je einen Dolch aus ihren Gewändern und überreichten sie den Wachposten. Emith bemerkte, wie dem einen dabei ein zusammengerolltes Papier aus der Tasche fiel.

Die Wachposten nahmen die Dolche an sich, dann öffneten sie das Tor und ließen die Fremden hinein.

Emith schauderte. Was wollten die beiden Männer nur in der Festung des Schwarzen Meisters? Um nichts in der Welt würde Emith sie jemals betreten wollen. Dann fiel sein Blick wieder auf die Papierrolle, die dem einen von ihnen aus der Tasche gefallen war. Die Wachposten hatten sie anscheinend nicht bemerkt. Dabei lag sie nicht weit von ihnen entfernt an der Mauer. Emith überlegte fieberhaft. Wie konnte er nur an das Papier kommen, ohne dass die Wachen misstrauisch wurden? Er musste sich irgendetwas ausdenken!

Johrin hatte die Papierrolle ebenfalls bemerkt. „Hast du eine Idee?", flüsterte er leise.

„Keine Ahnung. Du musst sie irgendwie ablenken. Dann kann ich sie mir vielleicht nehmen!"

Johrin überlegte kurz, dann sagte er: „Gut. Folgt mir!" Er ging den Weg zurück, aus dem Wald heraus und betrat den Pfad, den kurz zuvor die beiden Fremden gegangen waren. Die vier Jungen schlenderten, als seien sie auf einem Spaziergang. Schließlich kamen sie bei dem Hintereingang mit den Wachposten an.

„Guten Tag", grüßte Johrin höflich. „Wir sind zum ersten Mal in Atraria und wollen uns gern alles anschauen. Könnt ihr uns sagen, was das hier für eine Festung ist?"

Die Wachposten musterten die Jungen misstrauisch. „Schert euch weg hier!", antwortete der eine mürrisch. „Wir wollen hier keine Besucher!"

Doch Johrin fragte unbeirrt weiter: „Wem gehört das hier denn alles?"

Nun kam der Wachposten bedrohlich näher und baute sich vor Johrin auf. Seine Augen verengten sich drohend, als er sagte: „Hast du nicht gehört? Du sollst abhauen! Wir sind nicht hier, um die Fragen eines dummen Jungen zu beantworten!"

Johrin wich erschrocken ein Stück zurück. Doch die Ablenkung hatte ausgereicht, dass Emith sich hinter ihm bücken und die Rolle aufheben konnte.

Doch gerade in dem Moment öffnete sich das Tor und die beiden Fremden kamen wieder heraus. Sofort fiel der Blick des einen auf Emith. „Du schon wieder?", fragte er und schaute ihn finster an. Dann sah er die Rolle in Emiths Händen.

„Gib das her! Das ist meins!", befahl er.

Doch Emith fragte: „Könnt Ihr das beweisen?" Sein Herz pochte heftig, als er den Blick des Fremden sah, der voll glühendem Zorn war. Einen Moment überlegte er. Doch wenn er die Rolle jetzt einfach so zurückgab, wäre alles umsonst gewesen, und er würde nie erfahren, was darin stand. Also rollte er sie schnell auf und begann zu lesen.

Verehrter Meister Eyron,

was unser Abkommen betrifft …. Weiter kam er nicht, denn sofort kamen die beiden Fremden samt den Wachposten auf die Jungen zu. Die Wachposten hatten ihre Schwerter gezückt, während der Fremde Emith die Rolle entriss.

Emith konnte noch einen letzten Blick darauf werfen. Der Text war in einer schwungvollen, gut lesbaren Handschrift verfasst. Doch er war zu lang, als dass Emith noch etwas hätte lesen können. Das einzige, was er sah, war eine große 50 mitten im Text, und unten konnte er noch *Hochachtungsvoll, König Erydian* lesen.

Wer war König Erydian, fragte er sich. Doch nun hatte er drängendere Probleme, als darüber nachzudenken. Denn die Wachposten befahlen ihm und seinen Brüdern, mitzukommen.

„Warum?", fragten die Jungen. „Was wollt ihr von uns?"

„Hier stellen *wir* die Fragen, nicht ihr!", antwortete einer der Wachposten barsch.

Fieberhaft schauten die Jungen sich nach einer Möglichkeit zur Flucht um. Doch die Wachposten bemerkten das sofort. Wortlos gaben sie den beiden Fremden ihre Dolche zurück, die sie ihnen vorher abgenommen hatten. Nun griff jeder der vier Männer nach einem der Jungen. Die beiden Fremden mit gezückten Dolchen, die Wachposten mit gezückten Schwertern.

Das Tor wurde wieder geöffnet und die Jungen hindurchgeschoben. Panik erfasste sie. So hatten sie sich das alles überhaupt nicht vorgestellt! Was hatten sie nur getan? Was als kleines, harmloses Abenteuer aus reiner Neugierde angefangen hatte, hatte plötzlich eine überaus gefährliche Wendung genommen. Denn zum ersten Mal in ihrem Leben betraten sie den Ort ihrer Albträume, den Ort, den sie nie in ihrem Leben hatten betreten wollen!

Zum ersten Mal befanden sie sich mitten in der Festung des Schwarzen Meisters.

III. Zwei Schwestern verschwinden

Cynthia beobachtete ihre Schwester Linah beim Frisieren. Linah nahm sich immer sehr viel Zeit dafür und brachte wahre Frisurenkunstwerke zustande. Sie war sowieso eine Schönheit, hatte große dunkle Augen, volles schwarzes Haar, ein hübsches, schmal geschnittenes Gesicht und eine schlanke Figur. Ihre Haut war weich und zart. Ja, Linah war nicht nur eine Schönheit, sie verstand es auch, ihr gutes Aussehen durch geschmackvolle Kleidung, hübsche Frisuren und sorgfältiges Schminken hervorzuheben. Das einzige, was an ihr nicht schön war, war ihr Charakter. Noch immer hatte Linah, sehr zum Kummer ihrer Familie, nicht die Farben angenommen und sie schimpfte über alles, was mit dem König und den Farben zu tun hatte. In Cynthias Familie durfte man die Wörter „König" oder „Farben" noch nicht einmal mehr erwähnen, ohne dass Linah ausrastete. Der Familienalltag wurde schon lange dadurch belastet. Cynthia sprach oft mit ihrer Taube über Linah und bat den König ständig, einzugreifen und die Situation zu verändern. Doch es schien nichts zu nützen. Immer sagte die Taube nur: „Warte. Hab Geduld!"

Cynthia fragte sich mittlerweile, wie lange sie denn noch Geduld haben sollte. Sie hielt es fast nicht mehr aus, denn es verging kein Tag, an dem Linah und sie sich nicht stritten.

Die Taube war Cynthias einziger Trost und ihre einzige Hoffnung in dieser Situation. Sie war ein Geschenk des Königs, bevor er Colorania verlassen hatte. Jeder seiner Freunde hatte eine solche Taube bekommen. Die Tauben konnten sprechen, sie leuchteten im Dunkeln und durch sie konnte man jederzeit mit dem König in Verbindung treten. Ja, Cynthia war dankbar für die Taube, und sie würde niemals aufhören, mit ihr über Linah zu sprechen, egal, wie lange es auch dauerte, bis die Situation sich veränderte.

Linah war nun fast fertig mit ihrer Frisur. Heute, für das Stadtfest in Atraria, hatte sie sich besonders hübsch zurechtgemacht. Sie trug ein weißes glänzendes Kleid, das einen wunderschönen Kontrast zu ihrem schwarzen Haar und ihren dunklen Augen bildete. Ihre Haare hatte sie sich hochgesteckt und kleine weiße Blumen hineingeflochten. Cynthia fragte sich, wie hübsch Linah erst sein mochte, wenn sie die Farben angenommen hatte. Eine solche Schönheit in Farbe – das wäre was!

Doch Linah war noch schwarz-weiß.

Cynthia dagegen hatte zwar auch schwarzes Haar, doch ihre Gesichtsfarbe war bräunlich. Jetzt im Sommer sogar recht dunkel, weil sie sich viel draußen in der Sonne aufhielt. Und ihre Augen waren grün.

Auch Cynthia hatte sich heute besonders hübsch gemacht. Wenn sie auch nicht so kunstvolle Frisuren zustande brachte wie Linah und sich auch nicht schminkte, so hatte sie heute doch ihr grünes Lieblingskleid angezogen, das die Farbe ihrer Augen besonders unterstrich. Ihre

Haare hatte sie sich mit einer passenden grünen Schleife sorgfältig zu einem Pferdeschwanz gebunden. Auch sie wollte für das große Fest passend gekleidet sein.

Die Eltern hatten darauf bestanden, dass Linah und Cynthia zusammen das Fest besuchten. Das war weder Linah noch Cynthia recht. Denn Cynthia wollte sich lieber mit Emith und seinen Brüdern treffen, und Linah wollte vermutlich irgendwelche jungen Männer kennenlernen, mit denen sie die Zeit verbrachte. Linah war fast siebzehn, dreieinhalb Jahre älter als Cynthia, und alles, wofür sie sich interessierte, war, gutaussehende junge Männer kennenzulernen. Jedenfalls kam es Cynthia so vor. Cynthia interessierte sich nicht dafür, irgendwelche Männer kennenzulernen.

Sie überlegte, wie sie den Nachmittag an Linahs Seite irgendwie halbwegs gut verbringen konnte, ohne sich zu langweilen. Am meisten hoffte sie, Emith und seine Brüder doch noch zufällig irgendwo zu treffen. Vielleicht konnten sie dann alle zusammen etwas machen. Es tat ihr so leid, dass sie die Verabredung, die sie mit ihnen getroffen hatte, nicht einhalten konnte, weil ihre Eltern es nicht erlaubten.

Doch so war es nun einmal, und sie wollte das Beste daraus machen.

Schließlich war es soweit und die beiden Mädchen gingen zusammen los.

Das Gasthaus, in dem sie übernachtet hatten, war nicht weit vom Marktplatz entfernt. Bald waren sie vom Trubel des Festes umgeben. Cynthia schaute sich immer wieder um, ob sie Emith oder seine Brüder irgendwo in der Menge entdecken konnte. Linah schaute sich immer wieder um, ob sie einen gutaussehenden Mann entdecken konnte.

Sie hatte schneller Erfolg als Cynthia. Bald war sie mit zwei jungen Männern im Gespräch, die ihr immer wieder bewundernde Blicke zuwarfen und mit ihr scherzten. Cynthia stand gelangweilt daneben und fragte sich, wie ihre Schwester nur so schnell mit wildfremden Männern ins Gespräch kommen konnte. Misstrauisch beäugte sie die beiden. Sie hatten noch keine Farben angenommen, genau wie Linah, und sie sahen irgendwie fremd aus. Cynthia fragte sich, ob es überhaupt Coloranier waren oder ob sie aus einem anderen Land kamen. Sie sprachen jedoch fließend coloranisch.

Plötzlich sprach einer der Männer sie an. „Du bist die kleine Schwester, nicht wahr?"

„Ja", antwortete Cynthia gelangweilt. Genauso hatte sie sich das Fest *nicht* vorgestellt – einfach nur die kleine Schwester von der großen, hübschen Linah sein zu müssen.

Er warf ihr einen anerkennenden Blick zu. „Fast genauso eine Schönheit wie sie", sagte er. Dann schlug er vor: „Kommt mit. Wir laden euch zum Essen ein."

„Nein danke", sagte Cynthia.

„Oh, gerne!", sagte Linah. Sie warf Cynthia einen wütenden Blick zu. „Du verdirbst mir jetzt nicht den Nachmittag!", zischte sie.

Cynthia verdrehte die Augen. Genervt folgte sie Linah und den beiden Männern in ein Wirtshaus.

Das Wetter war schön und sie bekamen einen schattigen Platz im Garten des überfüllten Wirtshauses. Ganz in der Nähe sang ein Sänger mit dramatischem Gesichtsausdruck und übertriebenen Gesten coloranische Liebeslieder. Für Linah schien das genau die richtige Kulisse zu sein. Immer wieder warf sie den beiden Männern verliebte Blicke zu. *Allen beiden!* Cynthia wurde immer genervter. Linah und sie waren wirklich grundverschieden. Wie konnten zwei Schwestern, die aus ein und derselben Familie kamen, nur so unterschiedlich sein?

Ihr war heiß und die Musik ging ihr auch auf die Nerven. Doch bald brachte der Kellner ihnen kühle Getränke. Cynthia trank ihr Getränk schnell aus und bestellte sich noch eins. Es hatte einen eigenartigen Beigeschmack, doch das war ihr egal. Kurz darauf merkte sie, wie ihr schwindelig wurde. Alles begann sich zu drehen. Sie versuchte, aufzustehen. „Ich muss hier weg!", stöhnte sie. Doch ihre Knie wurden butterweich. Einer der beiden Männer erhob sich hilfsbereit und griff nach ihrem Arm.

„Komm, wir gehen ein wenig von hier fort", sagte er mit sanfter Stimme. Das war das letzte, an das Cynthia sich noch erinnern konnte, bevor sie bewusstlos wurde.

Lena hörte auf zu lesen. Auch wenn es nicht gut war, dass Cynthia bewusstlos geworden war – von dem, was sie vorher erlebt hatte, träumte Lena auch: Dass ein Junge sie verliebt anschauen und sie eine Schönheit nennen würde. Sie war zwar erst dreizehn. Trotzdem träumte sie manchmal davon. Aber es sollte nicht *irgendein* Junge sein. Nein, ein ganz bestimmter.

Doch dieser Junge würde sie wahrscheinlich nie so anschauen, wie die beiden Männer in der Geschichte Linah und Cynthia angeschaut hatten. Denn er hatte nur Augen für Michaela. Und das, obwohl Michaela sich noch nicht einmal für ihn interessierte, denn Michaela hatte Nico. Ach, warum musste das Leben so kompliziert sein!

Und doch wanderten Lenas Gedanken immer wieder zu Johnny. Sie stellte sich vor, wie es wohl wäre, wenn er ihr ein Kompliment machen würde. Oder wenn er sie wenigstens überhaupt mal beachten würde. Doch sie schien bisher überhaupt nicht zu der Kategorie Mensch zu gehören, der er seine Aufmerksamkeit widmete.

Nicht einmal jetzt, nachdem sie ihr Outfit so dramatisch verändert hatte, hatte er sie auch nur angeschaut. Obwohl Johnny noch nicht einmal der Grund dafür gewesen war, dass sie das gemacht hatte. Dafür hatte sie andere Gründe! Aber darüber wollte sie jetzt nicht nachdenken.

Seufzend wandte sie sich wieder dem Notebook zu.

„Das klappt ja alles wie am Schnürchen", sagte der eine zu dem anderen Mann. Sie hatten Linah und Cynthia in das Innere einer Kutsche gebracht, die direkt hinter dem Wirtshaus bereitstand. Die beiden Mädchen hatten gerade noch die paar Schritte dorthin laufen können. Für Außenstehende hatte es so aussehen müssen, als hätten die beiden jungen Männer lediglich ihren Freundinnen in die Kutsche geholfen.

Im Inneren lagen bereits mehrere andere junge Frauen und schliefen fest. Genau wie Cynthia und Linah jetzt schliefen. Wenn sie aufwachten, würden sie bereits viele Meilen von ihrer Heimat entfernt sein.

IV. In der Festung des Schwarzen Meisters

Emith musste sich sehr zusammenreißen, um nicht in völlige Panik zu verfallen, als der Torflügel hinter ihm zuklappte. Ein Blick zu seinen Brüdern zeigte ihm, dass es ihnen auch nicht anders ging. Innerlich schalt er sich selbst. Wie hatte er nur so blöd sein können! Nun hatte er durch seine Neugier und sein unbedachtes Handeln nicht nur sich selbst, sondern auch seine Brüder in allerhöchste Gefahr gebracht. Hilfesuchend schaute er sich nach seiner Taube um, die still auf seiner Schulter saß. Es war das erste Mal, dass er heute überhaupt an sie dachte, denn auf dem Fest war sehr viel Trubel gewesen, und, naja, irgendwie hatte er halt nicht mehr an sie gedacht. Aber jetzt war ihm wieder eingefallen, dass sie ja auch noch da war. Er war wieder mal froh, dass die Taube nicht sauer auf ihn war, wenn er sie mal nicht beachtet hatte, obwohl er wusste, dass sie immer gerne mit ihm Gemeinschaft haben wollte. Und nun brauchte er ihren Beistand vielleicht mehr als je zuvor in seinem Leben! Denn er war plötzlich und unerwartet in die Festung des größten und gefährlichsten Feindes hineingeraten!

Um ihn herum war alles in erdrückendem Schwarz. Die Mauern der Festung waren tiefschwarz, der Boden unter seinen Füßen ebenso, und alle Wachposten und sonstigen Menschen, die hier herumliefen, waren sowieso schwarz gekleidet. Die Atmosphäre war höchst angsteinflößend!

Emith und seine Brüder wurden von den Wachposten in einen gemauerten Vorbau direkt hinter der Festungsmauer gebracht. Die Fremden mit den seltsamen Gewändern begleiteten sie. Immer noch sahen sie wütend aus.

Im Vorbau war es dunkel. Nur wenig Tageslicht fiel durch einen schmalen Fensterschlitz in der Mauer. Doch was man auch im Dunkeln erkennen konnte: In diesem Vorbau wimmelte es von Schwarzen Rittern, die unterschiedlichen Tätigkeiten nachgingen. Die meisten waren, soweit Emith das auf die Schnelle erkennen konnte, mit dem Putzen von Schwertern beschäftigt. Doch die Jungen wurden rasch an den Rittern vorbeigetrieben, eine schwarze Steintreppe hinunter. Einige der Ritter verließen jetzt ihre Tätigkeiten und folgten ihnen.

Unten war es kalt und ein bestialischer Gestank kam ihnen entgegen. Die Atmosphäre, die schon auf dem Hof beängstigend gewesen war, wurde noch schlimmer. Die ganze Luft war von Angst und Hoffnungslosigkeit durchdrungen, wie von dunklen Wolken. Die Jungen spürten, wie eiskaltes Entsetzen nach ihnen griff. Sie wurden in die berüchtigten Kerker der Schwarzen Festung geführt. Ihr ganzes Leben lang hatten sie schlimme Geschichten von diesen Kerkern gehört.

Schauergeschichten, eine schrecklicher als die andere. Und man hatte sich erzählt, dass, wer einmal in diesen Kerkern gelandet war, nie wieder herauskam. Jedes Kind in Colorania hatte in seinen schlimmsten Albträumen Angst davor gehabt. Und nun waren Emith und seine Brüder mitten darin!

Plötzlich wurden die vier Jungen voneinander getrennt und in verschiedene Richtungen geführt. Jakob fing an zu schreien und klammerte sich an Jotan fest, der neben ihm gegangen war. „Bitte, lasst uns wenigstens zusammen!", flehte er.

Doch der Ritter, der neben ihm ging, packte ihn ungerührt am Arm und riss die beiden Brüder auseinander. Sie wurden in unterschiedliche Räume geführt. Noch lange hörte Emith das Schreien von Jakob, bis es still wurde, weil eine Tür hinter ihm geschlossen wurde.

Emith stand nun in einem kleinen Raum, der aus ebenso schwarzen Steinen gemauert war wie der Rest der Festung. Rechts und links von ihm standen zwei Schwarze Ritter, ihm gegenüber stand der Fremde mit der Papierrolle, neben ihm noch ein Ritter.

Der Fremde starrte ihn noch immer wütend an. Er umklammerte die Papierrolle, als habe er Angst, Emith könne sie ihm entreißen. Der Ritter, der neben ihm stand, hatte sein Schwert gezückt und starrte Emith ebenfalls an. Da er seine Ritterrüstung und einen Helm trug, konnte Emith nicht viel von ihm sehen. Das einzige, was er wahrnahm, war, dass die Augen unter den Sehschlitzen bösartig funkelten. Trotzdem war seine Stimme höflich, als er anfing, ihm Fragen zu stellen.

„Wie ist dein Name und woher kommst du?", fragte er. Dann wollte er genau wissen, mit wem Emith und die anderen Jungen das Fest besuchten und weshalb sie in der Nähe der Schwarzen Festung gewesen waren.

Die Taube flüsterte Emith immer genau ins Ohr, was er antworten sollte. Allein schon ihre Stimme zu hören, gab ihm Sicherheit und Trost. Die Angst und Hoffnungslosigkeit, die ihn vorhin wie eine Flutwelle überwältigt hatten, wichen langsam dem Frieden, den Emith immer hatte, wenn er sich daran erinnerte, dass der König auf ihn aufpasste. Ja, er passte auch jetzt auf ihn auf, inmitten der Festung des Bösen!

Anschließend befragte der Ritter ihn genau, weshalb er die Papierrolle genommen und was er darauf gelesen hatte. Auch hier sagte die Taube ihm genau, was er antworten sollte. Seine Antworten klangen wie die eines dummen Jungen, der einfach nur neugierig war und sich eigentlich nicht wirklich für den Inhalt der Rolle interessiert hatte. In seinem Inneren wurde ihm immer klarer, dass die Rolle absolut vertrauliche und wichtige Informationen enthalten musste. Sonst hätten die Fremden und die Ritter bestimmt nicht so einen Aufstand gemacht, nur, weil er sie einmal in der Hand gehalten hatte. Trotzdem half ihm die Taube, so zu antworten, als sei er völlig ahnungslos und würde sich in Wirklichkeit nicht im Geringsten für die Rolle interessieren.

Das Verhör dauerte etwa eine Stunde. In der Zwischenzeit wurden die anderen Jungen getrennt voneinander ebenfalls verhört. Auch ihnen flüsterten die Tauben zu, was sie antworten sollten. Wie gut, dass die Tauben für Menschen, die die Farben noch nicht angenommen hatten, unsichtbar und unhörbar waren. So bekamen die Schwarzen Ritter nichts davon mit. Nach dem Verhör trafen sie sich, um die Antworten der Jungen miteinander zu vergleichen. Die Jungen wurden in der Zwischenzeit gemeinsam in einen kleinen Raum gesperrt. Sie waren heilfroh, dass sie wenigstens wieder zusammen waren und fielen sich gegenseitig in die Arme. Nun hieß es warten. Aufgeregt erzählten sie sich von ihren Verhören und stellten fest, dass ihnen sehr ähnliche Fragen gestellt worden waren und dass sie alle das Gleiche darauf geantwortet hatten. Das hatten die Tauben sehr geschickt gemacht. Die vier Jungen bedankten sich bei ihnen und baten den König, sie hier bald rauszuholen.

Tatsächlich öffnete sich nach einiger Zeit die Tür und ein Ritter kam herein. Er wies die Jungen noch einmal streng zurecht, dass sie es in Zukunft unterlassen sollten, sich in fremde Angelegenheiten einzumischen und befahl ihnen, sich von der Schwarzen Festung fernzuhalten. Dann führte er sie die dunkle Treppe wieder hinauf, in den Vorbau mit den vielen Schwarzen Rittern und von dort aus hinaus in den Hof. Die vier Jungen atmeten erleichtert auf, als sie wieder Tageslicht sahen und frische Luft einatmen konnten. Emith sah sich verstohlen auf dem Innenhof der Festung um. Er war riesig. Überall an der dicken Festungsmauer entlang standen Wachtürme. In der Mitte des Hofes war ein längliches Gebäude, ebenfalls aus schwarzen dicken Steinen gemauert. Der Eingang war von dunklen Säulen umrahmt. Das musste der Ort sein, an dem sich der Schwarze Meister persönlich aufhielt. Emith lief ein eiskalter Schauer den Rücken hinunter, als er hinschaute. Für einen Moment meinte er, hinter einem der Fensterschlitze eine Bewegung wahrzunehmen. Beobachtete der Schwarze Meister ihn und seine Brüder vielleicht gerade? Oder wer war noch mit ihm da drin? Ein weiterer Kälteschauer jagte Emith über den Rücken, obwohl er in der warmen Sonne stand.

Zum Glück befahlen die Wachposten ihnen, jetzt mitzukommen und sie gingen Richtung Tor. Mit klopfenden Herzen folgten die Jungen ihnen. Doch erst, als sie hinausgegangen waren und sich die Torflügel hinter ihnen wieder geschlossen hatten, atmeten sie erleichtert auf.

Den Rest des Tages hielten sie sich nur noch auf dem Marktplatz auf, und zwar an dem Ende des Platzes, das am weitesten von der Schwarzen Festung entfernt war. Keiner von ihnen hatte Lust, über ihr Abenteuer zu sprechen oder auch nur in die Nähe der Festung zu gelangen. Am liebsten wollten sie alles, was sie erlebt hatten, vergessen. Keiner von ihnen ahnte, dass das Abenteuer, in das Emith sich und seine Brüder durch sein leichtfertiges Handeln befördert hatte, noch keineswegs vorbei war, sondern gerade erst anfing.

Lenas Handy klingelte. Mirko. Seit einiger Zeit telefonierten sie ab und zu miteinander. Das war immer ganz nett. Mit Mirko konnte man gut reden.

„Hi Lena."

„Hi."

Stille. Mirko wusste offensichtlich nicht, was er sagen sollte. Oder das, was er zu sagen hatte, fiel ihm schwer.

Lena wartete ab.

„Ich wollte dich mal was fragen …"

„Ja?"

„Also, vielleicht ist dir das jetzt zu persönlich, aber … ich wollte dich noch mal fragen, weshalb du das wirklich gemacht hast. Ich meine, weshalb du so plötzlich dein Outfit total verändert hast!"

„Das ist mir tatsächlich zu persönlich."

„Ach so. Na gut, dann … entschuldige."

„Schon gut."

„Aber, wenn du mal jemanden zum Reden brauchst … also, ich meine … ich kann ganz gut zuhören."

„Ja, okay, danke."

Nach dem Telefonat starrte Lena ihr Handy an. Mirko war so sensibel. Er spürte, dass sie noch andere Gründe hatte. Die anderen hatten ihr alle abgekauft, dass sie einfach Lust dazu gehabt hatte und mal was Neues ausprobieren wollte. Aber Mirko nicht. Sie war sich nicht sicher, ob ihr das gefiel oder nicht. Aber es tat gut zu wissen, dass sich jemand Gedanken um sie machte. Also gut, es machten sich auch noch andere Gedanken um sie. Ihre Eltern zum Beispiel. Aber die Art, wie ihre Eltern das taten, gefiel Lena überhaupt nicht. Ihre Eltern schienen das Färben der Haare mit dem Abfall vom christlichen Glauben gleichzusetzen. Urplötzlich war Lena zum schwarzen Schaf der Familie geworden. Sie, die sonst immer die Brave gewesen war, das Vorzeigekind. *Tja,* dachte sie bitter. *Blaue Haare, schwarze Seele.* So sah die Sache für ihre Eltern aus. Nicht einmal eine Stimme vom Himmel würde sie vom Gegenteil überzeugen können.

Familienangelegenheiten

Mirko saß auf dem Sofa in seinem Zimmer und grübelte. Er machte sich Sorgen um Lena. Sie war immer so fröhlich und fest in ihrem Glauben gewesen. Doch in letzter Zeit hatte sie manchmal abwesend gewirkt, als sei sie in Gedanken ganz woanders. Und in manchen Augenblicken sah sie total unglücklich aus. Das war ihm schon länger aufgefallen. Denn er beobachtete Lena häufig. Sie hatte ihm fast von Anfang an gefallen. Er mochte ihre fröhliche, unkomplizierte Art, und wie sie zu ihrem Glauben stand, beeindruckte ihn. Ihre langen blonden Haare hatte er auch gemocht. Die hatte sie ja nun nicht mehr. Nun versuchte er, sich an ihr neues Outfit zu gewöhnen.

Seine Gedanken wanderten zurück zu dem, was in der letzten Zeit passiert war. Es war jetzt ein dreiviertel Jahr her, dass sein Opa gestorben war. Danach war er mit seiner Familie hier in die Stadt gezogen, was ihm zuerst gar nicht gefallen hatte. Doch in seiner neuen Schule hatte er wirklich gute Freunde gefunden. Nico, der in seiner Klasse war, hatte ihn mit Lena und Connor bekannt gemacht. Mit zu der Clique gehörte auch Michaela, die er schon vorher kennengelernt und mit der er sich ebenfalls auf Anhieb gut verstanden hatte. Mit Michaela war es schön unkompliziert. Mit Lena dagegen war es schwieriger. Sie war zurückhaltender. Mirko vermutete, dass sie eine ganze Menge für sich behielt, was sie nicht bereit war, anderen mitzuteilen. Wie den wahren Grund für die Veränderung ihres Outfits.

Plötzlich musste Mirko an seine Großtante Lieselotte denken. Er hatte sie erst vor gut einem halben Jahr kennengelernt, denn der Rest der Familie hatte bisher nichts mit ihr zu tun haben wollen. Doch Mirko hatte nicht lockergelassen und herausgefunden, weshalb es zu dem Bruch zwischen ihr und der Familie gekommen war. Es war ein Jugendfreund von seinem Opa gewesen, der durch Großtante Lieselottes Verschulden ums Leben gekommen war. Diese Schuld hatte sie ihr ganzes Leben lang mit sich herumgetragen und war niemals damit fertig geworden. Nie hatte sie mit jemandem darüber gesprochen. Mirko hoffte, dass Lena sich nicht genauso verschloss. Auch sie musste lernen, mit jemandem über das zu sprechen, was sie belastete. Mirko wünschte sich, dass er eine Person sein konnte, zu der Lena so viel Vertrauen haben würde.

Dann wanderten seine Gedanken wieder zu seiner Großtante und seinem Opa. Er musste wieder an die offenen Fragen denken, die es immer noch gab. Nach dem Tod seines Opas hatte er in dessen Schublade Zeichnungen gefunden, die immer wieder ein und denselben Jungen zeigten. Mirko hatte sich damals gefragt, wen sein Opa da so oft gezeichnet hatte. Erst als er die Zeichnungen Großtante Lieselotte gezeigt hatte, hatte er herausgefunden, dass das der Jugendfreund seines Opas gewesen war, dessen Tod die Großtante verschuldet hatte. Doch Großtante Lieselotte sprach immer von Emil. Sie war sich ganz sicher, dass der Name des Jungen Emil gewesen war. Und sie musste es ja wissen, schließlich hatte sie ihn gut gekannt. Doch Mirko hatte gesehen, dass unter einer der Zeichnungen in Opas Handschrift Emith stand. Er hatte oft darüber nachgedacht, warum der Name, von dem seine Großtante sprach, nicht mit dem übereinstimmte, was sein Opa geschrieben hatte. Doch bisher hatte er es noch nicht herausgefunden.

Lena hatte eine Weile auf dem Bett gesessen und gegrübelt. In letzter Zeit grübelte sie öfter. Doch nun riss sie sich aus ihren Gedanken und las weiter.

V. Ein neuer Auftrag vom König

Emith und seine Familie blieben noch zwei Tage in Atraria, bevor sie wieder zurück in ihr Dorf reisten. In der ganzen Zeit trafen sie Cynthia nicht ein einziges Mal auf dem Stadtfest. Schade, fand Emith. Es wäre so viel netter gewesen, wenn sie auch dabei gewesen wäre. Er nahm sich vor, sie zu besuchen, sobald er wieder zu Hause war.

Sie hatten keinen besonders weiten Weg zurück in ihr Dorf. Andere Reisende mussten lange Wege zurücklegen, doch Odiah, Emiths Heimatdorf, lag nur wenige Meilen von Atraria entfernt. Es war gerade weit genug weg, dass es sich gelohnt hatte, in einem Gasthaus unterzukommen. Tante Leah und Onkel Anohim hatten sich diesen Luxus einmal gönnen wollen, genau wie manche anderen Bewohner Odiahs auch. Die Gasthäuser Atrarias hatten für das Fest so sehr die Preise gesenkt, dass sich mancher dazu entschlossen hatte. Schließlich hatten sie das ganze Jahr hart gearbeitet.

Auf der Heimfahrt in der Kutsche waren alle fröhlich. Die Jungen plauderten munter und erzählten von ihren Eindrücken von dem Stadtfest. Ihr Erlebnis in der Schwarzen Festung ließen sie jedoch aus. Das wollten sie Tante Leah und Onkel Anohim lieber nicht erzählen.

Das fröhliche Plaudern hörte bei der Ankunft in Odiah schlagartig auf, als sie aus der Kutsche stiegen und sahen, dass viele Dorfbewohner mit ernsten Mienen zusammenstanden und heftig diskutierten. Schon von Weitem konnte man erkennen, dass irgendetwas passiert sein musste. Als Emith und seine Familie hörten, was es war, erschraken sie fürchterlich. Denn nun erfuhren sie, dass Cynthia und ihre Schwester Linah auf dem Fest urplötzlich verschwunden waren und dass es Gerüchte darüber gab, dass weitere Mädchen vermisst wurden. Man vermutete eine Entführung. Doch keiner wusste Näheres.

Emith wurde bleich vor Schreck. Er hatte sich so darauf gefreut, Cynthia wiederzusehen, und jetzt musste er so etwas erfahren. Sofort wollte er ihre Eltern besuchen, doch ihm wurde gesagt, dass sie noch in Atraria geblieben waren, um abzuwarten, ob es Neuigkeiten von ihren Töchtern gab.

Traurig und besorgt ging er schließlich mit den anderen nach Hause und setzte sich in seinem Zimmer aufs Bett. Seine Taube hüpfte auf sein Knie und schaute ihn an.

„Taube, was ist mit Cynthia?", fragte er sie.

„Finde es heraus!", antwortete sie nur.

„Wie? Finde es heraus?"

„Ich meine das so, wie ich es sagte", antwortete die Taube ernst.

In dem Moment kam Johrin ins Zimmer. „Meine Taube hat gerade gesagt, ich soll versuchen, herauszufinden, was mit Cynthia und Linah und den anderen Mädchen passiert ist", erzählte er.

Emith nickte. „Meine hat das Gleiche gesagt!"

Nun kamen Jotan und Jakob ins Zimmer. Beide erzählten aufgeregt, dass die Tauben sie gerade beauftragt hätten, Cynthia und Linah zu suchen.

„Sieht ganz so aus, als hätten wir einen neuen Auftrag vom König bekommen!", stellte Johrin fest.

In den nächsten Tagen waren die Jungen allerdings ziemlich ratlos. Sie hatten weder Ideen, wo sie anfangen konnten zu suchen, noch kamen von der Taube irgendwelche Anweisungen. Wenn Emith sie ungeduldig fragte, ob sie ihm nicht irgendetwas sagen könne, antwortete sie nur: „Der Schöpfer hat dir einen Verstand gegeben. Gebrauche ihn."

Doch das verwirrte Emith. Wie sollte er seinen Verstand gebrauchen, wenn er nicht einmal die leiseste Ahnung hatte, wo er anfangen sollte?

Auch die anderen Jungen hatten keine Idee.

Inzwischen drangen neue Nachrichten aus Atraria durch. Die Königlichen Ritter hatten begonnen, nach den verschwundenen Mädchen zu suchen, und sie hatten alle Informationen über diesen Fall zusammengetragen. Dabei wurde erstmals auch die Zahl der vermissten Mädchen bekannt gegeben und es wurde festgestellt, dass es weit mehr waren als bisher angenommen. Es wurden nämlich 50 Mädchen vermisst.

Emiths ganze Familie war entsetzt über diese Information. „Fünfzig!", sagte Tante Leah schockiert. „So viele!"

„Na, hoffentlich werden es nicht noch mehr!", meinte Onkel Anohim.

„Wer, um alles in der Welt, entführt so viele Mädchen?", fragte Johrin entsetzt.

Tante Leah schüttelte betrübt den Kopf. „Das ist schrecklich!", sagte sie. „Möge der König ihnen helfen!"

Alle schwiegen eine Weile. Dann platzte Jakob heraus: „Mama, der König wird ihnen helfen, denn er hat uns beauftragt, nach ihnen zu suchen!"

Ruckartig fuhren die Köpfe von Tante Leah und Onkel Anohim in die Höhe. „Der König hat *was*?", fragte Tante Leah entsetzt.

„Jakob! Wir hätten es ihnen auch ein bisschen schonender beibringen können!", tadelte Johrin seinen Bruder. Er wusste, dass seine Eltern sich immer auch Sorgen machten, wenn er und seine Brüder wieder mit einem gefährlichen Auftrag des Königs unterwegs waren. Es fiel ihnen nie leicht, sie gehen zu lassen, obwohl sie inzwischen auch gelernt hatten, dem König zu vertrauen.

Doch Tante Leah erklärte: „Ich habe mir so etwas schon fast gedacht! Nun, es ist besser, ihr helft den Mädchen, als dass es keiner tut. Ich nehme an, der König weiß, was er tut, wenn er ausgerechnet euch immer wieder losschickt, um solche Sachen zu erledigen. Also – meinen Segen habt ihr!"

Onkel Anohim schaute seine Frau erstaunt an. „Leah, Schatz, du überraschst mich immer wieder!", stellte er fest.

Lena hörte kurz auf zu lesen. Oh, wie sehr wünschte sie sich, ihre Mutter könnte auch diese Gelassenheit haben wie sie Tante Leah in der Geschichte hatte. *Aber sowas gibt's wahrscheinlich auch nur in Geschichten,* dachte sie. Sie fühlte sich, als würden ihre Eltern versuchen, sie in eine Form zu pressen, in die sie nicht passte. Zu lange hatte sie versucht, in diese Form hineinzupassen, sich anzupassen, immer und immer wieder. Doch es ging einfach nicht mehr. Konnten ihre Eltern nicht auch mal loslassen und entspannen? Einfach chillen und ihrer Tochter vertrauen, dass sie schon ihren Weg finden würde. Und dem Gott vertrauen, von dem sie ihr das ganze Leben lang erzählt hatten. Ja, ihren Kindern hatten sie beigebracht, Gott zu vertrauen, aber konnten sie es jetzt selbst denn auch?

Lena las weiter.

Auch Emith war überrascht über Tante Leahs Reaktion. Er selbst fühlte sich gar nicht so zuversichtlich, denn er war

immer noch etwas frustriert und verunsichert, dass die Taube ihm keine weiteren Anweisungen gegeben hatte. Sonst hatte sie ihm meistens klar gesagt, was er tun sollte. Doch jetzt kam so gar keine Anweisung, keine Idee, nichts. Nur: „Gebrauche deinen Verstand!"

„Ich bin mir gar nicht so sicher, ob wir den Mädchen helfen können", sagte Emith schließlich. „Ich weiß gar nicht, wie wir das anstellen sollen!"

„Na, ihr müsst schon da anfangen zu suchen, wo es passiert ist!", meinte Onkel Anohim.

„Du meinst, in Atraria?", fragte Emith überrascht.

„Ja, natürlich! Wo sonst?", erwiderte sein Onkel.

Emiths Taube blickte ihn an. „Er gebraucht seinen Verstand", erklärte sie.

VI. Die Suche beginnt

Zwei Tage später waren die Jungen so weit, dass sie wieder nach Atraria abreisen konnten. Tante Leah und Onkel Anohim hatten ihnen bei den Reisevorbereitungen geholfen. Allen war klar, dass es wahrscheinlich nicht nur darum gehen würde, ein paar Tage in Atraria zu verbringen, sondern dass die Reise vielleicht noch an ganz andere Orte führen würde. Denn jeder vermutete, dass sich die Mädchen nicht mehr in Atraria befanden.

Tante Leah seufzte beim Abschied. Auch wenn sie dem König vertraute, sie würde ihre Söhne vermissen.

Emith und seine Brüder umarmten sie und Onkel Anohim, und winkten den beiden noch einmal zu, als sie losritten. Sie ritten auf den Pferden, die der König ihnen für ihre letzte Reise besorgt hatte und die sie danach hatten behalten dürfen.

In Atraria mieteten sie sich zunächst ein Zimmer in dem Gasthaus, in dem sie auch kurz zuvor mit Tante Leah und Onkel Anohim übernachtet hatten. Jetzt war die Stadt längst nicht mehr so voll wie vor ein paar Tagen, denn das große Fest war vorbei und die meisten Leute waren wieder abgereist.

Das erste, was die vier Brüder vorhatten, war, die Königlichen Ritter aufzusuchen.

Nachdem durch den König die Farben ins Land gekommen waren, hatte es viele Schwarze Ritter gegeben, die Farben angenommen hatten und jetzt dem König dienten. Viele von ihnen bezeichneten sich nun als die „Königlichen Ritter" und sorgten für Recht und Ordnung im Land. Sie waren jetzt auch die ersten, die angefangen hatten, nach den verschwundenen Mädchen zu suchen. Deshalb wollten die Jungen sich zuerst an sie wenden. Vielleicht hatten sie ja schon etwas herausgefunden und konnten ihnen wertvolle Tipps geben.

Sobald sie ihr Gepäck im Gasthaus abgegeben und die Pferde im angrenzenden Stall untergebracht hatten, machten sie sich auf den Weg.

Die Königlichen Ritter hatten ihr Hauptquartier nahe der Schwarzen Festung, im Zentrum von Atraria. Emith fragte sich immer, ob es ihnen nicht schwerfiel, so nahe an dem finsteren Ort zu arbeiten, zu dem sie einst gehört hatten. Er warf einen Blick auf die schwarze Festungsmauer und erschauderte. In den letzten Nächten hatte er immer wieder Albträume von seinem unfreiwilligen Aufenthalt dort gehabt. Auf keinen Fall würde er jeden Tag in der Nähe der Schwarzen Festung sein wollen!

Doch als er und seine Brüder das Gebäude betraten, in dem die Königlichen Ritter ansässig waren, war der Schrecken der Festung schnell vergessen, denn hier herrschte eine ganz andere Atmosphäre. Alles war hell und farbig, und die Ritter, die ihnen hier begegneten, waren zuvorkommend und freundlich. Man merkte ihnen an, dass sie den König persönlich kennengelernt hatten. Nachdem die Jungen ihr Anliegen vorgetragen hatten, wurden sie in einen Raum geführt, in dem sie auf den zuständigen Ritter warten sollten. Sie nahmen auf einer Holzbank an einem großen Tisch Platz. Nach einiger Zeit kam ein Ritter herein, der sich mit Namen vorstellte und ihnen gegenüber auf einem gepolsterten Stuhl Platz nahm. Mit ernster Miene hörte er ihnen zu, als sie ihm erzählten, der König habe sie beauftragt, nach den verschwundenen Mädchen zu suchen. Gern war er bereit, ihnen die Informationen zu geben, die sie brauchten. Doch er hatte leider nicht viele.

„Wir haben praktisch keine Spur", erklärte er. „Wir wissen nur, dass alle fünfzig Mädchen an einem Tag verschwunden sind. Vom Fest weg entführt."

„Und es sind genau fünfzig?", fragte Emith. Die Zahl Fünfzig erinnerte ihn an irgendetwas, doch er wusste nicht, an was.

„Ja, zumindest sind uns fünfzig Fälle bekannt und keine weiteren Vermissten gemeldet, sodass anzunehmen ist, dass es genau fünfzig Mädchen sind, die entführt wurden", erwiderte der Ritter ernst.

„Und was habt ihr bisher unternommen, um sie zu finden?", fragte Johrin.

„Wir haben die ganze Stadt durchsucht. In jedem Haus haben wir gefragt, ob jemand etwas Verdächtiges gesehen hat. Doch es ergaben sich keine wirklich hilfreichen Hinweise. Einige der Mädchen, die verschwunden waren, sollen beobachtet worden sein, wie sie in eine Kutsche eingestiegen sind. Es ist anzunehmen, dass sie aus Atraria weggebracht worden sind."

„Wurde gesehen, in welche Richtung die Kutsche gefahren ist?", fragte Emith nun.

„Nein, leider nicht. Für alle Beobachter sah es aus, als seien die Mädchen freiwillig in die Kutsche eingestiegen, deshalb hat niemand sich etwas dabei gedacht."

Was die Ritter bisher herausgefunden hatten, war nicht besonders viel, fand Emith. „Wie geht es jetzt weiter?", fragte er noch.

„Wenn wir das wüssten", erklärten die Ritter. „Erst mal warten wir, ob sich noch jemand findet, der etwas Hilfreiches beobachtet hat. Ansonsten fahren wir fort, überall in der Umgebung zu suchen."

Die Jungen bedankten sich und gingen zurück zum Gasthaus. Den ganzen restlichen Tag schlenderten sie ziellos durch die Stadt und überlegten, was sie tun konnten. Doch als sie abends schlafen gingen, waren sie genauso ratlos wie vorher.

In der Nacht hatte Emith wieder einen Albtraum. Früher hatte er fast jede Nacht Albträume gehabt, doch dann hatte der König ihn davon befreit. Seitdem Emith und seine Brüder in der Schwarzen Festung gewesen waren, hatte er jedoch wieder öfter welche.

Was er tagsüber aus seinem Gedächtnis zu verdrängen versuchte, kam in den Nächten zu ihm zurück. Er träumte immer wieder von der Begegnung mit den geheimnisvollen

Fremden und davon, wie sie und die Wachposten die vier Jungen festgehalten und in die Schwarze Festung verschleppt hatten.

Auch in dieser Nacht träumte er davon. Noch einmal erlebte er den Augenblick, als der Fremde ihm die geheimnisvolle Schriftrolle entriss. Wie hatte er nur so dumm sein können, sie unbedingt öffnen und einen Blick darauf werfen zu wollen?

Im Traum sah er wieder den Text vor sich, den er nicht hatte lesen können.

Verehrter Meister Eyron, was unser Abkommen betrifft ... mehr hatte er nicht erkennen können, nur eine Fünfzig irgendwo im Text ...

Ruckartig fuhr er aus dem Schlaf hoch. Eine Fünfzig! Das war es! Die ganze Zeit hatte er überlegt, an was ihn die Zahl Fünfzig erinnerte. Sie hatte in dem Text der seltsamen Schriftrolle gestanden. Emiths Herz pochte aufgeregt. Konnte das Zufall sein? Der Fremde, der so ein Geheimnis aus dieser Rolle gemacht hatte, die ganzen Befragungen dazu ... Emith hatte in der Schwarzen Festung immer und immer wieder versichern müssen, dass er vom Inhalt des Textes nichts hatte entziffern können! Und dann stand darin etwas mit Fünfzig und an demselben Tag verschwanden fünfzig Mädchen!

Emith wurde immer aufgeregter. Er stand auf und ging zum Fenster. Der Mond kam gerade hinter einer Wolke hervor und erhellte den Nachthimmel. Dunkel hoben sich die Silhouetten der Stadt Atraria davor ab. Nachdenklich ließ Emith seinen Blick schweifen. Die Königlichen Ritter hatten vermutet, dass die Mädchen nicht mehr hier waren. Wenn die Fremden tatsächlich etwas mit ihrem Verschwinden zu tun hatten, dann konnte es sein, dass sie sie in ihre

Heimat gebracht hatten. Und da es sich bei der Schriftrolle um irgendein Abkommen mit dem Schwarzen Meister handelte, war es wahrscheinlich, dass der davon wusste oder sogar seine Finger mit im Spiel hatte. Emith seufzte. Das machte die Sache nicht einfacher. Denn noch immer hatte der Schwarze Meister überall Helfer, die im Verborgenen mit ihm zusammenarbeiteten.

Doch nun galt es zunächst herauszufinden, wo diese beiden Fremden herkamen. Denn dann hätte Emith einen Anhaltspunkt, wo er suchen konnte. Aber auch dieser Gedanke erschreckte ihn. Denn die beiden Fremden, das war ihm klar, kamen aus einem anderen Land, und zwar aus einem Land, das er nicht kannte. Wer weiß, wie weit die Mädchen jetzt weg waren! Emith dachte an Cynthia und schluckte. Wie lange würde es wohl dauern, bis er sie befreien konnte?

Auf einmal fiel ihm ein, dass die Schriftrolle mit dem Namen eines Königs unterzeichnet worden war. Emith versuchte, sich an den Namen zu erinnern. Irgendwas mit E war es ... „Taube", murmelte er. „Wie war doch gleich der Name?"

Plötzlich fiel es ihm wieder ein: *König Erydian.* Damit war klar, was er morgen zu tun hatte. Gleich morgen würden sie noch einmal zu den Königlichen Rittern gehen und sich erkundigen, ob sie ein Land kannten, dessen Herrscher sich „König Erydian" nannte.

„Anna-Lena, Abendessen!"

Früher hatte sich Lena darüber amüsiert, dass ihre Mutter den Namen ihrer Schwester und ihren eigenen immer zusammenzog, als wäre es ein Name. Es war wahrscheinlich praktisch, wenn man so beide Töchter auf einmal rufen konnte. In der letzten Zeit nervte Lena das. Immerhin waren sie und ihre Schwester zwei unterschiedliche Persönlichkeiten. Ihre Mutter tat immer so, als wären sie eins. Ja, immer wieder versuchte sie, ihre Töchter in eine bestimmte Form zu pressen. Die Familienform. Die christliche Form. Die Form, wie ein braves, christliches Mädchen sein musste. Gehorsam und immer schön unterwürfig. Und bloß nicht auffällig! Sonst könnten ja die anderen Leute etwas Schlimmes über sie denken!

„Lena, kommst du jetzt endlich!" Die Stimme der Mutter klang ungeduldig.

Aha! Immerhin hatte sie sie jetzt einzeln bei ihrem Namen gerufen. Das war ein kleiner Triumph für Lena. Auch wenn Mutti jetzt wieder sauer auf sie war, weil alle anderen schon längst am Tisch saßen. Aber Lena hatte es satt, sich in Formen pressen zu lassen, so satt! Dafür nahm sie lieber die Vorwürfe ihrer Eltern in Kauf. Betont langsam ging sie in die Küche und setzte sich an den Esstisch. Ihre Eltern wechselten einen Blick miteinander und atmeten einmal tief durch. Dann sagte ihr Vater: „Lena, sprichst du bitte das Tischgebet mit uns?"

„Ja, okay – Danke für das Essen!"

Der Rest der Familie starrte sie irritiert an.

„Was ist denn?", fragte Lena. „Ihr habt mich gebeten, das Tischgebet zu sprechen, und ich habe es getan."

„Das nennst du Gebet?", fragte ihr Vater entsetzt.

„Na, etwa nicht?", fragte Lena. „Ich habe mich bei Gott für das Essen bedankt!"

„Du hast nicht mal Amen gesagt!", erwiderte ihre Mutter vorwurfsvoll.

„Na und? Macht das eurer Meinung nach ein richtiges Gebet aus, dass man Amen sagt? Ich dachte immer, beim Beten geht es vor allem darum, mit Gott zu sprechen. Und da muss man doch nicht immer das Gleiche sagen, oder?"

„Ja, schon, aber gewisse Formen …", begann ihre Mutter nervös.

„Lass!", beschwichtigte Lenas Vater. „Natürlich kommt es nicht in erster Linie darauf an, dass du Amen sagst oder die richtigen Formen einhältst, sondern dass dein Herz vor Gott aufrichtig ist. Und solange das der Fall ist …" Er beendete den Satz nicht, warf aber Lena einen prüfenden Blick zu.

Lena hatte verstanden. Ihr Vater war sich nicht sicher, ob ihr Herz aufrichtig war, und das verletzte sie zutiefst. Sie schätzte ihren Vater sehr und sehnte sich nach einer guten Beziehung zu ihm. Und früher hatte sie die auch gehabt. Warum nur musste in letzter Zeit alles plötzlich so schwierig sein?

Am nächsten Tag in der Schule hatten sich alle schon an ihr neues Outfit gewöhnt. Keiner machte mehr irgendeinen Spruch.

In der großen Pause hielt Lena nach Johnny Ausschau, aber sie sah ihn nicht. Stattdessen bemerkte sie, wie Mirko sie immer wieder prüfend ansah. Sie seufzte. Mirko war echt ein lieber Kerl, aber sie war sich nicht sicher, ob sie es gut fand, dass er sich so viele Sorgen um sie machte.

Am Ende der Pause fragte er sie, ob sie sich nicht am Nachmittag treffen wollten.

Lena war überrascht. Das war das erste Mal, dass er sie so etwas fragte, und sie war sich nicht sicher, ob sie das wollte. Dann dachte sie an die Colorania-Mails.

„Ich glaube nicht", antwortete sie schließlich. „Ich habe gerade neue Colorania-Mails bekommen und die will ich unbedingt weiterlesen. Die Geschichte ist gerade so spannend!"

„Was für Mails?", fragte Mirko. Er war enttäuscht, dass Lena sich nicht mit ihm treffen wollte.

„Die Mails, die auch Michaela und Nico immer lesen. Michaela hat sie mir weitergeleitet."

„Ach so." Mirko konnte es überhaupt nicht nachvollziehen, dass alle um ihn herum sich so für diese Colorania-Geschichten interessierten. Längere Zeit hatte es keine neuen Mails gegeben und er hatte gedacht, seine Freunde würden das alles vergessen! Doch nun ging das schon wieder los! Und dass diese Mails jetzt Lena davon abhielten, sich mit ihm treffen zu wollen, das fand er erst recht blöd! Langsam entwickelte er eine Wut gegen dieses Colorania-Fieber!

Am Nachmittag fragte Lena sich kurz, wie es wohl gewesen wäre, wenn sie jetzt tatsächlich mit Mirko verabredet gewesen wäre. Doch dann schaltete sie ihr Tablet an und begann, weiterzulesen.

VII. Besuch bei Meister Coro

Auch Johrin, Jotan und Jakob waren ganz aufgeregt, als Emith ihnen von seinem Traum und den nächtlichen Gedanken zu der Schriftrolle erzählte.

„Das kann kein Zufall sein!", meinten sie.

Gleich nach dem Frühstück machten sie sich noch einmal auf den Weg zu den Königlichen Rittern. Sie wurden in denselben Raum geführt wie am Tag zuvor und man bat sie, zu warten. Nach einer Viertelstunde kam der Ritter, mit dem sie schon einmal gesprochen hatten, hinein.

„Was führt euch diesmal hierher?", fragte er freundlich.

Emith erzählte ihm von den Fremden und der Begebenheit mit der Schriftrolle. Er wiederholte sorgfältig die Worte, die er auf der Rolle hatte lesen können und erwähnte die Zahl Fünfzig. Als er geendet hatte, schwieg der Ritter eine Weile, dann sagte er: „Ich glaube nicht, dass das miteinander zu tun hat. Sicher ist das Zufall. Wir haben dem Schwarzen Meister lange Jahre gedient und kennen ihn gut. Natürlich hat er viele böse Dinge getan und tut sie auch heute noch – aber die Entführung von Mädchen gehört garantiert nicht dazu. Im Gegenteil – er will lieber die starken Krieger für sich haben. Bestimmt ging es eher um eine Waffenlieferung oder so etwas. Was für ein Abkommen sollte Eyron mit jemandem schließen, das mit Mädchen zu tun hat? Mädchen interessieren ihn nicht. Das einzige, was ihn interessiert, ist Macht. Und die kann er nur mit starken Kriegern und mit Waffen durchsetzen, nicht mit Mädchen. Darum glaube ich nicht, dass er oder die Fremden, mit denen er offensichtlich zusammenarbeitet, etwas mit der Entführung zu tun haben!"

In den Jungen machte sich Enttäuschung breit. Sollten sie so falsch gelegen haben mit ihrer Idee? Sie waren sich doch so sicher gewesen!

Der Ritter bemerkte ihre enttäuschten Gesichter und versuchte, sie zu trösten. „Aber ich finde es wirklich toll, dass ihr euch so viele Gedanken darüber macht und mithelfen wollt, die Mädchen zu finden. Solche Bürger können wir gebrauchen!"

Er erhob sich und wollte sich verabschieden, da fragte Emith noch: „Aber könnt Ihr uns wenigstens sagen, in welchem Land König Erydian regiert?"

Der Ritter überlegte einen Moment. Eine leichte Röte breitete sich auf seinen Wangen aus, als er sagte: „Tut mir leid, ich habe als Junge in der Schule nicht so gut aufgepasst und Völkerkunde war auch überhaupt nicht mein Fach ..."

„Ach so", antwortete Emith. „Aber wisst Ihr vielleicht, wer uns da weiterhelfen könnte?"

Der Ritter überlegte einen Moment. „Meister Coro", sagte er dann. „Er ist sehr bewandert in Völkerkunde und hat viele Karten. Sicher kann er euch weiterhelfen. Obwohl ich ja nicht glaube, dass diese Information dazu beitragen kann, die Mädchen wiederzufinden."

Emith ignorierte die letzte Bemerkung des Ritters und fragte: „Wo finden wir diesen Meister Coro?"

Der Ritter führte sie zum Fenster und schaute hinaus. „Seht ihr das Haus dort unter der großen Eiche, direkt hinter dem Marktplatz? Dort wohnt er."

„Vielen Dank!" Die vier Jungen verabschiedeten sich höflich und gingen direkt über den Marktplatz zu dem Haus, das er ihnen gezeigt hatte.

Sie läuteten an der Glocke, die vor dem Haus hing, und kurz darauf stand ein drahtiger, älterer Herr mit Glatze und einer Nickelbrille vor ihnen.

Er sah etwas unordentlich aus, seine Kleidung hatte Falten und machte den Eindruck, als könne sie auch eine Wäsche vertragen, aber seine Augen schauten sie freundlich an.

„Guten Tag, die Herren. Was wünscht ihr?", fragte er mit einer leichten Verbeugung.

„Guten Tag, Meister Coro", erwiderte Johrin höflich. „Wir wollten Euch fragen, ob Ihr uns Auskunft geben könnt in einer Sache, die uns sehr interessiert."

„Na, kommt herein", antwortete der alte Herr. „Ich will mal sehen, was ich für euch tun kann." Er öffnete die Tür weit und die vier Jungen folgten ihm in das Haus hinein.

Im Inneren war es ziemlich dunkel. Es gab nur kleine Fenster und davor hingen Vorhänge, die einen großen Teil des Lichtes schluckten.

Die Jungen schauten sich neugierig um. Das Haus war ungewöhnlich eingerichtet: Überall an den Wänden hingen Karten und andere große Zeichnungen. Dazwischen waren Kerzenleuchter angebracht, auf denen teilweise Kerzen brannten, die bestimmte Stellen der Karten erhellten.

Meister Coro führte sie in einen Raum, in dem ein riesengroßer Tisch stand. Auf dem Tisch waren mehrere Landkarten ausgebreitet. Eine Öllampe stand ebenfalls darauf und spendete Licht.

Meister Coro bat sie, auf den Holzstühlen Platz zu nehmen, die um den Tisch herumstanden. Als die Jungen alle saßen, fragte er sie: „Nun, was ist die Auskunft, die ihr euch erhofft?"

„Wir möchten gerne wissen, in welchem Land König Erydian regiert", sagte Emith und schaute ihn erwartungsvoll an.

Meister Coro zog die Stirn in Falten. „König Erydian?", fragte er. „Nun, das kann ich euch sagen: Er regiert das Land Erydor, das im Süden an Colorania grenzt. Ein großes Land, das aber überwiegend aus Wüste besteht."

„Aus Wüste?", riefen alle vier Jungen gleichzeitig und rissen die Augen weit auf.

Die Vorstellung, in die Wüste reiten zu müssen, gefiel ihnen gar nicht.

„Es gibt nicht nur Wüste dort", erklärte Meister Coro. „Auch fruchtbare Ebenen und große Städte. Doch man kann kaum das Land durchqueren, ohne auch durch Wüste zu müssen."

„Wie kommt man von hier dorthin?", fragte Johrin.

„Oh, das ist ein weiter Weg", erklärte Meister Coro. Er schaute die Jungen prüfend an. „Weshalb fragt ihr? Wollt ihr nach Erydor?"

Die Jungen nickten.

Meister Coro seufzte und kratzte sich am Kopf. Dann schaute er sich um. „Moment mal, ich suche die passende Karte." Er wühlte einen Stapel Papiere durch. Nach einer Weile zog er eine Karte heraus und breitete sie auf dem Tisch aus. „Hier", murmelte er, „das müsste die richtige sein."

Aufmerksam studierte der freundliche Gelehrte die Karte. „Schaut mal", erklärte er schließlich. „Hier seht ihr Colorania. Wenn ihr von Atraria aus in den Süden reitet, könnt ihr beim *Hirtengrund* die Grenze überqueren. Das Land Erydor grenzt direkt an die grünen, fruchtbaren Wiesen des Hirtengrundes."

Die Jungen betrachteten die Karte aufmerksam. „Und wo ist der Regierungssitz König Erydians?", fragte Emith.

Meister Coro seufzte wieder. „Man sagt, der König habe seinen Palast in der sagenumwobenen Stadt Shenowee", meinte er schließlich. „Doch es soll sehr schwer sein, dorthin zu kommen."

„Warum?", fragten die Jungen interessiert.

„Weil man durch das *Tal der Schatten* muss, um hineinzukommen."

Obwohl Meister Coro nichts weiter dazu sagte, lief allen Jungen ein kalter Schauer über den Rücken, als er vom *Tal der Schatten* sprach. Allein der Name jagte ihnen Angst ein. Was war das für ein geheimnisvoller und furchtbarer Ort?

Schließlich atmete Johrin tief ein und fragte: „Was ist das *Tal der Schatten?*"

Meister Coro antwortete nicht sofort. Schließlich sagte er bedächtig: „Ich weiß nicht viel darüber. Aber ich weiß, dass es für viele Menschen der Ort ihrer Albträume ist. Solltet ihr wirklich dort ankommen, werdet ihr allen Mut der Welt brauchen, um dieses Tal zu betreten."

VIII. Auf nach Erydor

Auf dem Rückweg diskutierten die Jungen über all die Informationen, die sie von Meister Coro bekommen hatten. Auch über die Ansichten des Ritters, der der Meinung war, die Fremden mit der Schriftrolle hätten nichts mit dem Verschwinden der Mädchen zu tun. Emith und Jakob waren sich sicher, dass es einen Zusammenhang gab, Johrin und Jotan neigten dazu, dem Ritter zu glauben.

„Wir sollten uns Zeit nehmen, mit den Tauben und dem König Gemeinschaft zu haben", schlug Emith vor.

„Das stimmt", meinte Johrin. „Bevor ich mich auf eine so gefährliche Reise einlasse, möchte ich wenigstens wissen, ob es richtig ist, die Mädchen in Erydor zu suchen!"

„Ja, und dieses Tal ..." Jakob zögerte. Er mochte nicht einmal den Namen aussprechen. „Es macht mir Angst. Ich brauche unbedingt ganz viel Mut vom König, wenn ich dahin reiten soll!"

Die anderen stimmten ihm zu. Keiner von ihnen war besonders begeistert von der Aussicht, ins *Tal der Schatten* zu reisen. Also nahmen sie sich im Gasthaus Zeit, mit ihren Tauben zu sprechen. Das Wunderbare an den Tauben war, dass man, wann immer man mit ihnen sprach, auch Gemeinschaft mit dem König hatte. Und mit dem König zusammen zu sein war das Schönste, was man sich überhaupt vorstellen konnte. Denn es gab niemanden, der so war wie er. Sobald man mit ihm zusammen war, fühlte man sich rundum geborgen und angenommen. Es war jedes Mal wunderbar. Und der König liebte es, seinen Freunden eine Freude zu machen und sie zu überraschen. Als sie diesmal mit den Tauben sprachen, erschien er ihnen wieder einmal und stand plötzlich vor ihnen. Die vier Jungen jubelten vor Freude und fielen ihm in die Arme. Er freute sich offensichtlich genauso, sie zu sehen. Voller Glück strahlte er sie an. Aus seinen Augen leuchtete so viel Wärme, dass alle vier Jungen sofort jede Angst und Unsicherheit vergaßen, die kurz zuvor noch da gewesen war.

Eine ganze Weile genossen sie einfach nur das Zusammensein mit dem König. Erst nach längerer Zeit fielen ihnen wieder die Fragen ein, die sie an ihn hatten.

„König", frage Emith schließlich. „Hat der Ritter recht, und die Fremden haben nichts mit dem Verschwinden der Mädchen zu tun? Oder sollen wir uns auf den Weg nach Erydor machen, um sie dort zu suchen?"

„Macht euch auf den Weg nach Erydor", sagte der König.

„Und wie finden wir dort die Mädchen? Wo sollen wir überhaupt suchen?"

„Ihr seid schon auf dem richtigen Weg. Sucht König Erydian auf."

„Das heißt, wir müssen nach Shenowee?"

„Ja."

„Was ist mit dem *Tal der Schatten*?", fragte Emith. Jetzt, wo der König da war, jagte der Name ihm gar nicht mehr so viel Angst ein.

„Ich werde euch niemals allein lassen."

Die Jungen saßen mit dem König auf den Betten in ihrem Zimmer im Gasthaus. Plötzlich stand er auf und legte einem nach dem anderen die Hand auf den Kopf. „Ich sende euch aus und gebe euch die Kraft, die ihr braucht, um diesen Auftrag zu erfüllen", sagte er. Die Jungen spürten, wie Kraft und Wärme durch ihre Körper strömten. Und dann war der König plötzlich wieder verschwunden. Nur in den Augen der Tauben konnten sie immer noch seinen liebevollen Blick sehen.

„Auf!", sagte Johrin schließlich. „Bereiten wir die Reise vor!"

Hier war die Mail zu Ende. *Schade,* dachte Lena, *hoffentlich gibt es bald eine neue.*

Herausforderungen und Ärger

Michaela und Nico hatten auch gerade Colorania gelesen. Sie saßen bei Michaela im Zimmer. Michaelas Katzen Picasso und Rhabarber lagen zusammengerollt neben ihr auf dem Sofa. Michaelas Blick wanderte zu den Katzen. Picasso war ihr damals als „Kater" geschenkt worden. Und sie hatte nie einen Grund gehabt, das anzuzweifeln. Im Nachhinein war ihr das alles furchtbar peinlich und sie hatte sich öfter gefragt, wie sie nur so blind hatte sein können. Aber der Kater war in Wirklichkeit eine Katze, und sie hatte das tatsächlich erst gemerkt, als die Katze trächtig war.

Kurze Zeit später hatte das Tier, zu Moms Entsetzen, vier süße Katzenbabys zur Welt gebracht. Mom hatte darauf bestanden, dass Michaela die jungen Katzen so schnell wie möglich verschenkte. „Ein Tier in der Wohnung reicht völlig aus!", hatte sie immer wieder gesagt.

Doch Michaela hatte sich von Anfang an in ein graues Katzenbaby mit weißen Pfoten verliebt. Es war das süßeste der vier kleinen Kätzchen. Und auch das unternehmungslustigste. Schon als die anderen drei sich immer noch überwiegend in der Nähe der Mutter aufhielten, erkundete es die große, weite Welt – in dem Fall die Wohnung von Michaela und ihrer Mutter.

Ständig war dieses Kätzchen irgendwo verschwunden und Michaela hatte immerzu nach ihm Ausschau gehalten, weil sie befürchtete, dass Mom sauer werden könnte, wenn es irgendwo Unsinn anstellte. Einmal hatte sie besonders lange suchen müssen und das Kätzchen schließlich im Regal hinter den Gläsern mit Rhabarberkompott gefunden. An diesem Tag hatte es den

Namen „Rhabarber“ bekommen. Michaela hatte so lange gebettelt, bis ihre Mutter schließlich seufzend erlaubt hatte, dass sie Rhabarber behalten durfte.

Gedankenverloren streichelte sie das Tier. Doch dann schaute sie auf die Uhr und erschrak: Sie hätte längst losgemusst zum Gitarrenunterricht! Seit Neuestem lernte sie Gitarre. Ihr größter Wunsch war, E-Gitarre zu lernen und in einer Band mitzuspielen. Doch ihre Mutter hatte gesagt, sie solle erst mal auf einer akustischen Gitarre anfangen. So bekam sie seit kurzem Gitarrenunterricht bei Toni. Toni war Student und gehörte der Gemeinde an, zu der auch Michaela, Nico und Lena gingen. Um sich ein bisschen Geld zu verdienen, gab er nebenbei Gitarrenunterricht.

An der Musikschule war der Unterricht für Mom zu teuer, doch Toni machte es preiswerter. Er durfte für den Unterricht die Räume der Gemeinde benutzen, und so kamen mittwochnachmittags nacheinander seine Gitarrenschüler in die Gemeinde zum Unterricht.

Michaela schlüpfte hastig in ihre Schuhe. Eine Jacke brauchte sie nicht, es war ein warmer Frühsommertag. Nico begleitete sie noch ein Stück, bevor er in die Straße abbog, in der er wohnte.

„Wie kommst du denn voran mit Gitarre?“, fragte er neugierig.

„Ach, inzwischen geht es. Die ersten paar Stunden hat es sich ungefähr so angehört, als wäre ich Picasso oder Rhabarber auf den Schwanz getreten, aber mittlerweile kann ich schon vier Akkorde spielen: E-Moll, G-Dur, D-Dur und C-Dur.“

„Aha. Ich habe zwar keine Ahnung, was das ist, aber hört sich beeindruckend an“, meinte Nico. „Und macht Toni guten Unterricht?“, fragte er.

„Ja. Es macht echt Spaß bei ihm.“

Inzwischen waren sie an der Kreuzung angekommen, an der Nico sich verabschieden musste. „Wir sehen uns morgen in der Schule", sagte er.

„Ja, okay. Bis dann!"

Michaela musste noch zwei Straßen weiter zur Gemeinde. Sie schaute auf die Uhr. Oha, war sie spät dran! Hastig beschleunigte sie ihren Schritt.

Doch als sie bei der Gemeinde ankam, war die Tür verschlossen. Toni war nicht da. Sollte er schon abgehauen sein, weil sie zu spät kam? Aber er hatte doch nach ihr auch noch Gitarrenschüler. Das konnte also eigentlich nicht sein! Vielleicht war er nur mal kurz weggegangen und kam gleich wieder. Sie beschloss, sich auf die Bank zu setzen, die auf der anderen Straßenseite stand, und zu warten. Immerhin war das Wetter ja schön. Doch Toni kam nicht. Sie zog ihr Handy heraus. Hatte er sie vielleicht benachrichtigt, dass der Unterricht heute ausfiel? Nein. Keine Nachricht war zu sehen. Langsam kam ihr das komisch vor. Das war noch nie passiert. Toni war eigentlich zuverlässig! Michaela wählte seine Nummer. Doch nur die Mailbox antwortete ihr. Frustriert stand sie schließlich auf und ging nach Hause. Heute würde sie wohl keinen weiteren Akkord lernen.

Zu Hause angekommen sah sie, dass eine neue Colorania-Mail gekommen war. *Das ist ja schön,* dachte sie. Sie leitete die Mail schnell an Lena weiter, dann fing sie an zu lesen.

Zwei Tage später waren die Jungen so weit, dass sie losreiten konnten nach Erydor. Sie waren noch einmal bei Meister Coro gewesen und hatten ihm eine Karte abgekauft. Dann waren sie auf dem Markt gewesen, um Vorräte und

alles, was sie sonst noch für die Reise brauchten, einzukaufen. Sie hatten so viel gekauft, wie in ihre Satteltaschen passte. Decken und ausreichend Kleidung hatten sie sich schon von zu Hause mitgenommen.

Jetzt saßen sie auf ihren Pferden und ritten los. Sie hatten beschlossen, sehr früh aufzubrechen, um an dem Tag möglichst weit zu kommen. Die Sonne war noch nicht aufgegangen. Lediglich ein roter Streifen war am Horizont zu sehen und es war noch sehr kühl. Alle Jungen zogen sich ihre Jacken an, dann lenkten sie ihre Pferde durch die kopfsteingepflasterten Straßen von Atraria. Um diese Uhrzeit waren noch sehr wenige Menschen unterwegs und die Straßen, die normalerweise in der Hauptstadt sehr belebt waren, wirkten unnatürlich still. Umso lauter kam den Jungen das Klappern der Pferdehufe auf dem Pflaster vor.

„Ich hoffe, wir wecken niemanden auf", meinte Jakob.

„Da mach dir mal keine Gedanken", erwiderte Johrin. „Es kommt bestimmt öfter vor, dass um diese Uhrzeit schon Leute unterwegs sind!"

Tatsächlich fuhr kurz darauf eine Kutsche an ihnen vorbei. Emith schaute ihr nachdenklich hinterher. „Das erinnert mich daran, dass die Mädchen angeblich auch mit einer Kutsche weggebracht worden sind", meinte er. „Eigentlich müssten wir auf Kutschen besonders achten!"

„Inzwischen sind sie aber bestimmt nicht mehr in der Kutsche, und schon gar nicht mehr in dieser Gegend", meinte Jotan.

„Arme Cynthia", murmelte Jakob. „Ich hoffe, wir finden sie bald!"

„Das hoffe ich auch", sagte Emith.

„Dazu sind wir ja unterwegs", meinte Johrin. In seiner Stimme lag Entschlossenheit.

Bald hatten sie den Stadtrand erreicht und ritten durch einen Vorort von Atraria. Jakob klagte: „Ich habe Hunger!"

„Jetzt musst du aber noch durchhalten! Wir sind ja noch nicht mal aus Atraria raus!", meinte Johrin, worauf Jakob schmollend das Gesicht verzog.

Die Sonne war inzwischen aufgegangen, als sie die letzten Häuser der Stadt hinter sich ließen. „Tschüs, Atraria", rief Jotan übermütig. „Auf ins Abenteuer! Auf nach Erydor!"

IX. Beschwerliche Reise und Streit

Am meisten sehnte sich Cynthia danach, mal wieder ihre Beine ausstrecken zu können. Sie waren bereits seit vielen Tagen unterwegs und die Kutsche war eigentlich viel zu klein, um zehn Mädchen, vier Männer und noch Proviant zu transportieren. Tag und Nacht saßen sie eng zusammengequetscht in dieser Kutsche. Die Männer ließen sie nur hinaus, damit sie in irgendeinem Gebüsch ihre Notdurft verrichten konnten. Und auch das nur unter Bewachung. Stets war einer von ihnen mit gezücktem Schwert in der Nähe. Sie hatten jeweils nur wenige Minuten Zeit, dann mussten sie in die Kutsche zurück und das nächste Mädchen war dran. Doch diese wenigen Minuten waren für Cynthia stets die besten der Fahrt. Bekam sie doch in dieser Zeit wenigstens frische Luft und konnte sich bewegen. Den Rest der Zeit musste sie sich mit den andern zusammen in die Kutsche quetschen. Und das Schlimmste war: Die Männer verrieten ihnen weder, wohin die Reise gehen noch wie lange sie dauern würde.

Ansonsten waren sie jedoch höflich und behandelten die Mädchen gut – mal abgesehen davon, dass man bei einer Entführung nicht wirklich von *guter Behandlung* sprechen kann. Doch sie versorgten die Mädchen mit ausreichend Essen und Trinken und ließen sie ansonsten in Ruhe.

Inzwischen kannte Cynthia die anderen Mädchen mit Namen und wusste vieles über ihre Herkunft und ihre Familien. Die meisten von ihnen kamen aus Atraria. Doch es waren auch einige dabei, die mit ihren Familien von weither angereist waren, um an dem Stadtfest teilzunehmen.

An den ersten paar Tagen hatten die Mädchen nicht viel gesagt. Jede von ihnen musste mit dem Entsetzen fertig werden, aus ihrer Familie weggerissen worden zu sein und sich in den Händen von Entführern zu befinden, die kein Wort darüber verlauten ließen, wohin sie sie bringen und ob sie sie jemals wieder freilassen würden. Schließlich war das lähmende Entsetzen einer Traurigkeit und Wut gewichen, die sich darin äußerte, dass die Mädchen weinten und manche von ihnen vor Verzweiflung sogar laut schrien. Nach einiger Zeit jedoch war die Traurigkeit und Verzweiflung einer stummen Resignation gewichen, und irgendwann hatten die Mädchen angefangen, miteinander zu sprechen. Sie erzählten von ihren Familien und heiterten sich gegenseitig mit manchen Anekdoten aus der Vergangenheit auf.

Fiel eine von ihnen doch wieder einmal in tiefe Verzweiflung und fing an zu weinen, trösteten sie sich gegenseitig. So waren die Mädchen inzwischen für Cynthia fast wie Schwestern geworden. Alle, bis auf Linah, ihre wirkliche Schwester. Linah war zickiger als je zuvor. Sie jammerte und meckerte rund um die Uhr, und sie beanspruchte den meisten Platz in der Kutsche. Da sie direkt neben Cynthia saß, war diese diejenige, die darunter leiden musste. Oft bekam sie den Ellenbogen von Linah zu spüren oder sie wurde von ihr so sehr zusammengequetscht, dass es ihr buchstäblich die Luft zum Atmen raubte. Dazu kam noch, dass es in den letzten Tagen immer heißer geworden war. Es wurde bald unerträglich in der Kutsche. Aber Cynthia sagte nichts und versuchte, ihrer Schwester so gut wie möglich zu helfen. Sie wusste, Linah hatte es schwerer als sie, weil sie den König nicht kannte. Linah hatte keine Taube, die sie trösten konnte, wenn sie verzweifelt war. Cynthia hatte zwar bisher auf der Fahrt auch kaum Gemeinschaft mit der Taube gehabt. Sie war einfach zu müde, zu verzweifelt und zu sehr in die Gemeinschaft mit den anderen Mädchen eingebunden, als dass sie sich viel Zeit genommen hätte, um mit der Taube zu reden. Aber immerhin wusste sie, die Taube war da. Ab und zu spürte sie eine tröstende Berührung von ihr an ihrer Wange. Das half ihr schon sehr, wenn die Verzweiflung sie mal wieder zu überwältigen drohte.

Aber Linah hatte das alles nicht und das musste noch viel schwerer sein. Also versuchte Cynthia, über Linahs Ungerechtigkeit hinwegzusehen und tat, was sie konnte, um es ihr ein wenig angenehmer zu machen. Doch Linah dankte ihr nicht etwa. Im Gegenteil, sie fand immer einen Grund, sich ungerecht behandelt zu fühlen. Oft warf sie Cynthia vor, sie würde ihr als ihrer älteren Schwester nicht genügend Respekt erweisen. Was Cynthia auch tat, um ihrer Schwester zu helfen, es schien alles falsch zu sein. Zu den vielen Gründen, die sie hatte, verzweifelt zu sein, kam Linahs Verhalten noch dazu. An nicht wenigen Abenden in dieser Kutsche weinte Cynthia sich still in den Schlaf.

Doch an diesem Morgen rissen alle Mädchen die Augen weit auf, denn die Männer forderten sie plötzlich auf, auszusteigen.

„Für den Rest der Reise", erklärte einer der Männer, „haben wir leider keine Kutsche mehr zur Verfügung."

Die ersten Reisetage für die vier Jungen waren gut verlaufen. Das Wetter war angenehm und sie waren meistens gut gelaunt. Stets fanden sie wunderschöne Picknickplätze und sie genossen es, gemeinsam unterwegs zu sein. Nachts schliefen sie meistens im Freien, ab und zu auch in einem Gasthaus. Insgesamt schlugen sie ein gemächliches Tempo an, um die Kräfte der Pferde zu schonen. Die meiste Zeit plauderten sie fröhlich miteinander.

Doch nach und nach änderte sich das. Die Veränderung kam nicht so, dass sie es sofort bemerkten. Rein äußerlich war alles genau wie vorher. Sie hätten sich über nichts beklagen können, die Reisebedingungen waren optimal. Aber in ihrem Inneren machte sich Unzufriedenheit breit. Und das kam so: Meister Coro hatte ihnen den Weg nach Erydor auf der Karte gezeigt, doch sie hatten keine genaue Reiseroute festgelegt. Es schien jedoch mehrere mögliche Wege zu geben, und nun waren sie sich nicht einig, welchen sie wählen sollten. Statt die Tauben zu fragen, wie es sinnvoll gewesen wäre, begannen sie zu diskutieren. Dabei stellte sich heraus, dass Johrin und Emith sehr entgegengesetzte Meinungen hatten und dass beide meinten, sie wären befugt, die Entscheidungen zu treffen und die Gruppe zu leiten. Johrin, weil er der Älteste war, und Emith, weil er derjenige war, der den König am längsten kannte.

Die beiden verstrickten sich immer weiter in Streitereien. Schließlich verdüsterte sich die Stimmung in der ganzen Gruppe, weil sie sich einfach nicht einigen konnten und sich gegenseitig auf die Nerven gingen.

Auf einmal hielt Jakob es nicht mehr aus. „Was ist eigentlich mit euch los?", rief er und fing an zu weinen. „Ständig streitet ihr euch nur noch! Früher haben wir uns immer gut verstanden! Und jetzt? Das macht keinen Spaß mehr mit euch! Reitet doch alleine weiter!" Vollkommen aufgelöst trieb er sein Pferd an und galoppierte davon. Die anderen starrten ihm wie vom Donner gerührt nach.

Jotan besann sich als erster. „Los, wir können ihn doch nicht einfach alleine wegreiten lassen! Wir müssen hinterher!", rief er und trieb sein Pferd an. Johrin und Emith folgten ihm.

Es dauerte eine Weile, bis sie ihn eingeholt hatten. Als Emith schließlich mit ihm auf einer Höhe ritt, rief er ihm zu: „Jakob, tut mir leid. Ich ... ich will mich ja eigentlich auch nicht streiten!"

„Dann tu's doch auch nicht!", antwortete Jakob wütend.

„Aber sieh mal, ich bin mir einfach sicher, dass mein Weg der bessere ist ..."

„Nein, ist er nicht!", widersprach Johrin gleich von hinten, worauf Emith genervt die Augen verdrehte.

„Seht ihr, es geht schon wieder los!", klagte Jakob.

„Ich glaube, wir sind durch Jakobs kleinen Ausflug sowieso so weit vom Weg abgekommen, dass wir weder den einen noch den anderen Weg nehmen werden!", stellte Jotan mit einem Blick auf die Umgebung fest. Er ließ seinen Blick schweifen und sah am Horizont einen langgestreckten See. „Hat jemand von euch Ahnung, wo wir hier sind und was das für ein See ist?", fragte er.

„Ich denke, das könnte der *Lange See* sein", meinte Johrin.

„Lass uns auf der Karte nachschauen", schlug Emith vor.

„Du kannst mir ruhig mal glauben", sagte Johrin spitz. „Immerhin habe ich mir die Karte vorhin erst angeschaut, im Gegensatz zu dir, der uns immer irgendwie nach Gefühl führen will!"

„Jetzt ist aber mal gut", wandte nun auch Jotan ein. „Das ist ja nicht auszuhalten mit euch beiden! Jakob hat Recht, ihr solltet euch wirklich schämen!"

„In diesem Fall hat Johrin aber Schuld! Ich wollte mich gar nicht streiten, sondern habe in ganz normalem Tonfall vorgeschlagen, dass wir auf die Karte schauen sollten!", verteidigte sich Emith.

„Ja, aber gib doch mal zu, dass du sonst kaum draufgeschaut hast und deshalb keine Ahnung hast, wo wir sind! Trotzdem behauptest du die ganze Zeit, du könntest uns führen!", widersprach Johrin hitzig.

„Kann ich auch! Und es stimmt überhaupt nicht, dass ich nie auf die Karte schaue! Nur weil ich nicht alle fünf Minuten draufschaue, so wie du! Das liegt nur daran, dass ich mir, im Gegensatz zu dir, wenigstens sicher bin, wo es langgeht! Nur jetzt, wo wir durch Jakob vom Weg abgekommen sind, muss ich einen Blick darauf werfen!"

Jotan und Jakob wechselten genervte Blicke. Sollte das jetzt die ganze Zeit so weitergehen? „Komm, wir reiten ein Stück vor", schlug Jotan vor.

Jakob nickte. „Wenn ihr fertig seid mit Streiten, sagt uns Bescheid, dann reiten wir auch wieder mit euch zusammen!", rief er den beiden Jungen noch zu, bevor er sein Pferd antrieb.

X. Treibsand

Emith schaute seinen beiden Brüdern hinterher, wie sie davonritten. Er fühlte sich so ungerecht behandelt! *Nach Gefühl führen!* Das war wirklich ein gemeiner Vorwurf! Und er meinte es doch nur gut! Johrin hatte einfach keine Ahnung, deshalb musste er ständig auf die Karte schauen. Emith hatte sich die Karte von Anfang an gut eingeprägt und im Stillen schon vor der Reise ausgemacht, welches wohl der beste Weg sein könnte. Dieses spontane Entscheiden, so wie Johrin das machen wollte, lag ihm fern. Man musste doch von Anfang an wissen, wo es langging! Und jetzt boykottierte Johrin jede seiner Entscheidungen, nur weil er ein Jahr älter war und meinte, er hätte deshalb das Recht dazu. Dabei war Emith doch derjenige, der den König am längsten kannte. Ja, er war derjenige gewesen, der der Familie von den Farben erzählt hatte, als noch keiner von seinen Brüdern etwas davon wissen wollte! Er war derjenige, der für den König schon mehrere wichtige Aufträge erledigt hatte ... Zugegeben, bei vielen war Johrin auch dabei gewesen ... Aber er hatte immer das Gefühl gehabt, der König vertraue ihm mehr als seinen Brüdern. Bei dem Gedanken an den König fiel ihm auf, dass er schon lange nicht mehr mit seiner Taube geredet hatte. Er sah sie kurz an und merkte, dass sie ihm einen eindringlichen Blick zuwarf. Doch er schaute schnell wieder weg. Seine Bereitschaft, mit der Taube zu reden, war nicht besonders groß. Dazu war er viel zu wütend. Und er wusste, dass die Taube ihn ermahnen würde, sich mit Johrin zu versöhnen. Doch genau das wollte er nicht. Schließlich war er doch im Recht und Johrin im Unrecht, oder? Da sollte Johrin ruhig zuerst mit seiner Taube reden und sich bei ihm entschuldigen. Dann wäre Emith auch dazu bereit, ihm zu vergeben. Aber Johrin machte scheinbar keine Anstalten. Nun ja, er selbst konnte auch noch ein bisschen warten …

„Sieht der See herrlich aus!", rief Jakob. „Lass uns da mal hinreiten. Sollen die beiden Streithähne dahinten doch weiter diskutieren! Wir genießen erst mal, was hier ist!"

Jakob hatte Recht. Der See schimmerte so blau wie der Himmel über ihm. Ein breiter Sandstrand erstreckte sich davor. Im Hintergrund rundeten sattgrüne Wiesen das malerische Bild ab. Jotan folgte Jakob, der sein Pferd zum Strand lenkte und schon ein ganzes Stück vorausgeritten war. Jakob lachte und warf seinen Kopf zurück. „So etwas liebe ich!", rief er und trieb sein Pferd an, noch ein bisschen schneller zu laufen. Sand wirbelte unter ihm auf und verdeckte einen Augenblick die Sicht. Doch plötzlich geschah etwas Entsetzliches: Jakobs Pferd, das gerade noch übermütig durch den Sand galoppiert war, sackte urplötzlich bis über die Knie darin ein und wieherte verzweifelt. Jakob schrie auf. Er saß noch auf dem Pferd, musste aber hilflos mit ansehen, wie es unter ihm immer tiefer sank.

Jotan erstarrte vor Schreck und hielt sein Pferd an. Treibsand! Er beobachtete entsetzt, wie Pferd und Reiter verzweifelt versuchten, sich zu befreien und dabei nur noch tiefer einsanken.

Hier war die Mail zu Ende. Michaela klappte ihr Notebook zu.

Auch Lena hatte gerade die Colorania-Mail zu Ende gelesen. *Genauso fühle ich mich auch,* dachte sie. *Als ob ich irgendwo versinke und nicht mehr raus kann!*

Und egal, was ich mache, ich sinke immer weiter ein. Ich kann mich nicht befreien! Und keiner kann mir helfen.

Keiner? Eigentlich glaubte sie ja an Gott. Aber sie hatte schon so viel gebetet, und nichts hatte sich verändert. Hörte Gott sie überhaupt? Oder hatte sie irgendwas falsch gemacht? Gefiel sie ihm nicht? Solche Fragen stellte sie sich im Moment immer und immer wieder. Doch noch nicht einmal darauf gab er ihr eine Antwort.

Sie war wütend. Wütend auf ihre Eltern. Wütend auf ihre Mitschüler. Wütend auf ... daran wollte sie noch nicht mal denken! Und wütend auf Gott. Auf ihn am allermeisten. Schließlich hatte sie ihr Leben lang versucht, ihm zu gehorchen und zu gefallen, und was war dabei herausgekommen? So ein Schlamassel, wie sie ihn jetzt hatte. Und das hatte sie nicht verdient, fand sie.

Als Lena sich am nächsten Morgen dem Schultor näherte, sah sie schon von Weitem Joanne und deren Freundin Angelina. Die beiden versuchten schon seit einigen Jahren, ihr das Leben so schwer wie möglich zu machen. Und mitunter gelang ihnen das ganz gut. Lena überlegte einen Moment, ob sie einen Umweg machen und durchs hintere Tor in die Schule gehen sollte, aber dann entschied sie sich dagegen. Innerlich straffte sie sich, denn sie wusste genau, dass wieder irgendeine Gemeinheit kommen würde, wenn sie an den beiden vorbeiging. Mindestens eine Stichelei, vielleicht auch eine richtig gemeine Beleidigung.

„Hey, Bibellexikon! Guten Morgen!"

„Siehst gar nicht mehr aus wie ein Bibellexikon. Glückwunsch!“ Joanne und Angelina lachten beide, als hätten sie etwas ungeheuer Witziges gesagt.

Lena verdrehte die Augen. Sie wollte gerade an den beiden vorbeigehen, da packte Joanne sie am Ellbogen und hielt sie zurück. „Aber eins muss ich dir noch sagen, Bibellexikon!“, zischte sie. „Auch wenn du dir jetzt deine Haare blau gefärbt hast und dir damit obercool vorkommst – du wirst niemals cool sein. Und du wirst niemals dazugehören. Du wirst immer ein Mauerblümchen bleiben!“ Damit ließ sie sie los.

Lena holte tief Luft.

Den ganzen Nachmittag versuchte Lena, die Worte von Joanne zu vergessen. Doch so sehr sie sich auch bemühte, es gelang ihr nicht. *Du wirst immer ein Mauerblümchen bleiben. Du wirst nie dazugehören.* Zu wem eigentlich? Zu denen, die cool waren, zu denen, die beliebt waren? Lena fragte sich sowieso, zu wem sie eigentlich gehörte. Ja, sie hatte ihre Familie. Aber da gab es im Moment nur Stress. Sie hatte Michaela, Nico, Connor und Mirko. Aber mit denen konnte sie auch nicht über das reden, was wirklich in ihr vorging. Sie hatte ihre Gemeinde. Aber da fühlte sie sich schon länger wie ein Fremdkörper. Und sie hatte Gott. Aber auf ihn war sie sauer.

Nun musste Mirko seine Großtante Lieselotte nicht mehr heimlich besuchen. Im Gegenteil, seine Eltern begrüßten es, wenn er hinfuhr. „Es ist wirklich schön von dir, dass du dich so um die einsame alte Dame kümmerst“, hatte seine Mutter neulich gesagt. Mirko bekam ein ganz schlechtes Gewissen. Denn seine Mutter wusste natürlich nicht, dass er hauptsächlich deshalb hinfuhr, weil er mehr über den Jungen namens Emil oder Emith, oder wie auch immer er hieß, herausfinden wollte. Und das sagte er ihr natürlich auch nicht. Beim letzten Besuch hatte er sich nicht getraut, das Thema noch einmal anzuschneiden. Denn er hatte Angst, dass seine Großtante wieder einen Anfall kriegen würde. Immerhin hatte sie den Tod des Jungen auf ihrem Gewissen, und das musste schon ganz schön furchtbar sein! Aber in der letzten Zeit war eine Veränderung mit Großtante Lieselotte vor sich gegangen. Das war nicht nur ihm aufgefallen, sondern jedem, der sie kannte. Denn sie hatte Frieden gefunden. Nach all den Jahren, in denen sie vor ihrer Vergangenheit weggelaufen war und jeden Kontakt zu ihrer Familie abgebrochen hatte, hatte sie nun endlich Vergebung gefunden. Man merkte es ihr sofort an. Ihre Augen strahlten, wenn man mit ihr sprach, und sie sagte immer wieder: „Ich habe meinen Erlöser gefunden und er hat mir vergeben!" Damit meinte sie Jesus, den Sohn Gottes.

Mirkos Opa, Großtante Lieselottes Bruder, hatte auch an Jesus geglaubt. Als Opa so krank geworden war, hatte Mirko seinen Glauben fast verloren, doch einige Zeit nach Opas Tod hatte er wieder angefangen zu beten. Und die Veränderung zu sehen, die mit seiner Großtante geschehen war, bestärkte Mirko noch in seinem Glauben.

All das ging ihm durch den Kopf, als er mit dem Fahrrad zu dem Dorf fuhr, in dem Großtante Lieselotte wohnte. Er hatte die Zeichnung mit dem Jungen dabei, die Zeichnung, unter der der Name „Emith" stand. Mirko glaubte, jetzt einen Versuch wagen zu können, mit der Großtante noch einmal über den Jungen zu sprechen. Vielleicht wusste sie mit dem Namen Emith ja doch noch etwas anzufangen.

Selbst ihr Haus hatte sich verändert. Der Garten sah nicht mehr so ungepflegt aus und vor dem Haus standen frische Blumen. Mirko und seine Familie hatten gemeinsam den Garten in Ordnung gebracht und organisiert, dass Großtante Lieselotte einmal in der Woche Hilfe in Haushalt und Garten bekam. Als er auf den Klingelknopf drückte, erinnerte Mirko sich nur zu gut daran, wie heruntergekommen und verwildert alles noch vor kurzem ausgesehen hatte.

Großtante Lieselotte öffnete und strahlte ihn an. „Das ist aber schön, mein Junge“, sagte sie und bat ihn herein. Mirko sträubte sich innerlich. Er hasste es, wenn jemand ihn „mein Junge“ nannte. Doch er sagte nichts und folgte ihr durch den Hausflur in die Wohnstube mit den alten Möbeln und den gemusterten Tapeten. Ihm fiel auf, dass auf dem Tisch eine aufgeschlagene Bibel lag.

Großtante Lieselotte erkundigte sich nach dem Wohlergehen der anderen Familienmitglieder und dann plauderten sie über dieses und jenes. Es war eigentlich ganz nett. Schließlich, als sie genug Belanglosigkeiten ausgetauscht hatten, beschloss er, es zu wagen. Er atmete tief durch und sagte dann: „Großtante Lieselotte, ich weiß, es ist bestimmt schwer für dich, über dieses Thema zu sprechen … aber da gibt es etwas, was ich dich fragen muss …“

Nachdem Lena fast den ganzen Nachmittag über die Gemeinheiten von Joanne und Angelina nachgedacht hatte, war es eine willkommene Ablenkung, zu sehen, dass Michaela ihr wieder eine Colorania-Mail weitergeleitet hatte. Sofort begann sie zu lesen.

Emith und Johrin waren noch immer am Streiten, als sie plötzlich ein verzweifeltes Wiehern und laute Schreie ihrer Brüder hörten. Erschrocken sahen sie, wie Jakob mit seinem Pferd im Treibsand versank. Nach einer Schrecksekunde trieben sie ihre Pferde an und preschten los.

Atemlos erreichten sie den Strand, wo Jotan bereits auf sie wartete. „Wir müssen irgendwie prüfen, bis wohin der Boden fest ist", meinte er und schaute sich nach einem Stock um.

Jakob weinte inzwischen. „Ich weiß nicht, was ich machen soll", jammerte er. „Bleibe ich auf dem Pferd sitzen, sinkt es nur noch tiefer. Steige ich aber ab, weiß ich nicht, wohin, ohne dass ich auch einsinke!"

„Bleib erst mal, wo du bist. Wir werden dich und dein Pferd hier rausholen", versuchte Emith ihn zu beruhigen.

„Wie wollt ihr das denn machen, ohne selbst zu versinken?", wimmerte Jakob. Seine Stimme klang schon panisch.

„Das werden wir herausfinden", antwortete Emith. Er versuchte, seine Stimme so ruhig wie möglich klingen zu lassen.

Inzwischen hatte Jotan einen Stock gefunden. Prüfend stach er damit vor sich in den Boden und ging vorsichtig ein paar Schritte auf Jakob und sein Pferd zu.

Das Pferd war inzwischen bis über die Hälfte der Oberschenkel im Treibsand versunken. Es warf unruhig seinen Kopf hin und her und wieherte immer wieder verzweifelt. Jakob, der sich ein bisschen beruhigt hatte, redete leise auf das Tier ein: „Ist gut. Die holen uns beide hier raus, hörst du? Das dauert nicht mehr lange!"

Das Pferd spitzte die Ohren, als es Jakobs Stimme hörte, warf aber trotzdem weiterhin unruhig seinen Kopf zurück. „Komm schon, du musst ruhig werden, sonst wird es nur noch schlimmer", sprach Jakob weiter.

Inzwischen hatte sich Jotan mit dem Stock weiter zu Jakob vorgearbeitet. Als er den Stock das nächste Mal in den Sand steckte, merkte er jedoch, dass er die Grenze des festen Sandes erreicht hatte.

Weiter ging nicht. Er schaute sich zu seinen Brüdern um. „Bis hierhin können wir."

„Das ist ja immerhin schon mal was!", stellte Emith fest.

„Nur – wie holen wir die beiden da jetzt raus?", fragte Johrin. „Wir können nicht dicht genug ran, um Jakob einfach vom Pferd aufs feste Land zu ziehen. Und das Tier aus dem Sand ziehen, stelle ich mir erst recht schwer vor!"

Als Jakob das hörte, fing er gleich wieder an zu weinen. Emith warf Johrin einen wütenden Blick zu. „Wir werden das schon schaffen", beschwichtigte er Jakob.

Johrin bestätigte das hastig. „Ja, uns wird schon was einfallen!"

Doch so sehr sie auch überlegten, keinem von ihnen wollte eine Idee kommen.

Der einzige Gedanke, der Emith immer wieder kam, war, die Taube zu fragen. Doch er wusste, wenn er sie fragte, würde sie erwarten, dass er sich mit Johrin versöhnte. Und er war doch immer noch so wütend! Aber wollte er wegen seiner Wut seinen Bruder im Treibsand versinken lassen? Nein, natürlich nicht. Also wandte er sich seufzend an seine Taube.

„Das wird aber Zeit", sagte sie. Doch sie sah nicht vorwurfsvoll aus, wie er erwartet hatte. Und auf einmal fragte er sich, warum er das überhaupt erwartet hatte! Er kannte doch den König und wusste, dass er ihm niemals Vorwürfe machte! Und die Taube war genau wie er. Als Emith in ihre Augen blickte und darin auch die Augen des Königs sah, verschwand plötzlich seine Wut auf Johrin. Ja, was er befürchtet hatte, stimmte – der König wollte tatsächlich, dass er sich mit Johrin versöhnte. Doch auf einmal fiel ihm das gar nicht mehr schwer. Angesichts der großen Liebe des Königs kam ihm sein Zorn auf Johrin plötzlich bedeutungslos vor.

Gerade wollte er sich zu Johrin umdrehen, um sich bei ihm zu entschuldigen, da kam Johrin, der ebenfalls mit seiner Taube gesprochen hatte, ihm zuvor und bat ihn um Verzeihung. Emith war verblüfft. Wie viel einfacher ging doch alles, wenn man sich an die Tauben wandte, stellte er wieder einmal fest. Wieso nur vergaß er diese einfache Lektion so oft?

XI. Noch mehr Schwierigkeiten

Gemeinsam fragten sie anschließend die Tauben um Rat, was sie tun sollten. Die Tauben zeigten ihnen ein kleines Waldstück in der Nähe und rieten ihnen, einen Baumstamm zu suchen. Mit Hilfe dieses Baumstammes sollten sie zunächst Jakob holen.

Sofort stürmten die Jungen los. Es dauerte nicht lange, bis sie einen Baumstamm fanden, doch es dauerte eine ganze Zeit, bis sie ihn zum See transportiert hatten.

Vorsichtig legten sie ihn so hin, dass das Hauptgewicht des Stammes auf festem Grund lag, das letzte Stück aber bis zu Jakob reichte. Dann warfen sie Jakob ein Seil zu. Jakob schlang es sich um, dann kletterte er vorsichtig vom Pferd herunter auf den Baumstamm, um von dort aus zu seinen Brüdern aufs trockene Land zu balancieren. Außer Atem und erleichtert kam er schließlich dort an und fiel erst Jotan, dann Emith und dann Johrin in die Arme.

Alle waren glücklich, dass Jakob gerettet war. Jetzt mussten sie nur noch das Pferd aus dem Treibsand ziehen. Doch das war das weitaus schwierigere Problem.

„Erst mal müssen wir ein Seil an dem Tier befestigen", stellte Johrin fest. „Dann müssen wir versuchen, es daran herauszuziehen."

Jotan, der sehr geschickt war und einen guten Gleichgewichtssinn hatte, erklärte sich bereit, auf dem Baumstamm zu dem Tier zu gehen und das Seil an ihm zu befestigen. Vorsichtig balancierte er auf dem Baumstamm bis zu dem Pferd. Dieses warf immer noch unruhig den Kopf hin und her und wieherte verzweifelt. Es war jedoch nicht noch tiefer eingesunken.

Jotan redete beruhigend auf das Tier ein und befestigte das Seil an seinem Halfter. Vorsichtig nahm er danach die Satteltaschen ab. Dann balancierte er damit zurück und legte sie im Sand ab.

„Los, wir versuchen mal, ob es so klappt", meinte Johrin, der das andere Ende des Seils in der Hand hielt. „Fasst mit an!"

Die vier Jungen zogen gemeinsam an dem Seil. Doch das Pferd bewegte sich keinen Millimeter vorwärts. „Schade", murmelte Emith. „Naja, wäre ja auch zu einfach gewesen."

„Wir müssen noch zwei Seile an den Vorderbeinen befestigen", schlug Johrin vor.

„Ja", stimmte Jotan zu. „Ich gehe noch mal."

Gut, dass sie genug Seile dabei hatten. Johrin hatte darauf bestanden, sie mitzunehmen. „Man weiß nie, wozu man sie braucht", hatte er gesagt. Nun waren alle dankbar für seine weise Voraussicht.

Jotan schnappte sich also noch einmal zwei Seile und machte sich erneut auf den Weg. Wieder balancierte er auf dem Baumstamm zu dem verängstigten Tier. Diesmal fühlte er sich schon sicherer. Er beugte sich vor und knotete vorsichtig ein Seil um den rechten Oberschenkel des Pferdes. Nun musste er noch am linken Bein ein Seil befestigen. Das war schwieriger, denn es war etwas weiter von dem Baumstamm entfernt. Jotan musste sich sehr weit vorbeugen, damit er das Seil überhaupt um das Bein des Pferdes schlingen konnte. Mit angehaltenem Atem beobachteten seine Brüder, wie Jotan mit äußerster Konzentration das Gleichgewicht halten musste, um nicht selbst in den Treibsand zu fallen. Alle atmeten erleichtert auf, als er fertig war und mit den beiden Seilenden wieder sicher bei ihnen angekommen war.

Nun hieß es, mit vereinten Kräften zu ziehen. Emith und Jotan fassten gemeinsam ein Seil an, Johrin und Jakob zusammen das andere. Und dann zogen sie. Mit ihrer ganzen Kraft stemmten sie die Füße in den Boden und zogen an den Seilen.

Doch das Pferd bewegte sich keinen Zentimeter vorwärts. Es dauerte nur ein paar Minuten, bis ihnen klar wurde, dass sie es so auch nicht schaffen konnten. Frustriert und erschöpft ließen sie sich auf den Boden fallen. Johrin sprach schließlich aus, was alle dachten: „Wir brauchen Hilfe!", stellte er fest.

„Doch woher bekommen wir die?", fragte Jakob besorgt. „Ich sehe hier niemanden."

„Wir müssen die Tauben fragen", sagte Emith.

Daraufhin wandten sich alle den Tauben zu und baten sie eindringlich um Hilfe. Die Tauben antworteten: „Wartet ab. Wir werden euch Hilfe vorbeischicken."

Das war überhaupt nicht die Antwort, die die Jungen hören wollten. Warten sollten sie? Warten war überhaupt nicht das, was sie gerne taten! Und wie lange sollten sie überhaupt warten? Es war doch Eile geboten! Dem Pferd musste schnell geholfen werden!

Die Jungen seufzten. Doch es blieb ihnen nichts anderes übrig, als die Anweisungen der Tauben zu befolgen. Sie waren sowieso erschöpft und konnten eine Pause gut gebrauchen. Und immerhin war das Pferd in der letzten Zeit nicht noch tiefer eingesunken. Also setzten sie sich hin und packten ihr Essen aus. Schweigend aßen sie Brot, Käse und Früchte. Keiner hatte Lust zu reden.

Als sie alle satt waren, stand Emith unruhig auf und hielt Ausschau. Doch es war niemand zu sehen. Frustriert setzte er sich wieder hin. Nach einer Weile stand er wieder auf. „Ich mag das Warten überhaupt nicht!", murmelte er, denn es war immer noch niemand zu sehen.

„Ich auch nicht!", stimmte Johrin ihm zu, und die anderen nickten trübsinnig.

„Können wir nicht irgendwas tun?", fragte Jakob mit besorgtem Blick auf sein Pferd.

„Was denn? Wir haben alles versucht, was wir konnten, und es hat nicht geklappt. Außerdem haben die Tauben gesagt, es kommt Hilfe!", erwiderte Jotan.

„Na, hoffentlich kommt sie rechtzeitig!", antwortete Jakob.

Hier war die Mail zu Ende. Lena seufzte. So, wie es in der Geschichte war, kam sie sich auch vor. Sie wartete und sie wusste nicht genau, worauf. Irgendwie wartete sie, dass sich etwas veränderte. Dass Gott, dem sie früher immer vertraut hatte, ihr half. Doch wann half er ihr endlich? Warum schwieg er und tat anscheinend nichts für sie? Oh, sie konnte gut nachvollziehen, wie die Jungen sich fühlen mussten! Warten war eine schreckliche Sache, wenn man sich nicht sicher war, wann endlich Hilfe kommen würde.

Ihr Handy meldete sich. Mirko war dran. „Hi, ich wollte dich mal fragen, wie's dir geht." Seine Stimme klang besorgt.

„Gut!", log sie. „Und dir?" Sie versuchte, betont fröhlich zu klingen, und ihr war klar, dass Mirko das durchschauen würde. Aber sie konnte doch nicht einfach mit ihm über ihre Probleme sprechen!

Mirko schwieg eine Weile. Dann fragte er: „Hast du Lust, morgen Nachmittag Eis essen zu gehen?"

Lena überlegte. Eigentlich war Mirko ja wirklich ganz nett. Das einzige, was sie nervte, war, dass sie ihm so schlecht etwas vormachen konnte. Er schien irgendwie zu merken, dass es ihr nicht gut ging. Aber trotzdem konnte sie ja selbst entscheiden, wie viel sie ihm erzählen würde und worüber sie *nicht* mit ihm sprechen würde. Also konnte sie eigentlich zusagen. „Ja, können wir machen", antwortete sie zögernd.

Sofort klang Mirkos Stimme viel fröhlicher. „Cool!", sagte er. „Dann treffen wir uns morgen im *Venezia*?"

„Ja, okay."

„16.00 Uhr?"

„16.00 Uhr."

„Schön, dann bis morgen. Freu mich!"

„Ja, bis morgen." Lena starrte ihr Handy an. Worauf hatte sie sich da nur eingelassen?

Mirkos Herz hüpfte vor Freude. Sie hatte *Ja* gesagt! Morgen würde er mit Lena Eis essen gehen! Dann hatte dieser Tag ja doch noch etwas Gutes gebracht! Sein Besuch bei Großtante Lieselotte war recht erfolglos gewesen. Er hatte ihr das Bild mit dem Namen Emith gezeigt und sie hatte es sich lange angeschaut. Wenigstens hatte sie das jetzt aushalten können, ohne einen Nervenzusammenbruch zu bekommen. Aber seine Frage hatte sie nicht beantworten können. Im Gegenteil, sie schien genauso ratlos zu sein wie er. Der Junge hieß definitiv Emil, das wusste sie ganz genau. Warum Großvater nicht Emil, sondern Emith unter das Bild geschrieben hatte, das konnte sie sich genauso wenig erklären wie Mirko selbst. Der Besuch hatte ihn also bei seinen Nachforschungen nicht weitergebracht. Naja, umso schöner, dass er wenigstens in seinen Bemühungen um Lena heute einen Schritt weitergekommen war.

Was ist mit Toni los?

Michaela spielte gerade mit ihren beiden Katzen, als sich ihr Handy meldete. Sie hatte zwei Nachrichten bekommen. Die eine war mit „Colorania" überschrieben. „Neue Mail angekommen!", lautete sie. *Oh, cool!*, dachte Michaela. *Dann kann ich gleich weiterlesen.* Die andere war von Toni, ihrem Gitarrenlehrer: „Leider kann ich dir keinen Unterricht mehr geben. Tut mir leid. Frag doch mal den Jörn Möller, der spielt auch gut Gitarre. Vielleicht kann er mit dir weitermachen. LG Toni."

Was? Was sollte das denn? Das konnte er doch nicht einfach so machen! Michaela war sauer. Der Unterricht bei Toni hatte ihr Spaß gemacht, Toni war ein guter Lehrer. Und jetzt wollte er einfach so aufhören? Empört wählte Michaela seine Nummer. Na, dem würde sie aber was erzählen!

Toni ging nicht dran. Na, dann eben nicht! Vielleicht sollte sie tatsächlich Jörn fragen. Den kannte sie zwar kaum, aber sie wusste auch, dass er ein sehr guter Gitarrist war. Naja, erst mal würde sie Colorania weiterlesen. Sie schaltete ihr Notebook an und öffnete die Mail. Bevor sie anfing zu lesen, leitete sie sie wieder an Lena weiter. Nico bekam die Mails ja selbst. Sicher würde er jetzt auch gerade lesen.

Emith fuhr aus dem Schlaf hoch, als er ein Geräusch hörte. Einen Augenblick lang konnte er sich nicht erinnern, wo

er gerade war und weshalb er im Sitzen geschlafen hatte. Doch dann fiel ihm wieder ein, dass seine Brüder und er am Rand des Sees saßen und auf Hilfe warteten, um Jakobs Pferd aus dem Treibsand zu befreien. Während sie warteten, mussten sie eingeschlafen sein. Er warf einen raschen Blick zu dem Pferd und sah, dass es zum Glück nicht mehr tiefer eingesunken war. Das Tier verhielt sich ruhig. Anscheinend hatte es aufgegeben, was ja auch kein Wunder war, nach einer so langen Zeit im Treibsand. Sicher war es völlig entkräftet!

Emith fragte sich, ob sie überhaupt noch mit dem Tier weiterreiten konnten. Dann schaute er sich um, denn plötzlich fiel ihm ein, dass er ein Geräusch gehört hatte. Es war noch dunkel, doch am Horizont war bereits ein heller Streifen zu sehen. Anscheinend hatten sie fast die ganze Nacht hier geschlafen.

Emith sah, dass zwei Fremde hinter ihm standen. In der Hand des einen Mannes blitzte die Klinge eines Messers. Erschrocken sprang Emith auf und wollte einen Schritt zurückweichen, doch der Mann packte ihn blitzschnell. Emith war wie gelähmt vor Schreck und Überraschung. Noch bevor er irgendetwas tun konnte, band der zweite Fremde ihm ein Tuch um den Mund, während der Mann mit dem Messer leise sagte: „Kein Ton. Sonst wirst du in Schwierigkeiten kommen!" Dann packte er ihn, band seine Hände hinter dem Rücken fest, hob ihn auf ein Pferd und ritt blitzschnell mit ihm davon.

Jakob wachte auf, als ihm die Sonne ins Gesicht schien. Erschrocken fuhr er hoch und blinzelte. Sofort fiel ihm sein Pferd ein.

Wie hatte er nur schlafen können? Erleichtert sah er, dass es nicht noch tiefer eingesunken war. Jakob stand auf und lief zum Ufer des Sees, auf das Tier zu.

„Wir holen dich bald hier raus", sagte er zu ihm. Am liebsten wäre er hingegangen und hätte ihm den Hals gestreichelt, aber das ging ja nicht.

Das Pferd zeigte keine Reaktion. Es wirkte, als hätte es aufgegeben. Jakob seufzte. „Nicht die Hoffnung verlieren, mein Guter", sagte er. „Wirklich, wir holen dich bald raus!"

Im Stillen fragte er sich wieder einmal, wann endlich die Hilfe kommen würde, von der die Tauben gesprochen hatten.

Vermutlich war es Zeit, die anderen zu wecken. Jakob drehte sich um und ging zu seinen Brüdern zurück. Sie schliefen noch fest. Er rief ihnen zu: „Zeit, aufzustehen! Los, wacht auf!" Auf einmal sah er, dass Emith gar nicht da war. Verwundert schaute er sich um. Wo war er nur hingegangen? Es sah ihm gar nicht ähnlich, einfach wegzugehen, ohne den anderen Bescheid zu sagen.

Jetzt setzten sich auch Johrin und Jotan auf.

„Wisst ihr, wo Emith ist?", fragte Jakob sie.

Die beiden Brüder schüttelten erstaunt die Köpfe. „Nein, keine Ahnung. Wieso, ist er nicht da?", fragte Jotan und schaute sich verwundert um.

Johrin stand auf. Er warf erst einen Blick auf Jakobs Pferd, dann schaute er zu den anderen Pferden, die in der Nähe an einem Baum festgebunden waren. „Nachtwind ist noch da, also ist Emith nicht weggeritten!"

„Na, dann kann er ja nicht weit sein", meinte Jotan und begann, das Frühstück auszupacken. „Sicher kommt er gleich wieder."

Gemeinsam bereiteten die Jungen sich nun ein Frühstück zu und fingen an zu essen. Als sie fertig gegessen hatten, war Emith immer noch nicht zurück. „Langsam kommt mir das komisch vor", sagte Johrin.

Auch Jotan schaute sich unruhig um. „Ja, wo ist Emith nur?", fragte er. Plötzlich fiel sein Blick auf Hufabdrücke direkt hinter dem Nachtlager der Jungen. Er runzelte die Stirn. „Sind wir hier gestern langgeritten?", fragte er.

Johrin folgte seinem Blick und erbleichte. „Nein", sagte er. „Wir kamen von da hinten und haben unsere Pferde gleich an dem Baum festgebunden", sagte er.

„Können die Hufspuren vielleicht schon älter sein?", fragte Jakob.

„Ich bin mir ganz sicher, dass sie gestern noch nicht da waren", antwortete Johrin.

„Dann ist also in der Nacht jemand an uns vorbeigeritten", schlussfolgerte Jotan.

„Und hat Emith mitgenommen", ergänzte Johrin.

Jakob fing an zu weinen. „Ich halte das nicht mehr aus", schluchzte er. „Erst mein Pferd und jetzt Emith! Wie soll das alles nur werden?"

Johrin und Jotan schwiegen entsetzt. Keiner von ihnen wusste, was er sagen oder wie er Jakob trösten sollte. Die Situation war einfach zu schrecklich.

Doch plötzlich fiel Jotan etwas ein. Er erinnerte sich daran, wie aussichtslos seine Lage in Shantakan gewesen war, ja, wie verzweifelt er gewesen war, und wie der König ihm geholfen hatte. Damals hatte er gelernt, dass er sich wirklich in jeder Situation auf den König verlassen konnte. Hilfesuchend schaute er seine Taube an. „Du wirst uns doch helfen, oder?", fragte er.

Doch er kam gar nicht mehr dazu, ihrer Antwort zuzuhören, denn nun weinte Jakob noch lauter. „Wo bleibt nur die Hilfe, die die Tauben versprochen haben?", schluchzte er. „Sie hatten doch versprochen, dass Hilfe unterwegs ist! Und wir haben schon so lange gewartet und sie ist nicht gekommen! Und jetzt ist alles noch viel schlimmer geworden!"

„Der König wird uns nicht im Stich lassen", sagte Jotan mit fester Stimme.

Johrin schwieg. Er wusste, dass sie gar nicht erst in eine solche Situation gekommen wären, wenn er und Emith nicht ständig gestritten hätten. Schuldgefühle nagten an ihm. Während Jakob immer noch laut weinte und Jotan versuchte, ihn zu beruhigen, brütete Johrin düster vor sich hin.

XII. Dem Tod nahe

„Ich habe Durst!", jammerte Linah.

Schweigend gab Cynthia ihr wieder einmal aus ihrem Wasserschlauch zu trinken. Doch diesmal hatte einer der Männer es gesehen. „Das darfst du nicht!", rief er ihr barsch zu. „Das Wasser ist so eingeteilt, dass es gerade für jede von euch reicht! Und wir haben Befehl, alle Mädchen lebendig ans Ziel zu bringen! Also darfst du niemandem was abgeben, sonst reicht es für dich selbst nicht!"

Cynthia schwieg. Die Männer wussten zum Glück nicht, wie viel sie ihrer Schwester schon abgegeben hatte. Über den Durst, der sie selbst quälte, dachte sie nicht nach. Der König würde ihr schon irgendwie helfen.

Sie schloss einen Moment die Augen. Ihr war schwindelig. Das Schaukeln des Kamels machte sie müde.

Mehrere Tage waren sie nun schon auf Kamelen unterwegs durch die endlose Wüste. Cynthia konnte sich nicht entscheiden, was sie schlimmer fand: Die langen Tage zusammengequetscht in der Kutsche oder die Hitze und der quälende Durst in der Wüste. Am Anfang hatte sie sich gefreut, endlich aus der Kutsche herauszukommen. Wie hatte sie es genossen, jetzt plötzlich reiten zu dürfen – zwar nicht auf einem Pferd, wie sie es gewohnt war, aber auf einem Kamel. Jedes Mädchen hatte sein eigenes Kamel bekommen, sowie einen Wasserschlauch, eine warme Decke für die Nacht und einige Essensvorräte. Die Mädchen waren alle ganz aufgeregt gewesen. Doch jetzt, nach Tagen des Reitens durch die Sandwüste, waren sie nicht mehr aufgeregt. Sie waren noch nicht einmal mehr froh, nicht mehr in der Kutsche sein zu müssen. Nur müde, verzweifelt und durstig waren sie. Die Männer hatten ihnen genau gesagt, wie viel Wasser sie pro Tag trinken durften. Sie hatten das Gefühl, es war so wenig, dass es kaum zum Überleben reichte. Während sie auf ihren Kamelen beim Reiten halb dösten, träumten sie von kühlen Fruchtsäften und schattigen Wäldern.

Zweimal hatten sie an einer Oase halt gemacht. Dort konnten sie ihre Wasservorräte auffüllen und sich unter dem Schatten der Palmen ausruhen. Das war richtig toll gewesen. Doch jedes Mal hatten die Männer viel zu schnell wieder zum Aufbruch gedrängt.

Wieder stöhnte und jammerte Linah hinter ihr. Cynthia versuchte, es zu ignorieren. Aber ihre Schwester stöhnte immer mehr. Schließlich schaute Cynthia sich um, ob einer der Männer sie beobachtete. Als gerade alle in eine andere Richtung schauten, reichte sie Linah ihren Wasserschlauch. Linah trank gierig. Doch in dem Moment, als sie ihr den Schlauch zurückgeben wollte, schaute der Mann, der sie vorhin zurechtgewiesen hatte, wieder hin. Sofort trieb er sein Kamel an und ritt zu Cynthia. „Das gibt's doch nicht!", rief er zornig und schlug ihr ins Gesicht.

Cynthias Wange brannte. Einen Moment wurde ihr schwarz vor Augen. Mühsam versuchte sie, ihr Gleichgewicht wiederzuerlangen, um nicht vom Kamel zu fallen. Nun starrten alle Mädchen entsetzt zu ihr hin. Es war nie vorgekommen, dass die Männer einer von ihnen etwas getan hatten. Sie hatten sie stets respektvoll und höflich behandelt. Doch nun war ihnen anzusehen, dass sie sehr zornig waren. Erregt diskutierten sie miteinander.

„Dieses Mädchen wird nicht überleben, wenn es nicht genug trinkt", rief der Mann, der sie geschlagen hatte, wütend. „Und es ist nicht das erste Mal, dass sie etwas abgibt!"

Daraufhin wandten sich auch die anderen Männer an Cynthia. „Warum machst du das?", fragten sie. „Du hast selbst so wenig zu trinken, dass es kaum reicht. Warum gibst du von dem bisschen noch was ab?"

Cynthia war es sehr unangenehm, so im Mittelpunkt der Aufmerksamkeit zu stehen. Außerdem fühlte sie sich so schwach, dass sie kaum antworten konnte.

„Ich brauche nicht so viel", murmelte sie.

Die Männer diskutierten noch eine Weile miteinander, dann beschlossen sie, dass Cynthia ab jetzt zwischen ihnen reiten sollte. Bislang war es so aufgeteilt gewesen, dass zwei Männer vorne ritten, zwei hinten, und dazwischen die Mädchen. Nun durfte Cynthia nicht mehr bei den Mädchen reiten. Sie warf Linah einen verzweifelten Blick zu. Viel lieber wäre sie bei ihr geblieben, egal, wie viel Linah jammerte und ihr das Leben schwer machte. Doch Linah beachtete sie gar nicht, sondern starrte nur stumm vor sich hin, während Cynthia mit den beiden Männern an die Spitze der Karawane ritt.

Von nun an behielten die Männer Cynthia stets im Auge.

Cynthia ritt zwischen ihnen und versuchte, so zu tun, als ginge es ihr gut. Doch sie hatte rasende Kopfschmerzen, und die wurden immer schlimmer.

Einer der Männer schaute sie prüfend an. „Trink etwas!", befahl er ihr.

Gehorsam nahm Cynthia den Wasserschlauch und tat so, als würde sie trinken. Sie hoffte, dass der Mann nicht merken würde, dass ihr Schlauch längst leer war. Denn Linah hatte bereits alles ausgetrunken.

Der Tag zog sich endlos in die Länge. Immer wieder befahlen die Männer ihr, zu trinken, und immer wieder tat Cynthia so, als würde sie ihnen gehorchen. Verzweifelt merkte sie, wie ihre Kräfte nachließen und der Durst immer unerträglicher wurde. Inzwischen fragte sie sich, ob sie richtig gehandelt hatte, als sie ihrer Schwester so viel von ihrem Wasser abgegeben hatte.

Am Abend, kurz bevor sie ihr Nachtlager aufschlagen wollten, wurde Cynthia ohnmächtig und fiel vom Kamel.

Linah wusste, dass sie sich scheußlich benommen hatte. Sie hatte das Gefühl, sie *konnte* sich ihrer Schwester gegenüber gar nicht anders verhalten. Das war schon lange so. Seitdem Cynthia diesen Tick mit dem König hatte. Seitdem war die Familie nicht mehr dieselbe. Und Cynthia war schuld daran. Tief in ihrem Inneren wusste Linah, dass es trotzdem nicht richtig war, ihre Schwester so zu behandeln, wie sie es schon lange tat. Aber irgendwie ... ja, es fiel ihr eben schwer, es anders zu machen. Sie konnte sich fast nicht vorstellen, es überhaupt zu schaffen.

Und jetzt hier in der Wüste dieser Durst und die Hitze ... Cynthia war schon immer gutmütig gewesen, aber seit sie ständig von diesem König erzählte, erst recht. Früher hatte

Linah diese Gutmütigkeit an ihrer Schwester geschätzt. Jetzt sah sie sie nur noch als Dummheit an. Und es war ja schließlich Cynthias Entscheidung gewesen, ihr immer wieder von ihrem Wasser abzugeben. Zugegeben, Linah hatte wirklich viel gejammert.

Und sie war schon immer eine gute Schauspielerin gewesen, sie konnte Dinge gut ein bisschen dramatischer darstellen als sie in Wirklichkeit waren. Trotzdem hätte Cynthia ja nicht darauf eingehen müssen. Nein, Linah weigerte sich, Schuldgefühle zuzulassen. Sie würde sich jetzt *nicht* schlecht fühlen, nur weil Cynthia ohnmächtig geworden war! Ihre Schwester war selbst schuld daran, wenn sie zu wenig getrunken hatte!

Während die Männer sich um Cynthia kümmerten und alle Mädchen um sie herumstanden, hielt Linah sich abseits. Helfen konnte sie ihrer Schwester sowieso nicht. Also musste sie nicht mitleidig neben ihr stehen, wie es jetzt die anderen Mädchen taten!

Sie bemühte sich, nicht zuzuhören, was die anderen sagten. Doch dann erreichte ein Satz ihre Ohren, sie konnte gar nicht anders, als hinzuhören. Einer der Männer sagte wütend: „Wenn uns eine stirbt, stimmt die Zahl nicht mehr!"

Linah erschrak. Was meinten sie damit? Musste Cynthia etwa sterben?

Sie hatte sich mehr als einmal gewünscht, ihre lästige Schwester los zu sein. Aber hier, in der Wüste, war es ihr einziger Trost, dass Cynthia bei ihr war. Auch wenn sie es niemals zugegeben hätte, aber sie wusste es durchaus zu schätzen, dass Cynthia sich so darum bemühte, ihr Gutes zu tun. Und es war irgendwie tröstlich, hier in der Fremde jemanden aus der Familie bei sich zu haben. Nein, Cynthia durfte nicht sterben!

Was hatten die beiden Fremden überhaupt gemeint mit *dann stimmt die Zahl nicht mehr*? Die Zahl der Mädchen? Mussten sie eine bestimmte Anzahl an Mädchen irgendwo abliefern? Wieder einmal fragte sich Linah, was die Männer mit ihnen vorhatten und wo sie sie hinbringen wollten. Aber dann wanderten ihre Gedanken wieder zu Cynthia. Zögernd ging sie jetzt doch zu ihr. Als sie sie sah, erschrak sie. Cynthia sah gar nicht gut aus. So regungslos, wie sie da lag, hätte man sie wirklich fast schon für tot halten können. Linah schlug in stummem Entsetzen die Hände über dem Kopf zusammen. Jetzt konnte sie sich auch nicht mehr gegen die Gedanken wehren, die immer stärker wurden. Die Gedanken, dass sie schuld wäre, wenn ihre Schwester jetzt sterben würde.

Hier war die Mail zu Ende. Michaela schaltete ihr Notebook aus und machte sich zum Schlafengehen bereit.

Am nächsten Tag hielt Michaela in der Schule nach Tom Ausschau, einem Jungen aus der Neunten, von dem sie wusste, dass er ebenfalls bei Toni Gitarrenunterricht hatte. Als sie ihn sah, fragte sie ihn gleich: „Du, sag mal, hat der Toni bei dir auch den Gitarrenunterricht abgesagt?"

„Ja." Tom nickte betrübt. „Am Mittwoch ist er einfach nicht gekommen und gestern habe ich so eine komische Nachricht bekommen, dass er mich nicht mehr unterrichten kann. Ich soll zu Jörn Müller gehen, hat er vorgeschlagen."

„Ja, genau das hat er mir auch vorgeschlagen. Hast du eine Ahnung, warum?"

„Nee, keinen blassen Schimmer!"

„Ich auch nicht.“ Langsam kam Michaela die Sache immer seltsamer vor.

Eine denkwürdige Verabredung für Mirko

Nach der Schule war Lena mit Mirko verabredet. Sie wusste nicht genau, ob sie sich darauf freuen sollte oder nicht. Ihre Gedanken wanderten zu Johnny. Wenn sie mit ihm verabredet gewesen wäre, wäre ihr das lieber gewesen …

Aber das würde wohl nie geschehen.

Bevor sie losmusste, stand sie vor dem Spiegel und überlegte, was sie sich anziehen sollte. Irgendwie hatte sie sich selbst noch nicht so richtig an ihr neues Outfit gewöhnt. Mit den blauen kurzen Haaren und dem Piercing sah ihr Gesicht fremd aus. War das wirklich noch sie? Andererseits – wer war sie denn eigentlich? Welches Outfit passte überhaupt zu ihr, so wie sie wirklich war? Das konnte sie nicht sagen. Aber bevor sie wieder ins Grübeln kam, zog sie sich schnell um, kämmte sich noch einmal und machte sich dann auf dem Weg zum Eiscafé.

Sie hatte sich vorher schon genau überlegt, über welche Themen sie mit Mirko sprechen konnte, ohne dass sie zu viel von sich preisgeben musste.

Die Schule gehörte dazu, aber nur teilweise, die Colorania-Mails und natürlich alles, was Mirkos Leben betraf.

Was ihre eigene Person anging, so hatte sie sich schon verschiedene Antworten zurechtgelegt auf Fragen, die er ihr vielleicht stellen könnte. Sie wollte auf alles vorbereitet sein. Hauptsache, sie musste ihm nicht zu viel von sich selbst erzählen.

Doch darüber hätte sie sich keine Gedanken machen müssen, denn gleich das erste Thema, in das sie tiefer einstiegen, entwickelte so viel Gesprächsstoff, dass es gar nicht erst brenzlig wurde. Dabei hatte sie gar nicht damit gerechnet, dass sie lange über die Colorania-Mails sprechen würden, denn sie wusste, dass Mirko nicht gerne las und sich für die Geschichten nicht interessierte.

Aber irgendwie erwähnte Lena den Namen Emith, und danach war der Nachmittag gelaufen! Immer wieder fragte Mirko nach, ob der Junge in der Geschichte wirklich Emith hieß und ob sie wirklich nicht wussten, wer die Mails immer schickte und von wem die Geschichte war.

„Warum interessiert dich das eigentlich so?", fragte sie schließlich.

Daraufhin erzählte Mirko ihr von den Zeichnungen seines Opas und von Großtante Lieselotte, von Emil, dem Jugendfreund seines Opas, der durch das Verschulden seiner Großtante verstorben war, und von dem Namen Emith, der unter einer der Zeichnungen stand.

Lena schwieg eine Weile, nachdem Mirko fertig erzählt hatte. Dann sagte sie: „Das ist tatsächlich seltsam. Ich weiß auch nicht, was ich davon halten soll. Den Namen *Emith* gibt es ja nicht gerade häufig, oder? Ich meine, vielleicht ist es trotzdem ein Zufall. Aber es kann ja auch sein, dass dein Opa und die Colorania-Geschichten irgendwie miteinander zu tun haben."

„Aber wie? Mein Opa ist seit einem Jahr tot!"

„Ja, wie? Das weiß ich auch nicht."

Lena atmete auf. Eigentlich war der Nachmittag mit Mirko ganz nett gewesen. Und sie hatten die ganze Zeit über wirklich unverfängliche Themen gesprochen. Als sie ihr Tablet anschaltete, sah sie, dass zwei neue Mails gekommen waren. Eine schon gestern Abend und die andere vorhin. Sofort fing sie an zu lesen. Nachdem sie die erste Mail fertiggelesen hatte, klickte sie die zweite an und las auch diese noch.

XIII. Bei den Beduinen

„Du musst deinen Brüdern helfen", sagte die Taube zu Jotan.

„Aber *du* musst *uns* unbedingt helfen!", erwiderte Jotan.

„Das tue ich sowieso! Trotzdem musst du jetzt stark sein und Johrin und Jakob helfen, mir zu vertrauen!"

Jotan wandte sich Johrin zu, der in der ganzen letzten Stunde kein Wort mehr gesagt hatte und dumpf vor sich hinstarrte. Jakob saß neben ihm und weinte still.

„Vertraut dem König. Es wird alles gut", versuchte Jotan seine Brüder zu beruhigen.

„Gar nichts wird gut", stieß Johrin plötzlich heftig hervor. „Ich habe alles vermasselt! Ich bin doch selbst schuld daran, dass wir jetzt in der Klemme sitzen!"

Die Taube schaute Jotan an. Er lächelte, denn er wusste genau, was er zu tun hatte. „Erinnert ihr euch noch daran, wie ich bei unserer letzten Reise versagt habe? Ich war schuld daran, dass Jakob einen schrecklichen Unfall hatte und wir alle in Moroh festgehalten wurden. Und erinnert ihr euch daran, wie ich reagiert hatte? Ich wollte gar nichts mehr mit dem König zu tun haben, habe nicht mehr mit meiner Taube gesprochen, weil ich dachte, alles wäre aus! Doch der König hat mir gezeigt, dass ich mit all meinem Versagen zu ihm kommen kann und dass er mich trotzdem noch liebt! Und er hat uns doch in all dem geholfen, oder? Also lasst uns jetzt gemeinsam mit den Tauben sprechen und den König um Hilfe bitten!"

Jakob hatte aufgehört zu weinen. Beide schauten Jotan nachdenklich an. Ja, sie konnten sich noch gut an all das erinnern.

Der König hatte sie wirklich noch nie im Stich gelassen, auch wenn sie selbst versagt hatten! Schließlich nickten sie.

Nachdem sie etwa eine halbe Stunde geritten waren, sah Emith von weitem mehrere große Zelte, die in einem Halbkreis angeordnet waren. Die Zelte bestanden aus robustem, grau gemustertem Stoff. In der Mitte brannte ein Lagerfeuer.

Die Fremden hielten an und stiegen ab. Einer von ihnen hob Emith, dessen Hände immer noch hinter dem Rücken zusammengebunden waren, vom Pferd.

Neugierig schaute Emith sich um. Er sah einige Frauen, die mit großen Steinen irgendein Getreide zermahlten und andere, die Fleisch in Stücke schnitten. Auch einige Kinder waren da. Sie alle starrten Emith neugierig an.

Die beiden Männer befreiten Emith jetzt von dem Tuch, das sie um seinen Mund gebunden hatten. Seine Hände ließen sie allerdings noch gefesselt.

„Wir bringen dich zum Häuptling", erklärte einer von ihnen.

„Warum?", fragte Emith.

„*Wir* stellen hier die Fragen, nicht du!", antwortete der Mann barsch.

Emith musterte die Männer verstohlen. Alle waren hochgewachsen und kräftig. Sie hatten schwarze Haare und Bärte, und ihre Haut war fast ledrig von der intensiven Sonneneinstrahlung. Ihre Augen waren ernst und dunkel, aber nicht böse.

Emith fragte sich, weshalb sie ihn einfach so gefangengenommen hatten.

Nun wurde er von den beiden Männern ins Innere des größten der Zelte geschoben.

Im Zelt war es fast dunkel. Nur durch den Zelteingang fiel das Licht des beginnenden Morgens. Die beiden Männer, die ihn ins Zelt begleiteten, verbeugten sich leicht, als sie respektvoll ihren Häuptling begrüßten. Emith tat es ihnen nach. Neugierig betrachtete er den Mann, der in der Mitte des Zeltes im Schneidersitz auf dem Boden saß. Er hatte ein prächtiges, gemustertes Gewand an und mehrere Halsketten mit verschiedenen Perlen umgehängt. Sein ganzes Wesen strahlte Würde und Autorität aus. Mit einer Handbewegung gebot er den Ankömmlingen, sich ebenfalls niederzulassen. Die beiden Männer und Emith setzten sich in der Nähe des Zelteingangs auf den Fußboden. Dann begann der Häuptling, Emith auszufragen.

„Woher kommt ihr?"

„Was macht ihr hier?"

„Wer sind eure Auftraggeber?"

„Warum kommt ihr ausgerechnet in unser Gebiet?"

„Seid ihr in friedlicher Absicht gekommen?"

Diese und noch mehr Fragen prasselten auf Emith ein. Er versuchte, sie so gut wie möglich zu beantworten und erzählte ausführlich, weshalb seine Brüder und er sich auf den Weg nach Erydor gemacht hatten.

„Ihr wollt nach Erydor?", fragte der Häuptling überrascht. Interessiert musterte er Emith.

„Ja, wir haben Grund zur Annahme, dass die fünfzig vermissten Mädchen, von denen ich euch eben erzählt haben, nach Erydor gebracht wurden."

„Hm." Der Häuptling wirkte nachdenklich. „Wohin denn genau?"

„Das wissen wir nicht. Doch wir wollen nach Shenowee."

„In die geheime Stadt?" Der Häuptling wirkte erstaunt.

„Ja."

„Das wird nicht einfach sein", antwortete er.

„Das hörten wir", entgegnete Emith.

Der Häuptling schwieg eine Weile, dann sagte er: „Es hört sich verrückt an, dass vier Jungen, die noch halbe Kinder sind, allein in eine so gefährliche Stadt wie Shenowee reiten wollen. Aber du wirkst nicht wie jemand, der lügt. Ich sehe in deinen Augen, dass du ehrlich bist." Er wandte sich an einen der Männer, die bei ihm saßen, und befahl ihm, Emiths Fesseln zu lösen. Der Mann gehorchte sofort und Emith rieb sich erleichtert die Handgelenke.

„Verzeih bitte, dass wir dich auf diese Art und Weise hierhergebracht haben", sagte der Häuptling nun. „Doch wir mussten erst herausfinden, ob ihr in guter Absicht gekommen seid. Wir Beduinen müssen uns gegen viele Feinde zur Wehr setzen. Viele meinen, nur weil wir in Zelten statt in befestigten Städten leben, seien wir ein leichtes Opfer von Überfällen und Raub. Deshalb sind wir sehr wachsam und Fremden gegenüber, die in unsere Gegend kommen, äußerst misstrauisch. Doch mit aufrichtigen Leuten freunden wir uns gerne an, und deshalb heißen wir dich und deine Brüder als Gäste willkommen und bieten euch unsere Hilfe an."

„Vielen Dank, verehrter Häuptling", erwiderte Emith mit einer respektvollen Verbeugung. „Eure Hilfe können wir gerade jetzt gut gebrauchen. Das Pferd meines jüngsten Bruders ist nämlich im Treibsand versunken und wir schaffen es nicht allein, es herauszuziehen."

„Ich werde sofort Männer schicken, die euch helfen werden, und danach seid ihr als meine Gäste herzlich eingeladen, mit uns zu speisen und eure weitere Reise zu besprechen."

Lenas Handy klingelte. Sie schaute auf das Display und sah die Nummer. Ihr Herz pochte. Obwohl sie die Nummer längst aus ihren Kontakten gelöscht hatte, erkannte sie sie sofort. Niemals wieder würde sie ans Telefon gehen, wenn sie diese Nummer sah! Sie drückte auf „Ablehnen". Doch es nützte nichts. Der Abend war verdorben. Obwohl sie nicht ans Telefon gegangen war, fühlte sie sich genauso miserabel, als wenn sie rangegangen wäre. Sie schaltete das Tablet aus. Für heute Abend war es vorbei mit Lesen.

Michaelas Handy klingelte. Mirko war dran. Er schrie fast ins Telefon. So aufgeregt hatte sie ihn selten erlebt. „Warum hast du mir nie erzählt, dass der Junge in euren Geschichten Emith heißt?"

Michaela stutzte. „Warum fragst du?", fragte sie verwundert.

„Du hättest es mir sagen müssen!", erwiderte Mirko. Immer noch klang seine Stimme sehr aufgeregt.

„Nun, du hast dich nie besonders für die Colorania-Geschichten interessiert", gab Michaela zurück. „Ich meine sogar, ich hätte den Namen irgendwann mal erwähnt. Vielleicht hast du nicht zugehört!"

„Das kann nicht sein. Wenn du den Namen erwähnt hättest, wäre mir das sofort aufgefallen!"

„Jetzt sag bitte endlich, was eigentlich los ist!", forderte Michaela. „Ich weiß gar nicht, was du auf einmal hast!"

Mirko holte tief Luft. Er wusste gar nicht, wo er anfangen sollte. Dann erklärte er: „Du erinnerst dich an das, was ich dir von Großtante Lieselotte erzählt habe, von dem Jungen, dessen Tod sie auf dem Gewissen hatte?"

„Das war doch der, der auch auf den Zeichnungen deines Opas war, oder?", fragte Michaela.

„Ja, genau der. Und Großtante Lieselotte hat ihn Emil genannt. Unter einer dieser Zeichnungen stand aber der Name Emith, nicht Emil!"

„Aha. Und deshalb interessierst du dich jetzt für den Namen?" Michaela verstand nicht so recht, worauf das Ganze hinaus sollte.

„Jetzt hör mal! Wie oft hast du schon den Namen Emith gehört?", fragte Mirko.

Michaela überlegte. „Bevor ich die Geschichten kannte, eigentlich überhaupt noch nicht", meinte sie schließlich.

„Eben. Ich nämlich auch nicht. Könnte es nicht sein, dass ein Zusammenhang besteht zwischen deinem Colorania-Emith und den Zeichnungen meines Opas?", fragte Mirko.

„Du meinst, dein Opa hat den Emith aus den Mails gezeichnet?" Michaela war verwirrt. Dann dämmerte ihr, was Mirko vermutete. „Ach, du denkst, dein Opa hat die Mails vielleicht geschickt?" Sie wollte ja schon lange wissen, wer ihr und Nico immer die Colorania-Mails schickte.

„Scherzkeks. Mein Opa ist seit fast einem Jahr tot!", meinte Mirko. „Und auch in dem Jahr davor hat er mit Sicherheit keine Mails verschickt, denn da lag er nur noch krank im Bett. Abgesehen davon kann ich mich nicht erinnern, meinen Opa jemals mit so etwas wie einem Computer gesehen zu haben. Mails und Internet und all das waren nicht seine Welt."

„Aber wenn dein Opa nicht die Mails geschrieben hat, was meinst du denn dann? Was hat er mit dem Emith in der Geschichte zu tun?"

„Das weiß ich ja eben nicht. Aber ich will es herausfinden!"

Michaela dachte einen Moment nach. „Ja", sagte sie schließlich. „Wenn es da etwas herauszufinden gibt."

Albträume und Gedanken über Hirten

In der Nacht hatte Lena wieder einen Albtraum. Ein Monster mit riesigen Klauen verfolgte sie und drohte, sie zu verschlingen. Sie musste sich nicht umdrehen, um zu wissen, wessen Gesichtszüge das Monster trug.

Schweißgebadet wachte sie auf und schaltete das Licht an. Irgendwie konnte sie die Dunkelheit nicht mehr ertragen. Ihr Blick fiel auf ihre Bibel, die auf dem Nachttisch lag. Schon länger hatte sie nicht mehr darin gelesen. Doch jetzt konnte sie einen ermutigenden Bibeltext gut gebrauchen, irgendwas, was ihr half, keine Angst mehr zu haben. Was las man, wenn man Trost und Ermutigung brauchte?

Als Mädchen, das von klein auf mit der Bibel vertraut war, wusste sie, dass Psalm 23 genau passend war, wenn es einem schlecht ging. Also begann sie zu lesen: Der Herr ist mein Hirte, mir wird nichts mangeln.

Sofort hörte sie wieder auf. „Mir wird nichts mangeln" hieß so viel wie: „Nichts wird mir fehlen" oder „Ich habe alles, was ich brauche".

Bei mir ist das aber nicht so, dachte Lena. *Mir fehlt so vieles! Das einzige, was mir nicht fehlt, sind Probleme. Die habe ich genug, viel mehr, als ich gebrauchen kann!*

Wütend klappte sie die Bibel wieder zu. Sie ärgerte sich. Ihr ganzes Leben lang war ihr beigebracht worden, dass die Bibel Gottes Wort und die Wahrheit war. Warum also stimmte es dann nicht, was darin stand? Oder traf es nur auf sie nicht zu? War mit ihr irgendwas verkehrt, irgendwas anders als bei anderen Leuten?

Wenigstens hatte die Bibel sie von ihrem Albtraum abgelenkt, und das war schon mal nicht schlecht. Doch nun war sie wach und konnte nicht mehr schlafen. Da fiel ihr ein, dass sie die Colorania-Mail noch nicht zu Ende gelesen hatte. Sie schaltete ihr Tablet an und las weiter.

Der Häuptling hatte Wort gehalten. Er hatte seine Männer ausgesandt, und die hatten Jakobs Pferd aus dem Treibsand herausgezogen. Inzwischen waren die erleichterten Jungen samt ihren Pferden und ihrem Gepäck sicher bei dem Beduinenstamm angekommen und saßen gemeinsam mit den anderen um das Feuer herum. Sie wurden freundlich willkommen geheißen. Die Beduinen waren ein sehr gastfreundliches und großzügiges Volk und den Jungen wurde reichlich Essen aufgetischt, das zwar etwas fremdartig schmeckte, aber vorzüglich gewürzt war. Es handelte sich um einen Brei aus Getreide und Fleisch.

Darüber hinaus hatte der Häuptling dafür gesorgt, dass sich jemand um Jakobs Pferd kümmerte. Das geschwächte Tier musste gesäubert werden und brauchte vor allem Futter und Ruhe. Jakob war froh, dass es ansonsten unverletzt war. So konnte er wenigstens das Essen genießen.

Nach dem Essen wurden die vier Jungen zu einer weiteren Unterredung in das Zelt des Häuptlings eingeladen.

XIV. Der Rat des Häuptlings

Diesmal betrat Emith das Zelt sehr viel selbstsicherer als beim ersten Mal.

Häuptling Alafael – inzwischen hatten die Jungen seinen Namen erfahren – saß wie beim letzten Mal im Schneidersitz auf dem Boden. Doch er strahlte eine solche Würde aus, als säße er auf einem goldenen Thron. Rechts und links neben ihm saßen seine beiden Ratgeber.

Wie beim letzten Mal bedeutete er den Jungen mit einer Handbewegung, Platz zu nehmen. Mit einer leichten Verbeugung ließen sich die vier schließlich vor ihm auf dem Boden nieder, sodass sie einen Halbkreis um den Häuptling und seine Ratgeber bildeten.

Häuptling Alafael betrachtete sie prüfend. Seine dunklen Augen musterten die vier Jungen, als wolle er in ihren Gesichtern lesen.

Als er sie schließlich fragte, ob ihnen das Essen geschmeckt hatte, war Emith überrascht. Mit so einer belanglosen Frage hatte er nicht gerechnet. Erst später sollte er erfahren, dass es unter den Beduinen durchaus üblich war, auch ernste Gespräche mit belanglosen Höflichkeiten zu beginnen.

Die Jungen nickten ernst und antworteten: „Ja, Häuptling Alafael, vielen Dank, das Essen war ausgezeichnet!"

„Das freut mich", antwortete der Häuptling. In seinem ernsten Gesicht war die Andeutung eines Lächelns zu erkennen. „Wir Beduinen können ausgezeichnet kochen!", sagte er und schien sehr zufrieden zu sein, dass die Jungen das Essen gelobt hatten.

Doch dann wurde er wieder ernst und kam zum Thema. „Ich frage mich immer noch, wie vier Jungen in eurem Alter die Strapazen der Wüste allein schaffen und dann noch eine Stadt wie Shenowee erreichen wollen!"

Emith sagte fest: „Wir haben den Auftrag, das zu tun, und wir schrecken nicht vor Gefahren zurück."

Häuptling Alafael runzelte die Stirn. „Seid ihr euch der Gefahren überhaupt bewusst?", fragte er.

„Wir sind uns dessen bewusst, dass ein Ritt durch die Wüste kein Spaziergang ist", antwortete Emith.

„Nicht nur das. Erstens gibt es zu dieser Jahreszeit immer wieder gefährliche Sandstürme. Zweitens kann man sich sehr leicht in der Wüste verirren. Es gibt zwar einen markierten Weg, dem ihr folgen solltet, aber manchmal werden die Markierungen von Sand überdeckt, wenn sich durch Sandstürme neue Dünen gebildet haben. Dann ist es sehr schwer, wieder auf den richtigen Weg zurückzufinden. Drittens gibt es mehr als genug bewaffnete Räuber in der Wüste, die nur darauf warten, ahnungslose Reisende zu überfallen. Viertens muss man, um nach Shenowee zu kommen, durch das Tal der Schatten, und euch ist sicher bekannt, wie schrecklich das ist." Er sah die Jungen durchdringend an, einen nach dem anderen. „Reicht das, um euch davon zu überzeugen, dass ihr besser wieder umkehren solltet?"

Emith schaute in das ernste Gesicht des Häuptlings. Er schwieg eine Weile. Schließlich sagte er: „Häuptling Alafael. Ich schätze Eure Besorgnis sehr, aber ich glaube, Ihr habt mich nicht richtig verstanden." Er überlegte kurz, dann fragte er: „Erwartet Ihr, wenn Ihr als Häuptling Euren Untertanen einen Auftrag gebt, dass er ausgeführt wird?"

„Ja, natürlich!"

„Auch wenn dieser Auftrag gefährlich ist?"

Der Häuptling nickte zögernd.

„Seht Ihr, wir haben einen Auftrag bekommen und wir werden ihn ausführen, egal wie gefährlich er ist", erklärte Emith entschlossen.

Die anderen Jungen nickten bestätigend.

Häuptling Alafael musterte sie ernst. Dann fragte er: „Wer hat euch denn den Auftrag gegeben? Der Schwarze Meister?"

„Nein", erwiderte Emith. „Wir dienen nicht dem Schwarzen Meister. Wir dienen dem wahren König von Colorania, dem Herrn der Farben."

„Farben? Was ist das?", fragte der Häuptling neugierig.

In der nächsten Stunde erzählten die Jungen dem Häuptling viel vom König und den Farben. Der Häuptling und die beiden Männer, die bei ihm saßen, hörten interessiert zu. Doch als die Jungen fragten, ob auch sie die Farben und den König kennenlernen wollten, schüttelte Häuptling Alafael bedächtig den Kopf. „Nein. Wir sind ein unabhängiges Volk. Wir bleiben lieber für uns, so wie wir es schon seit Jahren tun."

Emith nickte traurig. Schade, dass dieses prächtige Volk, das am Rande Coloranias ein einsames Dasein fristete, nicht die Farben annehmen wollte. Wie wunderschön würden diese interessanten Menschen und ihre gemusterten Zelte und Kleider in bunt aussehen. Und wie sehr würde sich ihr Leben verbessern, wenn sie den König kennenlernen und dessen Freundschaft, Schutz und Unterstützung genießen könnten.

Der Häuptling fuhr fort: „Ich sehe aber nun ein, dass ihr euren Auftrag erfüllen müsst. Ihr seid eurem König in Treue verbunden und es ist selbstverständlich für euch, dass ihr auch euer Leben für ihn riskiert. In diesem Fall hört wenigstens auf meinen Rat. Durchquert die Wüste nicht mit euren Pferden. Erstens ist eines eurer Tiere geschwächt und braucht noch ein wenig Erholung. Zweitens sind Kamele für die Durchquerung der Wüste besser geeignet. Sie sind zäh, können viele Lasten tragen und kommen lange Zeit ohne Wasser aus."

„Aber woher sollen wir Kamele bekommen?", fragte Johrin.

„Geht zum Hirtenjungen Avi. Er ist aus unserem Stamm und hütet unsere Herden beim Hirtengrund. Sagt ihm, Häuptling Alafael bittet ihn, euch Kamele zu besorgen. Avi wird sich dann um alles Weitere kümmern."

„Aber wo sollen wir unsere Pferde so lange lassen?"

„Ihr könnt sie bei Avi lassen. Es gibt genug Gras für sie und er wird sich um sie kümmern."

Die Jungen nickten bedächtig.

„Und nun hört noch ein paar praktische Ratschläge zur Durchquerung der Wüste. Wir Beduinen sind oft in der Wüste herumgezogen. Wenn ich einen meiner Männer entbehren könnte, würde ich euch einen mitschicken, der euch begleitet. Doch wir sind ein kleines Volk und brauchen jeden, um uns gegen Feinde zu verteidigen und unsere täglichen Aufgaben zu erledigen. Also müsst ihr den Weg tatsächlich allein schaffen. Der erste Rat, den ich euch gebe: Bleibt auf den markierten Wegen. Sollten Markierungen von Sand verweht sein, was, wie bereits gesagt, öfter vorkommt, müsst ihr euch genau nach der Sonne und den Sternen richten, um die Richtung nicht zu verlieren. Ich werde euch nachher auf der Karte den besten Weg zeigen. Ihr müsst so reiten, dass ihr bei den Oasen haltmachen könnt. Schlingt euch Tücher um den Kopf, die euch vor der

Sonne schützen. Natürlich müsst ihr euch genug zu trinken mitnehmen. Solltet ihr doch mal mehr Durst haben, als ihr Wasser dabei habt: Sucht euch kleine Steine, steckt sie in den Mund und lutscht sie. Das regt die Speichelproduktion an und hilft, dass der Mund nicht so trocken wird – alter Beduinentrick. Ich hoffe, ihr habt Waffen dabei. Nachts sollte einer von euch immer Wache halten, damit ihr nicht von Räubern oder Wüstenhunden überrascht werdet. Nehmt euch auch in Acht vor Schlangen und Skorpionen. Schaut morgens in eure Schuhe, bevor ihr sie anzieht."

Die Jungen schluckten. Die Ratschläge des Häuptlings zeigten ihnen mehr als deutlich, wie gefährlich ihre Reise wirklich war!

XV. Avi, der Hirtenjunge

Häuptling Alafael zeigte ihnen auf der Karte den besten Weg und gab ihnen weitere Ratschläge und Ermahnungen mit. Anschließend verbrachten sie eine ruhige Nacht in einem der großen Beduinenzelte.

Am nächsten Morgen wurde ihnen ein reichhaltiges Frühstück serviert, und nach einem herzlichen Abschied machten sie sich auf den Weg zu Avi, dem Hirtenjungen.

Sie würden keinen langen Ritt vor sich haben. Der Häuptling hatte ihnen gezeigt, dass der Hirtengrund – die grünen Wiesen am Rand der Wüste, die die Grenze zwischen Colorania und Erydor bildeten – schon bald hinter dem Lager der Beduinen begann. Tatsächlich waren sie kaum eine halbe Stunde unterwegs, als sie eine riesige Schafherde sahen. Grüne Wiesen erstreckten sich beinahe bis zum Horizont. Doch wenn man genauer hinschaute, sah man, dass die Hügel dahinter etwas weniger grün waren. Die Sonne, die in der Wüste so unbarmherzig schien, schickte ihre sengenden Strahlen bis an den Rand des Hirtengrundes und ließ das grüne Gras verdorren.

Die vier Jungen ritten auf die Herde zu. Doch lange bevor sie die ersten Schafe erreichten, stellte sich ihnen ein schmutziger Junge mit struppigen schwarzen Haaren in den Weg. Er war mit einem Beduinengewand bekleidet. In der einen Hand hatte er einen Stock und in der anderen ein Messer. Mit dunklen funkelnden Augen blitzte er die Jungen an und ließ keinen Zweifel daran aufkommen, dass er im Ernstfall Gebrauch von seinen Waffen machen würde.

Die Jungen hielten sofort ihre Pferde an. Wer war dieser fremde Junge?

„Was habt ihr hier zu suchen?", fragte er. Seine Stimme hatte einen drohenden Unterton.

Emith sagte: „Wir sind Freunde von Häuptling Alafael und suchen Avi, den Hirtenjungen."

Der Gesichtsausdruck des Jungen änderte sich nicht. Er verriet mit keiner Miene, was er dachte, doch sein ganzer Körper zeigte äußerste Wachsamkeit. Man sah regelrecht, dass jeder seiner Muskeln angespannt war. „Und was wollt ihr von ihm?", fragte er.

„Wir wollen durch die Wüste Erydors nach Shenowee, weil wir den Auftrag haben, fünfzig entführte Mädchen zu befreien und nach Colorania zurückzubringen", erklärte Emith. „Häuptling Alafael hat gesagt, wir könnten unsere Pferde bei Avi lassen und er könnte uns dafür Kamele besorgen."

Nun weiteten sich die Augen des Jungen erstaunt. „In die geheime Stadt wollt ihr?", fragte er. „Dorthin wurden fünfzig Mädchen entführt? Und ihr wollt sie alle zurückbringen? Dann seid ihr entweder ganz schön mutig oder einfach verrückt!", stellte er nüchtern fest. Er sah von einem zum andern.

Johrin grinste. „Vielleicht sind wir beides. Aber kannst du uns jetzt bitte zu Avi, dem Hirtenjungen, führen?"

Der Junge grinste jetzt auch. Er steckte sein Messer wieder ein. „Ich bin Avi. Verzeiht mir die unfreundliche Begrüßung. Aber ich muss immer aufpassen, dass meinen Schafen nichts passiert. Und wenn Fremde hier in die Gegend kommen, muss ich erst mal herausfinden, ob von ihnen eine Gefahr für die Schafe ausgeht oder nicht! Wenn jemand meine Schafe angreift, muss ich sie verteidigen."

Johrin lachte. „Aber du bist ganz allein und wir sind zu viert! Du hättest gegen uns vier doch sowieso nichts ausrichten können, wenn wir Böses im Sinn gehabt hätten!"

Plötzlich machte Avi eine blitzschnelle Handbewegung und ehe Johrin sich versah, lag er auf dem Boden. Benommen richtete er sich auf. Avi blitzte ihn herausfordernd an. „Kampfsport. Jahrelang trainiert! Du hast keine Ahnung, was du da redest! Ihr vier, verzeiht mir, wenn ich das so offen sage, wärt kein Problem für mich gewesen. Ich habe schon schwierigere Gegner gehabt. Doch notfalls würde ich auch mein Leben einsetzen, um meine Schafe zu verteidigen!"

„Ehrlich?" Die Jungen blickten ihn ganz erstaunt an. Doch es war Avi anzumerken, dass er es absolut ernst meinte.

Jakob sagte: „Aber Schafe sind nur Tiere und du bist ein Mensch! Dein Leben ist doch mehr wert als das eines Schafes!"

Jetzt funkelten Avis Augen wieder wütend. „Du hast ja keine Ahnung, was du sagst! Wir Beduinen brauchen diese

Schafe, um zu überleben! Sie liefern uns wertvolle Wolle und Milch. Und meine Aufgabe ist es, auf sie aufzupassen. Ich liebe sie, jedes einzelne, und mir ist bewusst, welch einen großen Wert sie für uns haben."

„Du liebst deine Schafe?", fragte Emith erstaunt. Er konnte nachvollziehen, dass man Tiere lieben konnte. Er selbst liebte ja seinen Hengst auch. Doch eine ganze Schafherde? „Würde es dir überhaupt auffallen, wenn ein Schaf fehlt?", fragte er.

Avi lachte, als hätte Emith einen Witz gemacht. Dann antwortete er: „Ich bin seit vielen Jahren Tag und Nacht mit diesen Schafen zusammen. Denkst du, da würde ich sie nicht kennen? Jedes einzelne hat einen Namen und jedes ist genauso einzigartig wie sein Name. Oh, ich kenne sie gut!"

„Die sehen doch fast alle gleich aus!", sagte Jotan und betrachtete stirnrunzelnd die Herde. Ein paar schwarze Schafe waren dabei und ein paar gesprenkelte, doch die meisten waren weiß und sahen sich ziemlich ähnlich.

„Wenn man nur oberflächlich hinschaut, mag man denken, sie sehen alle gleich aus, doch wenn man sie besser kennt, sieht man, dass sie alle verschieden sind. Nicht nur vom Aussehen, sondern auch vom Charakter. Oh ja, sie sind alle ganz unterschiedlich!" Er strich einem Schaf, das in der Nähe graste, liebevoll über den Kopf. „Doch kommt mit. Ich zeige euch, wo ihr heute übernachten könnt, und dann zeige ich euch, wo ihr die Kamele bekommt!"

Lena schaltete ihr Tablet ab. Sie wollte jetzt doch lieber versuchen, weiterzuschlafen, auch wenn Wochenende war. Sie war einfach nicht der Typ, der sich die Nächte um die Ohren schlug.

Irgendwie gefiel ihr die Leidenschaft, mit der Avi seine Schafe liebte und verteidigte. Ob Gott tatsächlich auch so leidenschaftlich für sie eintreten würde? Wenn es hieß, dass er ihr Hirte war? Doch warum waren dann so viele schlimme Dinge in ihrem Leben passiert? Sie verstand das alles nicht. Trotzdem gefiel ihr der Gedanke. Vielleicht stimmte es ja. Vielleicht war Gott tatsächlich bereit, sie mit so viel leidenschaftlicher Entschlossenheit zu verteidigen wie Avi seine Schafe.

Unliebsame Anrufe

Am nächsten Tag war Samstag. Wenigstens musste man da nicht zur Schule. Was für eine Erleichterung! Lena las noch einmal den ersten Vers aus Psalm 23. Sie wollte sich vorstellen, wie Gott als ihr Hirte mit ihr durch den Tag ging und sie leidenschaftlich gegen jeden Angriff verteidigte. Nachdem sie gefrühstückt hatte, schaltete sie ihr Tablet ein und las weiter.

Sie folgten Avi zu einer kleinen Holzhütte. „Hier könnt ihr heute Nacht schlafen", erklärte er ihnen. „Und hier", er zeigte auf ein weiteres Gebäude, „ist ein Pferdestall. Da können eure Tiere bleiben, bis ihr zurückkommt. Tagsüber werde ich sie natürlich auf die Weide führen."

Die Jungen schauten sich alles an. Der Pferdestall war groß genug für ihre Pferde, aber die Hütte war winzig. „Wie sollen wir hier alle reinpassen?", fragte Johrin.

„Ich schlafe nicht in der Hütte", erklärte Avi. „Ich bleibe lieber draußen bei meinen Schafen. In der letzten Zeit war hier öfter ein Wolfsrudel. Da muss ich gut aufpassen."

„Dann bleibe ich bei dir", erklärte Emith. Die anderen stimmten ihm zu und versicherten, sie würden auch lieber draußen bei Avi schlafen.

Avi war überrascht. „Nun gut", meinte er schließlich. „Dann soll es so sein!"

Sie liefen noch eine Weile mit Avi im Hirtengrund herum und er erzählte ihnen viel von seinem Leben als Hirte und von den Beduinen. Avi war ein lebhafter Erzähler und die Zeit verging wie im Flug. Schließlich sagte er: „Ich muss die Schafe jetzt zu einer anderen Weide führen, sie haben hier alles abgegrast. Doch vorher brauchen sie auch etwas zu trinken."

Die Jungen sahen sich das Gras an. Die Landschaft war, wie die restliche Landschaft Coloranias, inzwischen farbig geworden, obwohl Avi und die Beduinen noch keine Farbe angenommen hatten. Das Gras sah herrlich grün aus. „Es sieht noch gar nicht so abgegrast aus", meinte Jakob erstaunt.

„Die Schafe brauchen aber eine bestimmte Grashöhe", erwiderte Avi. „Lass uns gehen, ich bringe sie jetzt auf eine andere Weide. Doch vorher bekommen sie etwas zu trinken." Er hielt die Hände trichterförmig vor den Mund und stieß einen langgezogenen Laut aus. Sobald die Schafe den Laut hörten, setzten sie sich in Bewegung und folgten Avi. Die Jungen folgten ihm ebenfalls.

Bald kamen sie zu einem Bach, der munter dahinplätscherte. Emith und seine Brüder ließen sich sofort nieder, um sich ein wenig auszuruhen. Nicht so Avi. Der Hirtenjunge begann, Steine zu suchen. Eine ganze Weile sammelte er Steine und lagerte sie am Ufer des Baches.

„Was machst du da?", fragte Jotan neugierig.

„Ich sammle Steine, um das Wasser zu stauen", antwortete Avi.

„Weshalb tust du das?", fragte Jakob nun.

Avi warf ihnen einen Blick zu, der zu sagen schien: *Na, ihr habt ja wirklich überhaupt keine Ahnung.* Laut sagte er: „Schafe trinken nicht aus fließenden Gewässern." Dann machte er sich stillschweigend daran, aus den gesammelten Steinen einen Damm zu bauen, um eine geeignete

Trinkstelle für seine Schafe zu schaffen. Als er fertig war, führte er die Schafe ans Wasser und ließ sie trinken.

Lena hörte auf zu lesen. Sie musste wieder an den 23. Psalm denken. „Er lagert mich auf grünen Auen und führt mich zu stillen Wassern.“ Deshalb also die *stillen* Wasser. Schafe brauchten diese stillen Wasser, damit sie trinken konnten. Wow! Wie stark, dass Avi wirklich alles tat, um die Versorgung der Schafe zu gewährleisten und um ihre Lebensbedingungen perfekt zu gestalten! Er gab sich wirklich ganz schön viel Mühe! Ob Gott sich auch mit ihr so viel Mühe gab? Früher hatte sie das immer geglaubt. Jetzt war sie sich da nicht mehr so sicher. Aber sie wünschte es sich von ganzem Herzen. Nachdenklich las sie weiter.

Emith beobachtete, wie Avi seine Schafe zum Wasser führte. *Irgendwie ein idyllischer Anblick*, dachte er.

Die Schafe schienen sehr durstig zu sein. Sie drängten sich alle ans Wasser und die stärkeren stießen die schwächeren zur Seite. Avi ging ein Stück weiter an eine andere Stelle, wo das Wasser sich nicht staute, die Schafe also eigentlich nicht trinken konnten. Er forderte ein paar Schafe auf, mitzukommen, und schöpfte Wasser in seine hohlen Hände. Bald tranken die Tiere nacheinander aus seinen Händen Wasser. Es dauerte eine ganze Weile, bis alle Schafe zufrieden waren.

In Emith stieg unwillkürlich Bewunderung für Avi hoch. Er hatte selten jemanden gesehen, der sich so hingebungsvoll um jemanden kümmerte, wie Avi um seine Schafe. Sein ganzes Wesen drückte Liebe und Wertschätzung für die Tiere aus.

Avi, der merkte, dass Emith ihn beobachtete, sagte: „Die

Schafe brauchen das. Schafe sind ohne einen Hirten absolut hilflos. Sie würden allein niemals klarkommen!"

Lena hörte kurz auf zu lesen. Sie musste darüber nachdenken, dass die stärkeren die schwächeren Schafe weggestoßen hatten. So war es doch im wirklichen Leben auch. Aber den schwächeren Schafen widmete der Hirte besondere Aufmerksamkeit. Er ließ sie aus seinen eigenen Händen trinken.

So weit sie die Bibel kannte, wusste sie, dass auch Gott als Hirte den Schwachen besondere Behandlung zukommen ließ. Er kümmerte sich besonders um die Hilflosen. Oh, wie sehr hoffte sie, dass das alles stimmte. Die Bilder, die die Bibel verwendete, waren so schön! Lena hoffte von ganzem Herzen, dass es nicht alles nur schöne Märchen waren, die sie ihr Leben lang geglaubt hatte!

Nachdenklich las sie weiter.

Als alle Tiere fertiggetrunken hatten, stand Avi auf und rief seine Schafe erneut. Sie gingen eine ganze Weile, bis

sie eine Weide erreicht hatten, die Avi für gut genug befand. Als er endlich der Meinung war, dies sei der Platz, an dem seine Schafe bleiben konnten, ließen sie sich dort nieder. Nun erklärte Avi den Jungen, wo sie Kamele und die nötige Ausrüstung für ihre Wüstendurchquerung bekommen konnten. Er beschrieb ihnen den Weg zu einem befreundeten Beduinenstamm, der ihnen alles zur Verfügung stellen würde, und gab ihnen ein Löwenfell als Pfand mit. „Sagt, dies ist von Avi, eurem Freund. Dafür werden sie euch die Kamele geben."

„Woher hast du das?", fragte Jotan neugierig und strich über das Fell.

„Der Löwe wollte eins meiner Lämmer reißen. Da habe ich ihn getötet", antwortete Avi.

„Was? Du hast ihn ganz allein getötet?", fragte Emith mit großen Augen.

„Na hör mal! Wenn eins meiner Lämmer angegriffen wird, dann werde ich selbst wild wie ein Löwe!", antwortete Avi ernsthaft.

Emith schluckte. Er mochte sich nicht vorstellen, wie ein Kampf mit einem Löwen aussehen würde. Aber seine Bewunderung für Avi wuchs.

XVI. Aufbruch in die Wüste

An diesem Abend lag Emith lange wach und blickte in den Sternenhimmel Süd-Coloranias. Die Sterne sahen hier im Süden ganz anders aus als in seiner Heimat. Ihm fehlten die vertrauten Sternbilder, die große Blume, das Pferd und all die anderen, die er in Odiah stets am Nachthimmel sehen konnte. Hier kannte er kein einziges Sternbild. Irgendwie wurde ihm plötzlich bewusst, wie weit er von seiner Heimat entfernt war! Und morgen würden sie sich auf eine abenteuerliche Reise durch die Wüste begeben und er würde seinen geliebten Hengst Nachtwind zurücklassen müssen!

Neben ihm lagen seine Brüder und Avi. Er hatte jedoch das Gefühl, dass Avi nicht richtig schlief. Die Sinne dieses Jungen waren immer geschärft, er war stets bereit, seine Schafe zu verteidigen.

Am Nachmittag waren die vier Jungen zu dem befreundeten Beduinenstamm gegangen, wie Avi ihnen gesagt hatte. Avi war nicht mitgekommen, er wollte seine Schafe nicht allein lassen. Aber das Löwenfell als Pfand, sowie der Hinweis, dass sie Freunde von Avi und von Häuptling Alafael waren, hatten ausgereicht, dass die freundlichen Beduinen ihnen alles zur Verfügung gestellt hatten, was sie brauchten. Morgen sollte der große Ritt durch die Wüste beginnen. Die Beduinen hatten ihnen auch gezeigt, wie man die Kamele dazu bringt, sich hinzusetzen, damit man aufsteigen kann, und wie man ihnen befiehlt, wieder aufzustehen und sich in Bewegung zu setzen. All das hatten die Jungen vorher nicht gewusst. Schließlich waren sie noch nie auf Kamelen geritten. Oh, das würde ein Abenteuer werden! Über all das dachte Emith nach und es dauerte lange, bis er einschlafen konnte.

Mitten in der Nacht wachte er plötzlich auf. Wieder starrte er in den fremdartigen Sternenhimmel. Er überlegte, was ihn geweckt hatte, und setzte sich auf. Suchend blickte er sich um. Da sah er, dass Avi nicht mehr bei ihnen lag. Wo war er nur? Emith stand leise auf und hielt Ausschau nach ihm. In der sternenklaren Nacht hatte er eine gute Sicht und bald konnte er ihn sehen. Avi schlich am Rand der Schafherde entlang und bewegte sich wie jemand, der nicht bemerkt werden wollte. Emith wunderte sich. Was hatte der Hirtenjunge vor?

Plötzlich sprang Avi wie ein geölter Blitz vorwärts und im gleichen Augenblick stürzte von der anderen Seite ein schwarzer Schatten auf ihn zu. Emith hielt den Atem an. Ein Wolf! Avi hielt in der einen Hand seinen Stock, in der anderen blitzte die Klinge eines Messers, und schon prallte er mit dem Tier zusammen. In dem Moment hörte Emith ein Heulen aus vielen Kehlen. Er erschrak. Im Hintergrund war das Wolfsrudel! Die Schafe drängten sich ängstlich zusammen. Emith beobachtete mit angehaltenem Atem den Kampf. Avi hieb mit Entschlossenheit auf den Wolf ein. Nach einiger Zeit ließ der Wolf von ihm ab und lief zu seinem Rudel zurück. Emith atmete erleichtert auf, als er sah, dass das ganze Rudel sich wieder davonmachte. Als Avi zurückkam, legte Emith sich schnell wieder hin. Irgendwie spürte er, dass Avi es nicht gewollt hätte, dass er ihn bei dem Kampf beobachtet hatte.

Am nächsten Morgen sollte die große Reise durch die Wüste beginnen. Die vier Jungen frühstückten mit Avi und dann beluden sie ihre Kamele, die sie über Nacht an einem Baum in der Nähe angebunden hatten. Anschließend verabschiedeten sie sich von Avi und von ihren Pferden. Emith schlang seine Arme um Nachtwinds Hals. „Ich werde dich so vermissen", sagte er.

Der Hengst schaute ihn aus seinen großen Augen an, als verstünde er jedes Wort genau. Wie gut, dass sie sich darauf verlassen konnten, dass Avi sich gut um die Pferde kümmern würde! Es gab wohl keinen, der mehr Hingabe beim Versorgen von Tieren zeigte als er!

Als ob er Gedanken lesen könne, versicherte Avi noch einmal: „Macht euch keine Sorgen. Ich werde auf die Pferde genauso gut aufpassen wie auf meine Schafe! Und wenn ihr wiederkommt, müsst ihr mir unbedingt erzählen, wie es in Shenowee war und welche Abenteuer ihr dort erlebt habt!"

„Das versprechen wir dir!", erwiderte Jotan.

Endlich waren sie angekommen!

Cynthia hatte von dem Rest der Reise nicht mehr viel mitbekommen. Die meiste Zeit war sie bewusstlos gewesen, und wenn sie mal nicht bewusstlos war, fühlte sie sich so schwach, dass sie kaum etwas von ihrer Umgebung wahrnahm. Sie befand sich in einer Art Dämmerzustand. An manchen Tagen hatte sie das Gefühl gehabt, sie sei mehr tot als lebendig. Doch irgendwie hatte sie überlebt. Die Männer hatten ihr immer wieder persönlich Wasser eingeflößt und sie den ganzen Rest der Reise nicht mehr aus den Augen gelassen. Doch nun waren sie in einer Stadt angekommen. Niemand hatte ihnen mitgeteilt, wie die Stadt hieß, und Cynthia hatte auch von dem Weg dorthin nicht viel mitbekommen. Aber nun schaute sie sich interessiert um, als sie große, mit silbernen Kuppeln verzierte Gebäude und Herrenhäuser mit marmornen Säulen und Blumenkübeln vor den Eingängen sah. Die Stadt sah wunderschön aus, mal davon abgesehen, dass die Farben fehlten. Alles war schwarz, weiß und grau, so wie früher in Colorania. Cynthia hatte vor dieser Reise gar nicht gewusst, dass es noch Orte gab, die keine Farben hatten. Doch auch die Wüste war schon grau gewesen. Irgendwann, nach den ersten paar Reisetagen, hatte sich die Landschaft allmählich verändert, die frischen Farben Coloranias waren verblasst und gingen in die öden Grautöne über, die Cynthia von früher noch so gut kannte. Sie fand es deprimierend, wieder in einer schwarz-weißen Umgebung leben zu müssen.

Linah, die von all dem nichts mitbekam, weil sie sowieso farbenblind war, rief ein ums andere Mal: „Das sieht ja toll aus hier! Na, das nenne ich mal eine hübsche Stadt!" Nach einiger Zeit tauchte vor ihnen eine riesige Mauer auf. Cynthia sah von einem Ende zum anderen. An jedem Ende standen Zwiebeltürme mit silbernen Kuppeln. Die Kuppeln glänzten im hellen Sonnenlicht. In der Mitte der Mauer war ein großes schmiedeeisernes Tor eingelassen. Zwei bewaffnete Wächter standen davor. Die Männer, die Cynthia und die anderen entführt und auf der Reise begleitet hatten, eilten auf die Wächter zu und zeigten ihnen eine versiegelte Schriftrolle. Einer der Wächter nahm die Rolle entgegen, brach das Siegel auf und las. Dann musterte er die Mädchen, nickte kurz und öffnete das Tor. Die Mädchen wurden hindurchgeschoben und hörten, wie hinter ihnen das Tor mit einem Schlüssel sorgfältig zugeschlossen wurde. Cynthia schaute sich um. Sie stand auf einem riesigen Hof. In der Mitte war ein Springbrunnen, dahinter ein großes, palastähnliches Gebäude. Um alles herum die hohe Mauer. Sie versuchte, die Verzweiflung zu unterdrücken, die sie empfand. Es gab sicher schlimmere Orte, an die man sie hätte bringen können. Wenn sie sich hier so umschaute, sah es, abgesehen von den fehlenden Farben, eigentlich sogar ganz nett aus. Aber sie wusste ohne jeden Zweifel, dass das hier ein Gefängnis war, in dem sie lange würde bleiben müssen. Gefangen wie ein Tier. So schnell würde sie hier nicht herauskommen. Wann würde sie die grünen Wälder Coloranias wieder sehen dürfen? Oder auf ihrer Stute Perle über Felder galoppieren? Sie wusste es nicht. Sie wusste nur, dass sie jetzt am Ziel ihrer Reise angekommen war: im Gefängnis.

An das Reiten auf den Kamelen mussten sich die Jungen erst einmal gewöhnen. Allein das Aufsteigen war schon abenteuerlich. Das Hinaufklettern an sich war zwar nicht schwierig, denn dazu legten die Tiere sich auf den Boden, aber wenn das Kamel dann aufstand, hatten die Jungen erst einmal das Gefühl, runterzufallen! Jakob wäre tatsächlich fast gefallen. Kreidebleich klammerte er sich mit seiner ganzen Kraft fest. Als nächstes mussten sie sich an das Schaukeln gewöhnen. Es war doch ein ganz anderes Gefühl, auf einem Kamel, statt auf einem Pferd unterwegs zu sein!

Die vier Tiere hatten die klangvollen Namen Eloam-Bearhim, Elisidor-Phalidol, Elsaram-Fatua und Eleriam-irgendwas – der zweite Name von Eleriam war zu schwierig, als dass die Jungen sich ihn hätten merken können. Sie fragten sich, wie die Beduinen, denen die Kamele gehörten, nur auf solche Namen gekommen waren, und kürzten die Namen in Elo, Eli, Elsa und Ele ab.

Bald merkten sie, dass die Tiere völlig unterschiedliche Charaktere hatten. Während Eli und Elsa (Johrins und Jakobs Kamele) sehr pflegeleicht waren und stets sofort das taten, was von ihnen verlangt wurde, waren Elo und Ele manchmal etwas störrisch und hatten durchaus ihren eigenen Kopf. Besonders Emith hatte anfangs seine liebe Not mit Elo. So lief Elo zum Beispiel los, noch ehe die anderen Kamele und Reiter soweit waren. Aber nicht in die Richtung, in die Emith wollte, sondern in die entgegengesetzte Richtung. Emith musste sich sehr anstrengen, um sein Kamel davon zu überzeugen, ihm zu gehorchen und die Richtung wieder zu ändern.

Doch nach den anfänglichen Schwierigkeiten gewöhnten sie sich bald an die Tiere und auch an das ständige Schaukeln, und nachdem sie ein paar Stunden auf ihnen unterwegs waren, begannen sie, sich zu entspannen. Abgesehen von der Hitze fanden sie den Ritt sogar ganz gut.

Die erste Nacht in der Wüste war richtig schön. Die vier Jungen hatten ein kleines Feuer gemacht und buken sich auf einem Stück Blech, das sie unterwegs gefunden hatten, ein Fladenbrot. Noch lange saßen sie um das Feuer herum und sprachen über die vergangenen Erlebnisse, während sie beobachteten, wie sich der Abendhimmel immer dunkler und schließlich tiefschwarz färbte und Millionen von Sternen zu leuchten begannen.

„So stellt man sich eine Reise vor", seufzte Jotan glücklich, während er die Sternenpracht über sich bewunderte und seine Füße am Feuer wärmte. So heiß, wie es tagsüber in der Wüste gewesen war, so kühl wurde es jetzt bei Nacht.

„O ja", antwortete Johrin. „Mit Schlangen, Skorpionen, Räubern ..."

„Hör auf!", unterbrach ihn Jakob. „Auch wenn der Häuptling davon gesprochen hat. Hast du vergessen, dass wir unter dem Schutz des Königs stehen?"

„Und unsere Tauben bei uns haben?", ergänzte Emith nachdenklich und betrachtete das schöne weiße Tier, das auf seiner Schulter saß und hell strahlte. Er war wirklich dankbar, dass die Tauben da waren. Denn eins war ihm, genau wie allen anderen klar: Für das, was vor ihnen lag, konnten sie gut den Schutz des Königs und die Hilfe der Tauben gebrauchen!

XVII. Der Sandsturm

Die nächsten Tage verliefen ruhig. Die Jungen kamen gut voran und sie fanden auch immer den markierten Weg, sodass keine Gefahr bestand, sich zu verirren.

Die Landschaft um sie herum bestand zunächst aus Felsen und Steinwüste, doch allmählich ging sie in eine Sandwüste über, in der sich riesige Dünen aneinanderreihten, soweit das Auge blicken konnte. Die Farben der Landschaft, die an der coloranischen Grenze noch kräftig geleuchtet hatten, verblassten allmählich, sodass bald sowohl der Sand als auch der Himmel grau aussahen. Nur schwer konnten sich die Jungen an den Anblick gewöhnen. Die Farbenpracht Coloranias erschien ihnen inzwischen als so selbstverständlich, dass sie diese graue Wüste jetzt umso bedrückender empfanden. Doch sie versuchten, nicht allzu sehr darauf zu achten. Am Ende des dritten Tages erreichten sie wie geplant die erste Oase. Nach dem Ritt durch die heiße Wüste war es wunderbar, sich unter Palmen ein schattiges Plätzchen zu suchen, frisches Wasser zu trinken und sich auszuruhen.

Sie verbrachten die Nacht in der Oase, pflückten am nächsten Morgen frische Datteln und Feigen zum Frühstück und füllten ihre Wasservorräte auf. Schließlich machten sie sich gestärkt und erfrischt wieder auf den Weg. Doch die Sonne brannte so heiß, dass das Gefühl der Erfrischung schnell wieder verflogen war. Längst hatten die Jungen gemerkt, wie weise der Rat Alafaels gewesen war, zwischendurch Steine zu lutschen. Am Anfang hatten sie es sich nicht vorstellen können, doch es half tatsächlich gegen das ständige, quälende Durstgefühl.

Nachdem sie bereits mehrere Stunden durch die sengende Hitze geritten waren, kniff Johrin plötzlich die Augen zusammen und schaute zum Horizont. „Seht mal, da scheint sich das Wetter zu verändern!"

„Oh, vielleicht bekommen wir ja Regen!", rief Jakob entzückt.

„Regen! In der Wüste? Wohl kaum!", antwortete Jotan und schaute ebenfalls zum Horizont. Plötzlich wurde er ernst. „Das sieht aber nicht gut aus!", meinte er.

Auch Emith betrachtete besorgt die sich auftürmenden Wolken. Der Anblick hatte etwas Bedrohliches. „Sieht komisch aus. Was soll das sein?", fragte er.

Keiner antwortete. Aber in Gedanken malten sie sich alles Mögliche aus. Während sie weiterritten, warfen sie immer wieder besorgte Blicke zum Himmel. Doch keiner von ihnen war darauf vorbereitet, wie schnell der Sturm auf sie zugerast kam und mit welcher Wucht er sie treffen würde.

Lena hatte auch nicht damit gerechnet, mit welcher Wucht sie der Anruf treffen würde, der sie aus dem Lesen herausriss. Sie griff zu ihrem Handy, als sie hörte, dass es klingelte, und schaute auf das Display. Eine unbekannte Nummer. Sie überlegte kurz, ob sie den Anruf annehmen sollte, dann tat sie es.

„Lena, hör zu, wir müssen reden ..."

Lena legte wieder auf. Ihre Hände zitterten, als sie ihr Handy aufs Bett fallen ließ.

Das Handy klingelte wieder. Lena warf nur einen Blick auf das Display und sah, dass es die gleiche Nummer war. Sie blockierte die Nummer. Nein, sie wollte *nicht* reden!

In diesem Moment beschloss sie, nicht mehr ans Telefon zu gehen, wenn sie eine unbekannte Nummer auf dem Display sehen würde. Handynummern konnte man natürlich schnell ändern. Vielleicht sollte sie sich selbst ein neues Handy zulegen. Oder einen neuen Vertrag. Jedenfalls eine neue Nummer. Ja, das wäre auch eine Idee! Ihre Hände zitterten immer noch.

Oh, wie sie es hasste, diese Stimme zu hören! Und gleichzeitig bekam sie ein schlechtes Gewissen, denn ihre Eltern hatten ihr von klein auf beigebracht, dass man niemanden hassen durfte, wenn man ein guter Christ sein wollte. Aber wollte sie überhaupt noch ein guter Christ sein? Oder das, was man sich unter einem „guten Christen" vorstellte? Sie war so verwirrt. Schließlich warf sie sich auf ihr Bett und weinte. Sie sehnte sich so sehr nach der Geborgenheit eines guten Hirten. Nach der Geborgenheit, wie die Schafe von Avi in der Geschichte sie hatten. Nach der Geborgenheit, die die Bibel in dem 23. Psalm beschrieb. Nach der Geborgenheit, die sie als kleines Kind gekannt, aber jetzt schon so lange nicht mehr gespürt hatte.

Der verschwundene Gitarrenlehrer

Am nächsten Tag war Sonntag. Sonntags gingen sie immer als Familie in den Gottesdienst. In den ganzen letzten Monaten war Lena nicht mehr gerne hingegangen. Aber wenn sie das gesagt hätte oder einfach zu Hause geblieben wäre, hätte sie richtig viel Stress mit ihren Eltern bekommen. Also hielt sie ihren Mund und ging mit. Zum Glück waren ja Michaela und Nico auch immer da. So konnte sie hinterher die Zeit wenigstens mit ihnen verbringen.

Auch Mirko kam jetzt öfter zu den Gottesdiensten. Eigentlich war es immer ganz nett, hinterher noch mit ihnen zusammen zu sein.

Michaela ging immer gern zum Gottesdienst. Meistens waren die Predigten interessant und vorher gab es immer eine Lobpreiszeit, und die mochte sie auch. Seit sie angefangen hatte, Gitarre zu spielen, achtete sie allerdings öfter mehr darauf, was die Gitarristen so spielten, als dass sie wirklich mitmachte.

Toni, ihr Gitarrenlehrer, spielte auch in einer der Musikgruppen mit. Michaela freute sich jedes Mal besonders, wenn er spielte, denn er konnte das richtig gut. Und sie war irgendwie immer ein bisschen stolz, weil er ihr Gitarrenlehrer war. Manchmal malte sie sich aus, dass sie später einmal genauso gut spielen würde wie er und auch in einem der Teams mitmachen würde.

Doch heute spielte Toni nicht mit. Schade. Stattdessen spielte ein Gitarrist, den sie gar nicht kannte. Er machte seine Sache aber auch ganz gut, fand sie.

Der Pastor predigte über das Thema „Wachsamkeit". Er sprach darüber, dass Jesus, als er gefangengenommen wurde, seine Jünger aufgefordert hatte, mit ihm zu wachen und zu beten. Doch die Jünger waren alle eingeschlafen, und so waren sie nicht vorbereitet auf die für sie so schwierige Situation der Gefangennahme Jesu. Deshalb liefen die meisten von ihnen weg und Petrus stritt sogar ab, Jesus jemals gekannt zu haben. „Gebet", schloss der Pastor ab, „ist wichtig, damit wir uns auf schwierige Situationen vorbereiten können. Durch das Gebet bekommen wir die Kraft, in Schwierigkeiten stark zu sein."

Interessant, dachte Michaela. So hatte sie das noch gar nicht gesehen. In letzter Zeit hatte sie nicht sehr viel gebetet. Aber es ging ihr auch ganz gut. Sie musste zugeben, dass sie mehr betete, wenn es ihr schlecht ging. Aber dass man sich im Gebet, wenn es einem gut ging, auch auf schwierige Situationen vorbereiten konnte, das hatte sie noch gar nicht gewusst! Sie nahm sich vor, wieder mehr zu beten, denn der Gedanke, in jeder Situation stark zu sein, gefiel ihr.

Nach dem Gottesdienst schaute sie sich nach Toni um. Sie wollte ihn unbedingt noch mal zur Rede stellen wegen des Gitarrenunterrichts. Vielleicht konnte sie ihn ja auch dazu bringen, seine Meinung noch mal zu ändern. Leider sah sie ihn nirgendwo. Stattdessen kam Lena auf sie zu. Sie sah ein bisschen blass aus. Michaela konnte sich auch vorstellen, warum. In der Gemeinde kam Lenas Frisur bestimmt nicht bei allen gut an! Michaela beschloss, die Freundin ein bisschen aufzuheitern.

„Na, hast du den ersten Ansturm gut überstanden?", fragte sie grinsend.

Doch Lena verstand sie nicht. „Welchen Ansturm?", fragte sie.

„Na, den Ansturm an Fragen!" Sie verstellte ihre Stimme: *„Lenchen, warum hast du denn nur deine schönen blonden*

Haare abgeschnitten, und dann so ein unnatürliches Blau, das gefällt mir aber überhaupt nicht ...“

Lena lachte. „Bisher hat noch keiner was gesagt, aber einige haben mich schon recht komisch angeschaut!“

„Das kann ich mir vorstellen. Immerhin bist du die einzige weit und breit hier mit einer solchen Haarfarbe!“

„Aber ein bisschen Bunt hier und da würde noch so manch anderem gut tun“, meinte Nico jetzt mit einem kritischen Blick auf zwei grau gekleidete Damen, die gerade an ihm vorbeigingen, und deren Kleidung aussah, als trügen sie die Mode des vergangenen Jahrhunderts.

„Du hast Recht!“, antwortete Michaela. „Die könnten glatt aus der Colorania-Geschichte Band eins kommen, so farblos sehen die aus!“

Nun lachten alle drei. Doch plötzlich fiel Michaela ein, dass sie ja Toni suchen wollte. „Habt ihr Toni gesehen?“, fragte sie deshalb.

Doch Lena hatte sich gerade abgewandt, weil Mirko auf sie zukam. Nico schüttelte den Kopf.

„Ich will ihn suchen!“, erklärte Michaela. Sie ließ die drei Freunde zurück und fragte ein paar Leute nach Toni. Die meisten schüttelten nur den Kopf. Schließlich sah sie Steve, den besten Freund von Toni. Der würde bestimmt etwas wissen. Und so war es auch. Doch das, was er sagte, gefiel Michaela überhaupt nicht. „Toni ist seit letzter Woche verschwunden“, erklärte Steve.

„Wie? Verschwunden?“, fragte Michaela fassungslos.

„Er ist abgehauen! Hat seinen Eltern einen Abschiedsbrief geschrieben, in dem stand, dass er mit dem Studium nicht mehr klarkommt und dass er mal eine Weile Abstand braucht. Keiner weiß, wo er ist!“

„Du auch nicht? Immerhin bist du doch sein bester Freund?“, fragte Michaela.

Steve schüttelte bekümmert den Kopf. „Nein, ich auch nicht“, sagte er leise.

Nach dem Gottesdienst bemühten sich alle in Lenas Familie, beim Essen etwas freundlicher miteinander umzugehen. Schließlich gehörte es sich nicht, vom Gottesdienst zu kommen und sofort zu streiten, oder? Doch die Stimmung in der Familie war längst nicht so unbeschwert wie früher. Lena war froh, als sie sich in ihr Zimmer zurückziehen konnte. Sofort schaltete sie ihr Tablet an und las weiter.

Plötzlich verdunkelte sich der Himmel und eine riesige Sandwolke raste auf sie zu.

„Schnell, wir müssen irgendwo Schutz suchen!“, brüllte Johrin.

Die Jungen stiegen von ihren Kamelen ab. Nirgendwo gab es einen Felsen oder irgendetwas, wo sie sich hätten verstecken können. Um sie herum waren nur Sanddünen. Sanddünen, die ihnen plötzlich bedrohlich vorkamen. Denn wie leicht konnten sie selbst von einer Düne zugeweht werden.

„Bindet euch feuchte Tücher um den Mund!“, schrie Emith.

Hektisch gossen sie aus ihren Wasserschläuchen ein wenig Wasser auf ihre Tücher, die sie auf dem Kopf trugen, und wickelten sie sich so um den Hals, dass sie die nasse Stelle vorne über Mund und Nase ziehen konnten. Und dann traf die Sandfront sie mit voller Wucht.

Die Jungen hatten ja schon einiges erlebt, waren vielen Gefahren ausgesetzt gewesen, und Emith und Johrin hatten auch schon einen furchtbaren Sturm auf See mitgemacht. Aber so etwas hatten sie sich in ihren schlimmsten Albträumen nicht vorstellen können! Der Sand knallte mit ungeheurer Wucht in ihre Gesichter, auf ihre Körper, er drang durch alle Ritzen in die Kleidung, er war einfach überall. Und das Schlimmste war, dass die Sandkörner nicht einfach nur in der Luft herumflogen, sondern dass sie mit rasender Geschwindigkeit kamen und dabei schmerzhaft wie Nadeln stachen. Die Jungen mussten ihre Augen schließen, um sie zu schützen. Doch jetzt konnten sie nichts mehr sehen und sie mussten doch irgendwo Schutz suchen!

Mit geschlossenen Augen taumelten sie hin und her und fühlten sich vollkommen hilflos angesichts der Macht dieser Naturgewalt. Der Sturm heulte und kreischte um sie herum. Emith liefen eiskalte Angstschauer über den Rücken, denn es hörte sich gar nicht mehr an wie ein Sturm, sondern eher wie das Kreischen böser Geister. Er hielt sich die Ohren zu, nicht nur, um zu verhindern, dass Sand in die Ohren drang, sondern auch, weil er dieses schreckliche Kreischen nicht mehr hören wollte. Es klang bedrohlicher als alles, was er bisher in seinem Leben gehört hatte. Schließlich kauerte er sich vor Angst auf den Boden. Doch bald wurde klar, dass das ein großer Fehler war, denn sofort wehte so viel Sand über ihn hinweg, dass er Gefahr lief, von einer Sanddüne überschüttet zu werden. Taumelnd stand er wieder auf. Blind tastete er sich vorwärts, auf der dringenden Suche nach irgendetwas, was ihm Schutz geben konnte. Doch da war nichts. Nach seinen Brüdern rufen konnte er auch nicht, es war so laut, dass er ihre Antwort nicht hätte verstehen können. Mal abgesehen davon, dass er seinen Mund unbedingt fest zupressen musste, damit kein Sand hineinkam. Tastend versuchte er, einen seiner Brüder oder wenigstens ein Kamel zu erreichen. Doch blind, wie er war, war er orientierungslos. Er taumelte mal in die, mal in die Richtung, doch nirgendwo fanden seine Hände etwas. Nur Sand. Plötzlich fühlte er sich vollkommen allein in dieser großen Wüste. Waren seine Brüder vielleicht schon verschüttet? Er würde es nicht merken! Weder sehen konnte er es, noch würde er ihre Hilfeschreie hören! Das einzige, was er hörte, war das bösartige Kreischen des Sturms. Verzweifelt tastete er sich weiter. Immer wieder versuchte er, seine Brüder oder die Kamele zu finden, und immer wieder griffen seine Hände ins Leere. Es wurde zunehmend mühsamer, gegen den Sturm anzukämpfen und blind durch den wirbelnden Sand zu stapfen. Emith spürte, wie seine Kräfte nachließen. Verzweifelt versuchte er, weiterzugehen. Vielleicht würde er wenigstens noch einen seiner Brüder erreichen! Doch irgendwann gaben seine Beine unter ihm nach. Er hatte einfach keine Kraft mehr. Schon spürte er, wie der Sand über ihn hinwegfegte und wie sich eine Schicht auf ihn legte. Bald würde die Schicht dicker werden, so lange, bis eine neue Sanddüne entstanden war. Und unter dieser Düne würde er lebendig begraben werden.

Keiner würde ihn je hier finden. Wahrscheinlich war seinen Brüdern bereits das Gleiche passiert.

Plötzlich klingelte Lenas Handy. Lena versteifte sich. *Nicht schon wieder,* dachte sie. Doch es war nur Michaela. Erleichtert nahm sie den Anruf entgegen.

Sie hatte Michaela nach dem Gottesdienst gar nicht mehr gesehen. Das lag wohl daran, dass sie sich so lange mit Mirko unterhalten hatte. Danach war sie weg gewesen.

„Stell dir vor, Toni ist verschwunden!“, erzählte Michaela ihr.

Lena stutzte. Sie kapierte im ersten Moment gar nicht, von wem Michaela sprach. *Toni – verschwunden?* „Welcher Toni?“, fragte sie lahm.

„Na, Toni aus der Gemeinde! Ich hatte doch bei ihm Gitarrenunterricht!“

Jetzt dämmerte es Lena. Ja, natürlich! Michaela hatte bei Toni Gitarrenunterricht. Und er war jetzt verschwunden? Lena wusste nicht recht, was sie von dieser Information halten sollte. „Wie meinst du das – verschwunden?“, fragte sie schließlich.

Daraufhin erzählte Michaela ihr, was sie von Steve erfahren hatte.

Anschließend sprach sie noch davon, wie frustriert sie darüber war und dass sie sich einen neuen Gitarrenlehrer suchen wollte. Doch Lena hörte gar nicht mehr zu. *Toni war abgehauen.* Was sollte sie nur davon halten? Das musste sie erst mal verdauen!

Nachdem sie aufgelegt hatte, klingelte ihr Handy schon wieder. Diesmal war es Mirko. *Komisch, wir haben doch vorhin erst so lange geplaudert,* dachte Lena. Trotzdem freute sie sich. Sie merkte, dass sie sich in Mirkos Gegenwart immer mehr entspannen konnte. Bald waren sie in ein so lebhaftes Gespräch vertieft, dass sie gar nicht merkte, wie die Zeit verging. Erst als sie aufgelegt hatten, sah Lena, dass sie zwei Stunden miteinander telefoniert hatten. *Zwei Stunden???*

Nachdenklich bereitete sie alles für den kommenden Schultag vor. Ihr Tablet schaltete sie aus. Sie wollte heute mal früh schlafen gehen.

Ein Tiefschlag für Lena

Am nächsten Morgen las sie noch einmal im 23. Psalm.

Der Herr ist mein Hirte, mir wird nichts mangeln. Er lagert mich auf grünen Auen, er führt mich zu stillen Wassern. Er erquickt meine Seele.

Hier hörte sie auf zu lesen. Was bedeutete wohl: Er erquickt meine Seele? Lena wusste es nicht genau, aber es hörte sich gut an. Vielleicht würde ja ihre Seele auch mal „erquickt" werden. Sie dachte an das Telefongespräch mit Mirko, bei dem sie sich so wohl gefühlt hatte. Vielleicht war da ja ihre Seele so was wie „erquickt" gewesen, dachte sie.

Doch in der Schule passierte erst mal wieder etwas, was ihr einen Tiefschlag versetzte.

In der ersten großen Pause stand sie mit Michaela, Mirko, Nico und Connor auf dem Schulhof und sie diskutierten darüber, ob Mirkos Opa irgendwas mit den Colorania-Mails zu tun haben könnte. Doch sie konnten sich nicht einigen. Nico und Lena konnten es sich nicht vorstellen, während Mirko und Michaela meinten, es sei durchaus möglich, dass es da irgendeine Verbindung gebe.

Connor stand die meiste Zeit daneben und kaute schweigend sein Nutellabrot. Er und Mirko waren die einzigen, die die Geschichten nicht gelesen hatten. Doch Mirko bat Michaela am Ende, ihm die Mails auch weiterzuleiten. Obwohl er nicht gerne las. Aber angesichts der Tatsache, dass der Name Emith irgendwie mit seinem Opa zu tun hatte, beschloss er, diese Geschichten doch zu lesen.

Michaela und Mirko blieben am Ende der Pause noch zurück, um E-Mailadressen auszutauschen, während die anderen ins Schulgebäude gingen.

Nach der Pause hatte Lena Kunst. Ihre Kunstlehrerin, Frau Rollmann-Heringsfeld, eine resolute, rundliche Frau, kam mit forschen Schritten in die Klasse. Sie hatte Lena noch nicht mit ihrer neuen Frisur gesehen, denn Lena hatte das erst letzten Montagnachmittag machen lassen und Kunst hatten sie immer montags. Als Frau Rollmann-Heringsfeld Lena sah, stutzte sie, dann fing sie an zu lachen. „Ich sehe, du warst schon künstlerisch tätig! Was für eine Haarfarbe! Dagegen ist das Blau in euren Tuschkästen ja wirklich langweilig!"

Lena lief puterrot an. Zum Glück waren noch nicht alle Schüler von der Pause wieder hereingekommen und die meisten waren noch damit beschäftigt, mit ihren Klassenkameraden zu reden, sodass nur wenige Mitschüler den Spruch gehört hatten. Doch ausgerechnet Joanne und Angelina hatten ihn gehört. Die beiden fingen an, bösartig zu kichern. Lena versuchte, es zu ignorieren und konzentrierte sich darauf, ihre Sachen auszupacken.

„Hört, hört! Unser Bibellexikon wird zur Künstlerin!", kicherte Joanne.

Angelina lachte albern.

Lena tat so, als würde sie nicht zuhören und kramte weiter in ihrer Schultasche. Doch Joanne kam näher. Mit einem raschen Seitenblick vergewisserte sie sich, dass Michaela nicht in der Nähe war. Dann zischte sie Lena ins Ohr: „Du hättest mal hören sollen, wie Michaela gestern über deine Haarfarbe abgelästert hat! Die ist ja jetzt auch fromm geworden, da gefällt einem sowas nicht unbedingt!"

Nun konnte Lena nicht mehr so tun, als hörte sie nicht zu. Empört schaute sie Joanne an und zischte: „Du lügst! Das würde sie nie tun!"

Doch Joanne zuckte nur die Schultern und meinte spitz: „Weißt du's?" Dann stolzierte sie mit Angelina zu ihrem Platz zurück.

Lena saß da wie betäubt. Sie glaubte eigentlich nicht, dass Michaela so etwas tun würde. Michaela und sie waren befreundet und kannten sich gut. Andererseits – es gab so vieles, das sie Michaela nicht erzählt hatte. Michaela wusste manches nicht über sie. Konnte es da nicht sein, dass Michaela ihr auch nicht alles über sich erzählt hatte? Und dass sie sich nicht getraut hatte, ihr zu sagen, dass ihre Frisur ihr nicht gefiel? Aber würde sie dann hinter ihrem Rücken über sie lästern? Das traute sie ihr eigentlich nicht zu! Trotzdem kam ein leiser Zweifel auf. Was, wenn sie tatsächlich über sie gelästert hatte? Der Gedanke war einfach zu schrecklich!

Obwohl Frau Rollmann-Heringsfeld sie als „künstlerisch tätig" bezeichnet hatte, bekam Lena im Kunstunterricht nicht mehr viel auf die Reihe. Eigentlich war der Schultag für sie gelaufen, weil sie sich immer wieder fragte, ob Michaela über sie gelästert hatte. Wenn Joanne und Angelina über sie lästerten, das machte ihr meistens gar nicht mehr so viel aus – begeistert war sie nicht darüber, aber sie hatte sich daran gewöhnt. Es gehörte gewissermaßen zu ihrem Schulalltag, es war Normalität. Aber wenn Michaela über sie lästern würde, das war eine ganz andere Hausnummer – immerhin war Michaela ihre beste Freundin! Und das noch gar nicht so lange! Früher hatte Lena überhaupt keine Freundin in der Klasse gehabt. Das war schrecklich gewesen. Erst seit dem letzten Jahr hatten Michaela und sie sich angefreundet. Was für ein Geschenk war das für Lena! Sollte sich jetzt herausstellen, dass Michaela doch nicht ehrlich zu ihr war? Der Gedanke schien ihr unerträglich!

Nach dem Mittagessen, als Lena dann endlich allein in ihrem Zimmer war, schmiss sie sich erst mal auf ihr Bett und heulte. Es war einfach alles zu viel! Warum bekam sie nur von allen Seiten Druck? Warum konnten die Dinge in ihrem Leben nicht mal normal laufen? Ihre Gedanken wanderten wieder zu dem 23. Psalm. *Von wegen, „erquickte Seele"*, dachte sie. *Bei mir heißt es eher „bedrückte Seele"!*

Nach einiger Zeit beschloss sie, dass die Colorania-Geschichte sie vielleicht von ihrem Kummer ablenken könnte. Also schaltete sie ihr Tablet an und las weiter.

Es dauerte eine ganze Weile, bis Emith registrierte, dass der Sturm zwar immer noch um ihn herum tobte, aber

deutlich leiser als zuvor. Und was noch überraschender war: Kein Sand traf ihn mehr. Er wunderte sich. Das konnte doch gar nicht sein! Vorsichtig richtete er sich ein wenig auf und schüttelte den Sand von sich ab. Dabei stieß er mit dem Kopf gegen etwas Weiches. *Was war das?*

Nachdem immer noch kein neuer Sand mehr seinen Körper traf und ihn wie mit Nadeln stach, wagte er vorsichtig, die Augen zu öffnen. Was er sah, verblüffte ihn völlig. Er war eingeschlossen in einer Art weißem Zelt, während draußen der Sturm tobte. Vorsichtig berührte er die Decke des Zeltes. Sie war weich. Emith schaute sie sich genauer an und bemerkte, dass sie aus Federn bestand. Aus weißen Federn. Das erinnerte ihn an seine Taube. Suchend schaute er sich um. War sie auch mit in dem seltsamen Zelt? Doch er sah sie nirgends. „Taube?", fragte er. „Bist du hier?"

„Natürlich. Ich muss dich doch vor dem Sturm beschützen", kam die Antwort.

Verwundert schaute Emith sich um. Wo kam die Stimme denn her?

Und auf einmal wurde es ihm klar: Seine Taube war das schützende Zelt um ihn herum! Wie sie das gemacht hatte, konnte er nicht verstehen, denn schließlich war sie doch viel kleiner. Doch er lehnte sich entspannt zurück und genoss die Geborgenheit in seinem wunderbaren weißen Zelt, während der Sturm um ihn herum tobte. Jetzt machte ihm das Kreischen des Sandsturms nichts mehr aus, denn er war rundherum geschützt und geborgen.

Emith konnte hinterher nicht sagen, wie lange der Sturm gedauert hatte. Doch es war sehr, sehr lange gewesen. Als er merkte, dass das Tosen und Kreischen um sein „Taubenzelt" herum aufgehört hatte, fragte er die Taube: „Ist der Sturm jetzt vorbei?"

„Ja, der Sturm ist vorbei", antwortete sie und öffnete ihre Flügel ein wenig. Emith schaute vorsichtig aus der Öffnung hinaus. Als erstes nahm er wahr, dass der Sturm sich tatsächlich gelegt hatte und der Himmel wieder strahlend blau war. Erleichtert schaute er sich die Umgebung an. Ein ungewöhnlicher Anblick bot sich ihm. Drei riesige weiße Vögel saßen in der Nähe auf dem Sand und hatten ihre großen Schwingen zeltförmig zusammengefaltet. Die Spitzen der Federn hafteten perfekt auf dem Boden, sodass die Zelte lückenlos geschlossen waren. Das Aussehen der Vögel erinnerte an Tauben, doch die Tiere selbst waren riesig. In der Tat hatte Emith noch nie so große Vögel gesehen. Erstaunt kletterte er aus der Öffnung heraus und drehte sich um zu seinem „Zelt". Sah das genauso aus? Doch in dem Moment, als er hinausschlüpfte, schrumpfte die Taube wieder auf ihre normale Größe zurück und flog auf seine

Schulter. Emith kam aus dem Staunen nicht mehr heraus. „Warst das wirklich du?", fragte er.

Obwohl Tauben eigentlich nicht lachen können, sah Emith, dass in den Augen der Taube ein Lachen lag.

„Ja, das war ich", antwortete sie.

„Boah!", staunte Emith. Mehr wusste er nicht zu sagen. Die Taube versetzte ihn einfach immer wieder in Erstaunen!

Nun kletterten nacheinander Johrin, Jotan und Jakob aus ihren „Taubenzelten", und auch ihre Tauben schrumpften wieder auf ihre normale Größe zurück.

Emiths Brüder waren genauso überrascht über die ungewöhnliche Art, wie die Tauben sie vor dem Sturm beschützt hatten. Dann gingen sie zu ihren Kamelen, die regungslos in der Nähe standen.

„Zum Glück ist ihnen nichts passiert!", meinte Jotan.

„Kamele sind für Sandstürme bestens ausgerüstet", erklärte Johrin. „Sie können ihre Nüstern verschließen, sodass kein Sand eindringen kann, und sie haben lange Augenwimpern, sodass auch ihre Augen geschützt sind. Ihr ganzer Körper ist darauf eingestellt, mit den Widrigkeiten der Wüste zurechtzukommen."

„Darum hat Häuptling Alafael uns ja auch so dringend empfohlen, Kamele statt Pferde zu nehmen", meinte Emith nachdenklich. Er war jetzt wirklich froh, dass sein geliebter Hengst nicht einen solchen Sandsturm mitmachen musste.

„Lasst uns jetzt erst mal was essen!", schlug Jakob vor.

Alle waren einverstanden. Nach der überstandenen Gefahr waren sie hungrig und durstig. Auch ihre Vorräte mussten von Sand befreit werden. In alle Ritzen war Sand eingedrungen. Doch die Jungen waren so froh und dankbar, dass sie den Sturm überstanden hatten, dass ihnen das nichts ausmachte. Fröhlich machten sie sich an die Arbeit, all ihre Sachen vom Sand zu befreien, und fröhlich ließen sie sich anschließend zu einer ausgiebigen Mahlzeit nieder. Keiner von ihnen ahnte, dass sie beobachtet wurden.

XVIII. Nächtlicher Überfall

Nach dem Essen beschlossen die Brüder, erst mal im Königsbuch zu lesen, bevor sie weiterritten. Emith schlug sein Königsbuch auf und die Taube zeigte auf einen Vers. Er

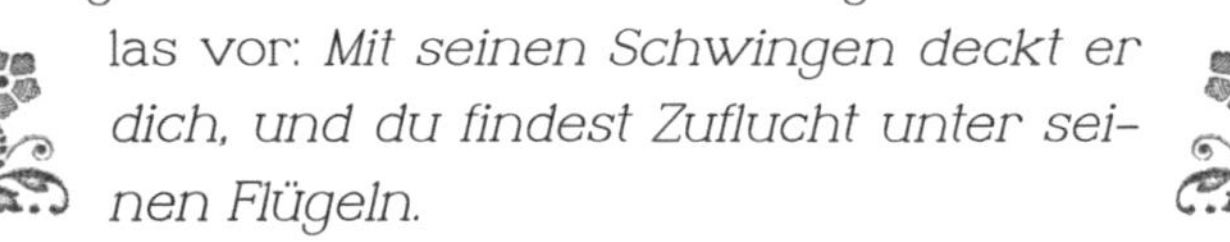

las vor: *Mit seinen Schwingen deckt er dich, und du findest Zuflucht unter seinen Flügeln.*

Ach, den Vers kenne ich, dachte Lena. *Das ist doch Psalm 91, Vers 4. Den habe ich früher mal auswendig gelernt.*

Sie seufzte. Wie sehr sehnte sie sich auch nach einem solchen Schutz, nach einer solchen Geborgenheit. Doch in ihrem Leben ging anscheinend alles immer nur schief. *Beschützt mich auch jemand?,* fragte sie sich. Dann las sie weiter.

Begeistert lasen die Jungen diesen einen Vers immer wieder. Genau das hatten sie gerade erlebt! Sie waren

beschützt worden durch die Flügel der Taube! Hatten sie nicht wunderbare Tauben? Hatten sie nicht einen wunderbaren König? Voller Freude stiegen sie schließlich wieder auf ihre Kamele und ritten weiter.

Den Weg zu finden war jetzt allerdings schwieriger. Wie Häuptling Alafael vorausgesagt hatte, waren die Markierungen vom Sand verschüttet worden, und die Jungen mussten sich am Stand der Sonne orientieren. Das war allerdings nicht so einfach.

Ein paarmal stritten sie sich, weil sie sich über die Wahl der Richtung nicht einig waren. Doch sie hatten aus den Fehlern der Vergangenheit gelernt. Schließlich blieben sie stehen und fragten die Tauben um Rat.

In einiger Entfernung, dort, wo die Sandwüste allmählich wieder in eine Steinwüste überging, in einem Wadi, saßen zwei Männer und ein sehr schmutzig aussehender Junge mit zerrissenen Kleidern im Schatten eines Felsens.

Der ältere der beiden Männer, ein großer, grobschlächtiger Kerl mit dunklen Bartstoppeln, schaute zum wiederholten Male in sein Fernglas.

„Sie wissen nicht, wo sie lang müssen!", sagte er. „Sie bleiben stehen und diskutieren miteinander. Das ist gut, denn umso frustrierter und erschöpfter werden sie heute Nacht sein."

„Sie können sich sowieso nicht gegen uns wehren, ob frustriert oder nicht!", winkte der andere Mann ab, ein ebenso großer, kräftiger Kerl mit einer auffallenden Narbe, die in seiner linken Gesichtshälfte von der Stirn über die Wange fast bis zum Mund verlief.

Der Junge fragte: „Aber wir werden sie doch am Leben lassen, oder?"

Narbengesicht lachte. (Der Junge, der übrigens Toto hieß, nannte seine beiden Begleiter immer nur „Narbengesicht" und „Bartgesicht", da sie ihm nie ihre wahren Namen verraten hatten.)

„Du machst dir immer noch viel zu viele Gedanken!", meinte Narbengesicht. „Ist doch egal, ob wir sie töten, oder ob sie hinterher umkommen! Ohne ihre Kamele kommen sie eh nicht mehr weit! Und die Kamele wollte ich schon mitnehmen! Die Jungen sehen nicht so aus, als hätten sie viel Geld und Gold bei sich, aber die Kamele sind schon einiges wert!"

„Du willst ihnen die Kamele wegnehmen?", fragte der Junge entsetzt. „Aber dann sterben sie ja!"

„Du merkst aber auch alles!", höhnte Narbengesicht und versetzte dem Jungen einen Stoß.

Bartgesicht ließ sein Fernglas sinken und wandte sich dem Jungen zu. „Hör mir gut zu, Toto! Wenn du zu uns gehören willst, musst du aufhören, an andere zu denken! Als Räuber kann man nur überleben, wenn man aufhört, mitleidig zu sein! Hast du das verstanden? Schau her!" Er zog aus seiner Tasche ein Messer. Die Klinge glitzerte hell im Sonnenlicht. „Es wird Zeit, dass du lernst, mit diesem wichtigen Werkzeug umzugehen!" Er drückte das Messer Toto in die Hand. „Du musst lernen, zu töten. Mitleid ist in unserem Beruf einfach zu gefährlich!"

Toto schaute ihn erschrocken an. Dann betrachtete er nachdenklich das Messer.

„Hast du denn niemals Mitleid?", fragte er schließlich.

Bartgesicht lachte. „Mitleid? Ich? Nein, nie!" Dann wurde sein Gesichtsausdruck ernst und er sagte leise: „Früher, da hatte ich auch manchmal Mitleid. Aber das ist viele Jahre her." Schließlich sah er den Jungen eindringlich an und fuhr fort: „Hör zu! Du musst es heute Nacht beweisen, dass du zu uns gehören willst. Heute Nacht wirst du einen der Jungen töten. Wie du es machst, ist mir egal. Wir wollen sie sowieso im Schlaf überraschen, dann dürfte es nicht allzu schwierig sein. Wenn du das nicht schaffst, können wir dich als Gefährten nicht gebrauchen. Hast du das verstanden?"

Toto nickte. Ja, er hatte verstanden.

Doch Bartgesicht setzte noch einmal nach. „Bist du bereit zu töten? Wirst du einen der Jungen heute Nacht selbst umbringen, koste es, was es wolle?"

Toto dachte kurz nach. Dann nickte er bedächtig. In seinen Augen lag Entschlossenheit. Die beiden Männer waren zwar nicht seine Lieblingsgefährten, aber sie waren die einzigen, die er hatte. Und allein in der Wüste konnte er sowieso nicht überleben. Also musste er heute Nacht töten. Er schluckte. Heute Nacht würde er zum ersten Mal einen Menschen töten.

Wie froh waren die Jungen, dass sie die Tauben hatten. Nachdem sie sie nach dem richtigen Weg gefragt hatten, war kein Streit mehr nötig. Die Tauben flogen einfach voran und die Jungen folgten ihnen. So ritten sie bis zum Sonnenuntergang. Inzwischen war die Sandwüste wieder in eine Steinwüste übergegangen und überall waren niedrige, teilweise auch etwas höhere Felsen.

„Hier können wir uns einen Schlafplatz suchen", schlug Johrin vor.

Die anderen waren einverstanden. Sie ritten noch ein Stück weiter, bis sie einen Platz fanden, der ihnen gefiel. Dort stiegen sie von den Kamelen ab und packten ihr Essen aus. Sie merkten bald die Erschöpfung von den Strapazen des Sturms, der ganzen Angst und Anspannung und natürlich von dem anstrengenden Ritt durch die Hitze. Eigentlich waren sie jeden Abend sehr müde gewesen. Keiner von ihnen war diese Hitze gewohnt. Trotzdem hatten sie Häuptling Alafaels Rat befolgt und nachts immer abwechselnd

Wache gehalten. Heute war Emith mit der ersten Wache dran. Seine Brüder hatten sich bereits in warme Decken eingehüllt. Das war notwendig, denn so heiß es tagsüber auch war, nachts kühlte es in der Wüste enorm ab. Wenn Emith mit der Wache dran war, verzichtete er meistens auf eine Decke. Er zog sich nur einen Mantel über und lief die meiste Zeit auf und ab, um sich wachzuhalten. Doch heute war er besonders müde. Es fiel ihm sehr schwer, wach zu bleiben, während seine Brüder um ihn herum schnarchten. Seine Beine fühlten sich viel zu schwer an, als dass er heute herumlaufen konnte. Also wickelte er sich auch in eine Decke ein und beschloss, heute mal im Sitzen zu wachen. Hinter ihm war ein großer Felsen, da konnte er sich gemütlich anlehnen. Behaglich kuschelte er sich in die wärmende Decke. Es war doch viel angenehmer, so Wache zu halten.

Nachdenklich ließ er seinen Blick schweifen. Eine schmale Mondsichel stand am Himmel. Gemeinsam mit unzähligen funkelnden Sternen tauchte sie die felsige Landschaft in ein silberhelles Licht. Rechts von Emith lagen seine schlafenden Brüder. Dahinter erhob sich eine bizarre Felsformation. Einige Felsen ragten säulenartig nach oben, andere hatten Gestalten wie wilde Tiere. Ein paar sahen sogar aus wie bedrohliche Riesen, die keulenschwingend nach Beute Ausschau hielten. Emith wandte seinen Blick davon ab und schaute in die andere Richtung. Dort war die Landschaft flacher. Nur einige kleinere Felsen waren zu sehen und viele größere und kleine Steine. Dort waren auch ihre Kamele. Emith merkte, wie ihm die Augen zufielen. Schnell öffnete er sie wieder. Er musste doch wachen! Doch es dauerte nicht lange, da fielen sie ihm erneut zu. Diesmal kämpfte er nicht dagegen an. Waren sie jetzt nicht bereits mehrere Nächte in der Wüste unterwegs gewesen und nie war ihnen ein Unheil begegnet in der Nacht? Wenn er jetzt mal ein ganz kurzes Nickerchen machen würde, war das doch nicht schlimm, oder?

Selbst wenn jetzt jemand versucht hätte, ihn vom Gegenteil zu überzeugen, der Schlaf erschien ihm so wunderbar und verlockend, dass er einfach nicht mehr widerstehen konnte. Bald war er fest eingeschlafen.

„Er ist eingeschlafen!" Bartgesicht ließ sein Fernrohr sinken.

„Das ist gut! Dann los!" Narbengesicht gab dem Jungen neben ihm einen Stups. Toto schrak hoch. Sein Herz pochte aufgeregt. Er wusste, was er zu tun hatte. Seine Muskeln strafften sich. *Es wird nicht schwer werden,* sagte er sich immer wieder. *Sie schlafen alle fest. Du musst dich nur leise genug anschleichen, dann bekommen sie noch nicht mal etwas mit …* Trotzdem gefiel ihm nicht, was er da tun musste. Er wusste, es war Unrecht. Doch er hatte ja sowieso keine andere Wahl. Entweder er tötete, oder er würde selbst in dieser Wüste sterben, weil er die Gemeinschaft mit seinen Gefährten verlieren würde, den einzigen beiden Menschen, die sich um ihn kümmerten.

Die drei machten sich auf den Weg zu den Jungen.

Lenas Handy klingelte. Es war Michaela. Lena überlegte einen Moment. Sie war sich gar nicht so sicher, ob sie mit ihr telefonieren wollte. Nicht nach dem, was Joanne heute gesagt hatte. Andererseits – wem vertraute sie denn nun mehr? Eigentlich natürlich Michaela. Joanne und Angelina waren immer schon Zicken gewesen. Sie hatten sich das bestimmt ausgedacht, um

Lena zu ärgern, oder sogar um ihre Freundschaft mit Michaela zu zerstören. Trotzdem. Ein gewisses Misstrauen blieb. Was, wenn die beiden nicht gelogen hatten? Wenn Michaela tatsächlich …? Fast hätte Lena verpasst, ans Telefon zu gehen. Doch dann besann sie sich.

„Hi Lena", hörte sie Michaelas Stimme. „Kannst du mir sagen, was wir in Englisch aufhatten? Ich habe vergessen, mir das aufzuschreiben!"

Typisch, dachte Lena. Michaela vergaß öfter mal, sich die Hausaufgaben aufzuschreiben. Lena konnte das nicht verstehen. Das war doch die einfachste Sache der Welt, das Hausaufgabenheft rauszuholen und sich am Ende jeder Stunde aufzuschreiben, was man aufhatte, oder?

Sie blätterte in ihrem Heft und gab Michaela die gewünschten Informationen.

„Und? Hast du auch schon Colorania weitergelesen?", fragte Michaela.

„Bin gerade dabei", antwortete Lena.

„Ach so. Findest du nicht auch, dass das, was in der Geschichte passiert, zu der Predigt von gestern passt?"

Lena überlegte. „Ich muss gestehen, im Moment kann ich mich an die Predigt gar nicht mehr erinnern."

Michaela lachte. „Na, so lange her ist sie ja noch nicht! In der Predigt ging es darum, dass wir wachsam sein müssen. Naja, daran musste ich irgendwie denken, denn Emith ist einfach eingeschlafen in einer Situation, in der es unbedingt erforderlich gewesen wäre, dass er Wache hält."

„Das stimmt." Lena dachte nach. Sie wusste, dass man, wenn man nicht aufpasste, leicht von negativen Gedanken überrollt werden konnte.

Das hatte sie von klein auf gelernt. Ihre Eltern und ihr Pastor hatten ihr immer wieder beigebracht: Wenn man nicht immerzu alles, was einen belastete und bedrückte, Gott anvertraute, dann konnte es leicht passieren, dass man von negativen Gedanken, Sorgen und Ängsten überflutet wurde.

Aber das hatte sie schon lange nicht getan. Sie hatte ihren ganzen Kummer immer für sich behalten. Klar hatte sie gebetet, dass Gott ihr half. Aber sie hatte nicht ihr ganzes Herz vor ihm ausgeschüttet. Sie war nicht ehrlich zu ihm gewesen, hatte ihm niemals wirklich gesagt, wie schlecht es ihr ging. Natürlich wusste Gott das sowieso. Aber wollte er nicht, dass man mit allen Dingen zu ihm kam?

„Lena?“, fragte Michaela.

„Äh – ja?“

„Du sagst ja gar nichts mehr!“

„Ja, äh, ich schätze, ich habe gerade gemerkt, dass ich in der letzten Zeit nicht wachsam war.“

„Ach so.“ Michaela klang überrascht. Dann fragte sie: „Magst du mir erzählen, wo?“

Lena wurde rot. Zum Glück konnte Michaela das nicht sehen. „Nein, eigentlich nicht!“, sagte sie hastig.

„Na gut.“ Michaela klang ein wenig enttäuscht. „Dann will ich dich nicht länger beim Lesen stören. Bis morgen dann!“

„Bis morgen.“

Lena starrte noch eine Weile nachdenklich vor sich hin. Die Dinge, die in der letzten Zeit passiert waren, waren wirklich schrecklich gewesen. Aber hätte es nicht wenigstens ein bisschen leichter sein können, wenn sie mal mit jemandem darüber geredet hätte, z. B. mit Gott?

Doch nun wollte sie erst mal weiterlesen.

Emith träumte von den keulenschwingenden Riesen, die er in den Felsen zu erkennen geglaubt hatte. Plötzlich lief einer der Riesen direkt auf ihn zu. Er hatte keine Keule, sondern die Klinge eines scharf geschliffenen Messers glitzerte in seiner Hand. Emith erschrak und schlug die Augen auf. In dem Moment sah er, dass vor ihm tatsächlich jemand stand, der ein Messer in seiner Hand hielt. Aber es war kein Riese, sondern ein Junge, der nicht viel älter sein konnte als er selbst. Der Junge wirkte beinahe genauso erschrocken wie Emith selbst, als er sah, dass er wach war.

„Was machst du da?", fragte Emith.

„Ich töte dich!" Verbissen umklammerte der Junge sein Messer. Die Klinge war jetzt direkt auf Emiths Kehle gerichtet.

„Warum?", fragte Emith.

„Ich muss es tun!" Der Junge hob das Messer noch ein wenig an, bereit, zuzustechen. Auf seiner Stirn glänzte Schweiß. Doch er schien aus irgendeinem Grund zu zögern.

Mit einer blitzschnellen Bewegung packte Emith den Arm des Jungen, der das Messer noch immer fest umklammert hielt. Sie begannen zu raufen. Emith war kräftig. Nicht umsonst hatte er schon als kleiner Junge jeden Tag seinem Onkel in der Schmiede helfen müssen. Wenn es ihm auch nicht gefallen hatte, seine Muskeln hatte es auf jeden Fall trainiert. Doch der fremde Junge war auch kein Schwächling. Und vor allem hatte er das Messer. Emith musste sich darauf konzentrieren, die Hand mit dem Messer festzuhalten, während er versuchte, den Tritten und Schlägen des Jungen auszuweichen, der wie ein Wilder darum kämpfte, aus Emiths Griff freigelassen zu werden.

Schließlich verlor Emith das Gleichgewicht und stürzte zu Boden. Der Junge saß auf ihm und hielt das Messer wieder dicht vor seine Kehle. Emith hielt jedoch immer noch die Hand des Jungen umklammert. Mit seiner ganzen Kraft gelang es ihm, das Messer von seiner Kehle fernzuhalten. Doch er war geschwächt von den Strapazen der Reise und er merkte, wie seine Kräfte langsam nachließen. Der Junge merkte das anscheinend auch, denn auf seinem Gesicht erschien ein siegessicheres Grinsen, als er sagte: „Lass los! Ergib dich deinem Schicksal!"

„Warum sollte ich?", keuchte Emith. „Mein Leben ist mir lieb!"

Der Junge sagte nichts, sondern versuchte weiterhin, die Hand mit dem Messer freizubekommen.

Als Emith merkte, dass seine Kräfte weiter nachließen und das Messer immer dichter an seine Kehle heranreichte, rief er seine Brüder um Hilfe. Doch die schienen wie Steine zu schlafen. Der Junge versuchte jetzt, mit seiner anderen Hand Emiths Mund zuzuhalten. Emith drehte seinen Kopf hin und her, um seinen Mund freizubekommen. Dabei lockerte er jedoch aus Versehen den Griff um die Hand des Jungen und dieser konnte sich loswinden.

Mit schreckgeweiteten Augen lag Emith auf dem Boden. Über ihm hielt der Junge das Messer auf seine Kehle gerichtet. Jetzt würde er gleich zustechen! Emith kam vor lauter Angst noch nicht mal mehr auf die Idee, seine Brüder noch einmal zu rufen. Gleich würde er die Klinge des Messers zu spüren bekommen! Es sah sehr scharf aus und die Klinge glitzerte bedrohlich im Mondlicht. Doch warum zögerte der Junge immer noch? Er hätte längst zustechen können, doch er tat es nicht. Sein Gesichtsausdruck, der eben noch so siegessicher war, wirkte jetzt fast verzweifelt. Als Emith das sah, verließ ihn die Angst und er fragte erstaunt: „Warum tust du es nicht?"

Der Junge wirkte wie erstarrt. Er antwortete nicht.

Emith griff nach dem Messer und entwand es dem Jungen. Dieser setzte sich nicht mehr zur Wehr. „Es ist Unrecht", sagte er. „Es ist einfach nicht richtig, jemanden zu töten."

„Das stimmt", sagte Emith. Der Junge erstaunte ihn. Was war das für einer, der ihn mitten in der Nacht mit einem Messer überfiel und ihn dann doch nicht tötete, weil ihm plötzlich klar wurde, dass es Unrecht war? Emith warf einen Blick auf seine Taube und sah, dass ihr Blick starr auf den Jungen gerichtet war. Sie schien irgendetwas zu sagen, doch er konnte es nicht hören. Erstaunt blickte er sie an. Jetzt wandte sich die Taube an Emith: „Ich habe dem Jungen erklärt, dass es Unrecht ist, jemanden zu töten. Und er hat auf mich gehört. Viele hören nicht und dann tun sie etwas Schlimmes! Aber dieser Junge hat auf mich gehört und so konnte ich ihn davor beschützen, dich zu töten!"

„Ich würde wohl eher sagen, du hast *mich* davor beschützt, getötet zu werden!", widersprach Emith.

Die Taube schüttelte den Kopf. „Dich hätte ich sowieso beschützt. Aber ich habe ihn davor bewahrt, sein Leben durch eine solche böse Tat zu zerstören."

Inzwischen waren die drei Brüder endlich aufgewacht und scharten sich um Emith und den fremden Jungen. Der Junge senkte schuldbewusst den Blick und ließ die Schultern hängen.

„Wer bist du?", fragte Johrin ihn.

In dem Moment schaute Jotan sich um und rief erschrocken: „Unsere Kamele sind weg!"

Die anderen folgten seinem Blick und erschraken ebenfalls. Was Jotan festgestellt hatte, stimmte leider: Alle vier Kamele samt dem Gepäck waren verschwunden. Damit waren die Jungen allein in der Wüste, ohne Tiere, ohne Gepäck, ohne Essen und ohne Wasser.

XIX. Totos Plan

Einen Moment standen die Jungen wie gelähmt vor Entsetzen stumm da. Dann begannen alle durcheinander zu reden. „Wie konnte das passieren?" „Hat jemand etwas gesehen?" „Wir müssen die Kamele suchen!" „Ohne die Kamele sind wir verloren!" „Was sollen wir nur tun?"

Johrin schlug vor: „Lasst uns in alle Richtungen ausströmen und schauen, ob wir Spuren finden."

Auf einmal sagte der fremde Junge: „Ich weiß, wo eure Kamele sind."

Die anderen starrten ihn ungläubig an. Johrin runzelte misstrauisch die Stirn. „Und wo sind sie?"

„Zwei Männer haben sie genommen."

„Wo sind die Männer?", fragte Johrin ungeduldig.

„Ich kenne ihr Versteck. Ich kann euch zu ihnen führen. Aber das wird nicht viel bringen. Sie sind bewaffnet und sie sind stark."

„Führe uns trotzdem hin!", meinte Johrin.

„Moment! Bevor wir irgendwas Dummes machen, lasst uns einen Plan festlegen", widersprach Jotan.

Dann fragte Emith den Jungen, der die ganze Zeit mit gesenktem Kopf bei ihnen gestanden hatte: „Wer bist du überhaupt und wo kommst du her?"

„Mein Name ist Toto", antwortete der Junge.

„Und wo kommst du her?"

Toto antwortete nicht.

Johrin wurde ungeduldig. „Wir müssen uns beeilen, unsere Kamele zurückzubekommen", sagte er.

„Wie wäre es, wenn wir erst mal unsere Tauben fragen?", warf Jakob ein.

Die anderen nickten beschämt. Oh, wann würden sie es endlich lernen, zuerst die Tauben zu fragen, bevor sie selbst irgendwelche wilden Pläne schmiedeten!

Sie fragten die Tauben und die Antwort der Tauben war klar und einfach: Sie sollten tatsächlich Toto fragen und ihn um Hilfe bitten.

Also wandten sie sich noch einmal an den Jungen.

„Was sind das überhaupt für Männer, die unsere Kamele haben?", fragte Emith. „Und woher weißt du das alles?"

Toto senkte den Blick noch mehr. „Es sind Räuber", erklärte er fast tonlos. „Und ich weiß es, weil ich einer von ihnen bin."

„Du bist ein Räuber?" Jakob riss vor Staunen die Augen weit auf.

Toto nickte beschämt. „Ich hatte keine andere Wahl. Denn ich habe keinen Menschen auf der Welt. Die beiden waren die einzigen, die nett zu mir waren … naja, so nett auch wieder nicht. Aber sie haben mich bei sich aufgenommen."

„Und was war das vorhin?", fragte Emith.

„Sie haben euch schon die ganze Zeit beobachtet und geplant, euch zu überfallen. Ich wollte nicht, dass sie euch die Kamele wegnehmen, weil ich wusste, dass ihr ohne die Kamele in der Wüste sterben würdet. Aber sie haben gesagt, dass ich kein Mitleid haben darf, wenn ich ein Räuber sein und zu ihnen gehören will. Und als Beweis, dass ich kein Mitleid habe, sollte ich einen von euch töten. Darum habe ich versucht, dich zu töten."

Stumm vor Entsetzen hörten die vier Jungen Totos Bericht zu. Der Junge stand mit hängenden Schultern und gesenktem Blick da, er wagte nicht, einem der Jungen in die Augen zu blicken.

Plötzlich hörte Emith, wie seine Taube ihm etwas ins Ohr flüsterte. Er erinnerte sich sofort an die Liebe des Königs und nickte. Dann wandte er sich an Toto: „Hör zu, Toto", sagte er. „Was du tun wolltest, war nicht richtig. Doch du hast es nicht getan, weil du tief in deinem Herzen wusstest, dass es nicht gut ist, jemanden einfach so zu töten. Darum glaube ich, dass du eigentlich ein gutes Herz hast. Und deshalb möchte ich dir sagen, dass ich dir vergebe und frage dich, ob du unser Freund sein und bei uns bleiben möchtest. Wir dienen dem König von Colorania und wir sind in seinem Auftrag unterwegs. Möchtest du dich uns anschließen?"

Toto war so überrascht, dass ihm vor Staunen der Mund offen stehen blieb. „Meinst du das ernst?", fragte er. Er konnte kaum glauben, was Emith ihm da angeboten hatte. Doch alle vier Jungen nickten und Toto sah in ihren Augen so viel Güte, wie er noch nie bei einem Menschen gesehen hatte. Schließlich nickte er glücklich.

„Gut", sagte Johrin. „Dann wäre das jetzt geklärt. Später kannst du uns noch mehr über dich erzählen. Aber jetzt müssen wir erst mal überlegen, wie wir unsere Kamele zurückbekommen."

Toto meinte nachdenklich: „Ich habe einen Plan. Ich weiß nicht, ob das klappt, aber das wäre zumindest eine Möglichkeit ..."

Aufmerksam hörten die Jungen zu, als Toto seine Idee schilderte.

Hier war die Mail zu Ende. Lena schaltete ihr Tablet aus.

Mirko saß vor dem Computer und öffnete sein E-Mail-Programm. Michaela hatte ihm versprochen, ihm die erste Colorania-Geschichte zu schicken. Zum Glück hatte sie die einzelnen Mails damals alle gespeichert und zu einer Geschichte zusammengefügt. Jetzt las er mit pochendem Herzen „Emith und der Herr der Farben".

Ob diese Geschichte wirklich etwas mit seinem Opa zu tun hatte? Ob er dem Geheimnis um den Jungen, der Emil oder Emith hieß, jetzt näherkommen würde? Er wusste es nicht, aber er war gespannt. Hoffentlich würde er es herausfinden.

Was ist eine Freundschaft wert?

Am nächsten Tag in der Schule ging Lena gerade in die Pause, als sie hinter sich Joanne und Angelina hörte.

„Hat dir deine Oma früher auch manchmal Märchen vorgelesen?“, vernahm sie Joannes Stimme.

Angelina fragte verwundert: „Märchen? Wie kommst du denn jetzt darauf?“

Joanne antwortete: „Mein Lieblingsmärchen war immer *Blaukäppchen und der Wolf!*“

Angelina brach in schallendes Gelächter aus: „Blaukäppchen! Hahaha! Blaukäppchen! Der war gut!“ Sie japste vor Lachen.

Lena drehte sich wütend um. „Sehr witzig!“, meinte sie. Doch dann fiel ihr Blick auf Michaela. Michaela grinste. Sie hatte sich das Lachen nicht verkneifen können.

Dann hat Joanne also doch recht, durchzuckte es Lena. *Michaela hat über mich gelacht! Bestimmt hat sie tatsächlich über mich gelästert!*

Wie betäubt ging sie von den anderen weg. Sie wollte die Pause allein verbringen.

Michaela verbrachte die Pause wie immer mit Nico, Connor und Mirko. Nur Lena fehlte. Wo war sie heute nur? Sie wunderte sich. Doch sie hatte keine Zeit, darüber nachzudenken, denn plötzlich kam Johnny auf sie zu. Sie hatte länger nicht mehr mit ihm gesprochen. Er war meistens mit den Leuten aus seiner Klasse zusammen. Fröhlich begrüßte sie ihn. „Hi Johnny, wie geht's?“, fragte sie.

„Gut? Und selbst?"

„Ja. Auch gut!"

„Man sagt, du bist unter die Musiker gegangen", meinte Johnny.

Michaela schaute ihn erstaunt an. „Unter die Musiker gegangen?" Sie wusste nicht, was er meinte.

„Na, du spielst doch jetzt Gitarre!"

„Ach so." Michaelas Gesicht verfinsterte sich. „Nee, im Moment nicht mehr."

„Was? Warum denn nicht?", fragte Johnny und hob eine Augenbraue, wie er es immer tat, wenn er erstaunt war.

„Mein Gitarrenlehrer hat die Biege gemacht!", erklärte Michaela wütend.

„Die Biege gemacht?" Johnny lachte. „Na hör mal, sooo schrecklich kann dein Spielen doch auch nicht geklungen haben …"

Jetzt lachte auch Michaela. „Nein. Er ist ja nicht wegen mir abgehauen. Er ist … ach, was weiß ich. Er ist jedenfalls weg, und jetzt habe ich keinen Gitarrenlehrer mehr. Dabei kann ich erst ein paar Akkorde und ich würde so gerne noch mehr lernen!"

„Na wenn das so ist, da kann ich dir helfen! Ein paar Gitarrengriffe kann ich dir auch beibringen!"

„Was, echt?" Michaela riss die Augen weit auf. „Du spielst Gitarre? Das wusste ich ja gar nicht!"

„Ich bin vielleicht nicht der perfekte Gitarrist, aber ja, ich spiele Gitarre. Du kannst gerne hin und wieder zu mir kommen und ich bring's dir bei!"

„Danke! Ja, cool!" Michaela freute sich. Sie wollte so gerne weiterkommen auf der Gitarre.

„Wie wär's mit heute Nachmittag? Vielleicht so gegen vier?"

„Gute Idee! Also … bis dann!"

Auch in der zweiten Pause sah Michaela Lena nicht. Sie wunderte sich. Was war nur mit ihr los? Sie verbrachte doch sonst die Pausen immer mit ihr und den anderen zusammen. Als sie im Unterricht schließlich wieder neben ihr saß, fragte sie: „Hey, wo warst du denn in der Pause?"

„Na, auf dem Schulhof", antwortete Lena patzig.

Michaela wunderte sich. Warum war Lena so komisch? Aber dann fing auch schon der Unterricht an und sie konnte nicht mehr nachfragen. Nach dem Unterricht packte Lena so schnell wie möglich ihre Sachen und ging. Michaela schaute ihr erstaunt nach.

Zu Hause angekommen, schmiss Lena sich wieder auf ihr Bett und heulte. Ihr Handy stellte sie aus. Sie wollte jetzt niemanden sprechen.

Ihre Mutter rief zum Mittagessen.

„Ich habe keinen Hunger", antwortete Lena. Das stimmte. Sie hatte Bauchschmerzen.

Ihre Mutter klopfte an die Zimmertür. Doch Lena rief bloß: „Lass mich in Ruhe!" Zum Glück hatte sie ihre Tür abgeschlossen. Das letzte, was sie jetzt gebrauchen konnte, war, dass ihre Mutter besorgt ins Zimmer kam und ein Gespräch vom Zaun brach. Doch die Mutter ließ so schnell nicht locker. „Lena, bist du krank?", fragte sie besorgt.

Lena atmete tief durch. Dann versuchte sie, in ihre Stimme so viel Festigkeit wie möglich zu legen: „Nein. Ich bin nicht krank. Ich habe einfach nur Bauchschmerzen. Heb mir das Essen für heute Abend auf, ja? Ich esse es dann."

Endlich gab ihre Mutter sich zufrieden. Während sie in der Küche mit Geschirr klapperte und ihre Schwester Mittag aß, konnte Lena sich in Ruhe ausheulen.

Mirko hatte den ganzen gestrigen Nachmittag und die halbe Nacht gelesen. Er hatte die Geschichte schon zur Hälfte durch. Heute Nachmittag wollte er weiterlesen. Aber zuerst musste er unbedingt Lena anrufen. Sie hatte heute keine Pause mit ihm und den anderen verbracht. Das war sehr ungewöhnlich und es hatte ihm gar nicht gefallen! Er holte sein Handy aus der Tasche und wählte ihre Nummer. Doch da meldete sich nur die Mailbox. Traurig versuchte er es noch einmal. Doch auch diesmal erreichte er sie nicht. Schließlich gab er auf und las Colorania weiter.

Lena dachte immer, Weinen würde erleichtern. Aber bei ihr war das nicht so. Nachdem sie es eine gefühlte Stunde lang getan hatte, ging es ihr immer noch nicht besser. Plötzlich kam ihr der 23. Psalm wieder in den Sinn. *Er erquickt meine Seele.*

Auf einmal durchzuckte sie so etwas wie eine Erkenntnis. *Weinen allein erquickt die Seele nicht unbedingt. Aber wenn man jemandem das Herz ausschüttet und wirklich ehrlich über seine Probleme spricht … mit Gott zum Beispiel, das kann die Seele erquicken!*

Ihr fiel auch wieder ein, was Michaela über die Predigt gesagt hatte, und die Gedanken, die ihr selbst dazu gekommen waren: *Wachsam sein bedeutet, immer wieder im Gebet zu Gott zu kommen und gar nicht erst zuzulassen, dass die negativen Gedanken dich so dermaßen überrollen!*

Und nun tat Lena etwas, was sie seit sehr langer Zeit nicht mehr getan hatte: Sie schüttete ihr ganzes Herz vor Gott aus. Alles, was sie schon so lange belastet hatte, sagte sie ihm. Das dauerte ziemlich lange, denn es war eine Menge, was sich in ihr angestaut hatte.

Doch als sie fertig war, spürte sie eine seltsame Erleichterung. Ihre Seele war scheinbar … *erquickt*!

Erleichtert und fast heiter schaltete sie später ihr Tablet ein und sah, dass eine neue Colorania-Mail gekommen war. Sie las weiter.

 Toto machte sich auf den Weg. Sein Herz pochte. Wie würden seine früheren beiden Räubergefährten reagieren, wenn  er zurückkam? Sie wussten, dass er nicht geschafft hatte, den Jungen zu töten. Und er wusste, dass sie ihn deshalb nicht mehr haben wollten. Doch wie würden sie reagieren, wenn sie herausfinden würden, dass er sie betrogen und den Jungen geholfen hatte? Sie würden ihn zweifellos umbringen, das wusste Toto. Doch es war die Sache wert. Die Freundschaft, die die Jungen ihm angeboten hatten, obwohl er ihr Feind gewesen war, war so kostbar, dass es sich lohnte, dafür zu sterben. Außerdem, was war sein Leben schon wert? Bisher hatte er nicht viel Gutes erlebt.

Der Morgen dämmerte bereits und Toto wusste, dass es nicht mehr lange dauern würde, bis es wieder richtig heiß wurde. Bis dahin musste es den Jungen gelungen sein, die Kamele, und vor allem ihre Wasservorräte zurückzubekommen. Sonst würden sie verdursten! Er legte einen Schritt zu.

Es dauerte nicht lange, da erreichte er das Versteck der Räuber. Zum Glück waren sie noch nicht weitergezogen. Er straffte sich. Jetzt kam es darauf an, sie zu überzeugen. Alles hing davon ab, dass er keine Angst zeigte, alles hing davon ab, dass sie ihm glaubten!

Er näherte sich dem Lager. Die beiden Männer saßen zufrieden in ihrem Versteck und durchsuchten die Taschen der Kamele.

„Wie ich schon erwartet habe, in den Taschen ist nicht viel Wertvolles!", meinte Bartgesicht.

„Naja. Für die Kamele werden wir aber eine Menge Kohle kriegen", antwortete Narbengesicht. „Also hat sich der Überfall schon gelohnt!"

„Hätten wir den Jungen nicht wieder mitnehmen müssen?", fragte Bartgesicht nachdenklich.

„Toto?" Narbengesicht schaute ihn überrascht an. „Seit wann denkst du über jemand anderen als über dich nach? Hast du ihm nicht gerade erzählt, dass man kein Mitleid haben sollte?"

„Ja, aber er war unser Gefährte. Wir waren gewissermaßen für ihn verantwortlich ..."

„Er hat von Anfang an nicht zu uns gepasst! Vergiss ihn", knurrte Narbengesicht.

Toto knirschte wütend mit den Zähnen. So viel hatte er den beiden, die er eine Zeitlang für seine Freunde gehalten hatte, also bedeutet! Nun, er würde ihnen jetzt zeigen, dass mehr in ihm steckte, als sie geglaubt hatten! Er nahm seinen ganzen Mut zusammen und trat vor.

„Da bin ich wieder", sagte er so gelassen, wie er konnte. Innerlich zitterte er. Doch das durfte er sich auf keinen Fall anmerken lassen!

Die beiden Männer starrten ihn wie vom Donner gerührt an.

„Du hast deine Aufgabe nicht erledigt und wagst es, zu uns zurückzukommen?", bellte Narbengesicht.

Bartgesicht verengte seine Augen zu Schlitzen und schaute ihn prüfend an. „Was hast du uns zu sagen?", fragte er ruhig.

Doch Narbengesicht sprang auf und zückte sein Messer. „Was er uns zu sagen hat?", schrie er. „Er ist ein Versager!"

Er wandte sich an Toto: „Wenn du glaubst, dass wir dich verschonen, nur weil du noch ein halbes Kind bist, hast du dich geirrt! Versager passen nicht zu uns! Du hast versagt und dafür musst du sterben!" Er packte Toto am Arm.

Toto zitterte vor Angst. „Ich ... ich muss euch etwas sagen!", presste er mühsam hervor. Sie mussten ihn wenigstens anhören! Danach konnten sie ihn ruhig töten! Aber sie mussten ihn wenigstens anhören, sodass er sie von den Kamelen weglocken konnte! Alles hing jetzt davon ab, dass sie ihn wenigstens anhörten!

„So?", höhnte der Mann und packte Toto noch fester. Mit der anderen Hand hielt er ihm das Messer vor die Kehle. „Na, dann sprich mal! Ein paar letzte Worte werden wir dir schon noch gewähren!" Er warf Toto einen geringschätzigen Blick zu.

Toto schluckte. Er hatte gedacht, er wäre bereit zu sterben. Aber jetzt, mit dem Messer vor seiner Kehle, hatte er nur noch Angst. Schreckliche Angst! So viel Angst, dass er kein Wort herausbekam. Seine Augen blieben an dem Messer vor seiner Kehle hängen. Sein Mund war trocken und seine Zunge wie gelähmt.

„Lass den Jungen sprechen", forderte Bartgesicht seinen Gefährten auf. „Und nimm das Messer weg. Töten kannst du ihn später noch. Wir wollen uns anhören, was er zu sagen hat!"

Narbengesicht ließ das Messer sinken und knurrte: „Na los, komm schon. Spuck aus, was du uns zu sagen hast!"

Toto warf Bartgesicht einen dankbaren Blick zu. Doch der starrte nur finster vor sich hin. Seine Miene verriet kein Gefühl.

„Also, ich ...", begann Toto schließlich, „habe den Jungen zwar nicht getötet, aber ich habe ihn gefangen genommen!"

„Hoho, gefangen genommen!", höhnte Narbengesicht. Seine Miene blieb eisig. „Und was, bitte schön, sollen wir in der Wüste mit einem Gefangenen machen?"

Toto beeilte sich, fortzufahren: „Ich habe gehört, wie die Jungen von einem Schatz sprachen. Von Gold! Und wir könnten den Jungen als Geisel nehmen, damit die anderen uns zu dem Schatz führen!"

„Gold? Soso." Narbengesicht sah nachdenklich aus. „Na, ich weiß zwar nicht, ob deine Geschichte stimmt ..."

„Aber führ uns mal zu deinem Gefangenen", ergänzte Bartgesicht. Seine Augen glänzten gierig.

Toto war erleichtert. Nun konnte er die beiden Räuber tatsächlich von den Kamelen weglocken und die Jungen würden sie wieder an sich nehmen können. Er forderte Bartgesicht und Narbengesicht auf, ihm zu folgen, und machte sich auf den Weg. Was er ihnen erzählen würde, wenn sie merkten, dass er sie angelogen hatte, daran mochte er jetzt lieber noch nicht denken!

XX. Der seltsame Fremde

Emith, Johrin, Jotan und Jakob waren Toto im Schutz der Felsen hinterher geschlichen. Atemlos hatten sie dem Gespräch gelauscht und sie waren grenzenlos erleichtert, als die Räuber nun mit Toto abzogen. So schnell und leise sie konnten, packten sie die Taschen wieder ein, luden sie auf die Kamele und banden die Tiere los. Dann machten sie sich auf den Weg.

Sie hatten mit Toto einen Treffpunkt vereinbart. Eine Tagesreise von hier sollte eine Oase sein, in der ein

Beduinenstamm lebte, von dem Avi ihnen schon erzählt hatte. Diese Oase sollte sowieso ihr nächstes Etappenziel sein. Und dort wollten sie sich mit Toto treffen.

Wie Toto es schaffen sollte, den Räubern zu entkommen, wussten sie nicht. Und wie es ihm gelingen würde, sich zur Oase durchzuschlagen, auch nicht. Er hatte ihnen jedoch glaubhaft versichert, dass ihm das schon gelingen würde. Ein paar Sorgen bereitete es ihnen schon, doch Toto hatte darauf bestanden, dass er seinen Plan so ausführen würde.

Erleichtert ritten sie auf ihren Kamelen Richtung Süden. Die Tauben flogen wieder voran, sodass sie sich kein Kopfzerbrechen über die richtige Richtung machen mussten. Bald stand die Sonne hoch am Himmel und brannte wieder unbarmherzig heiß. Die Jungen waren so dankbar, dass sie ihre Kamele und vor allem die Wasservorräte wiederhatten! Sie mochten sich gar nicht ausdenken, wie es gewesen wäre, wenn Toto ihnen nicht geholfen hätte! Das einzige, was sie jetzt noch bedrückte, war, dass sie nicht wussten, wie es Toto jetzt gehen würde. Doch darüber sprachen sie lang und ausführlich mit ihren Tauben. Sie baten den König, ihm zu helfen und ihn sicher zur Oase zu bringen.

Mittags machten sie eine Rast im Schatten eines großen Felsens, dann ritten sie weiter. Am späten Nachmittag erreichten sie die Oase. Hohe Palmen spendeten angenehmen Schatten, viele Büsche und verschiedene Blumen wuchsen dort. Unter den Palmen saßen Beduinen, die in strahlend weiße Gewänder gekleidet waren. Hinter ihnen grasten ein paar Kamele. Alles in allem bot die Oase einen friedlichen, ja fast paradiesischen Anblick.

Als die Beduinen die Jungen bemerkten, erhoben sie sich und kamen auf sie zu.

Emith verneigte sich höflich vor ihnen und sagte: „Herzliche Grüße von Häuptling Alafael und von Avi, dem Hirtenjungen. Wir sind Freunde und bitten darum, die Nacht bei euch in der Oase verbringen sowie uns mit Wasser und frischen Früchten versorgen zu dürfen."

Einer der Beduinen verneigte sich leicht vor ihnen und sagte: „Dann seid ihr willkommen hier."

„Wo ist denn jetzt dein Gefangener?", fragte Bartgesicht ungeduldig.

„Es ist nicht mehr weit", meinte Toto. Er versuchte, den Zeitpunkt, an dem die

beiden Räuber herausfinden würden, dass er sie betrogen hatte, so weit wie möglich hinauszuzögern. Langsam ging er vorwärts und schaute sich dabei immer wieder um, als versuche er, sich zu orientieren.

„Los, weiter!" Narbengesicht war anzumerken, dass ihm der Geduldsfaden bald riss. Totos Herz klopfte heftig. Plötzlich fühlte er sich gar nicht mehr so tapfer, nein, er fühlte sich auf einmal gar nicht mehr bereit zum Sterben! Irgendwie war ihm sein Leben doch lieb, so mies es auch bisher gewesen war. Er schluckte und blieb stehen. Jetzt würde er es nicht mehr lange hinauszögern können. Gab es nicht irgendeine Möglichkeit, wie er entkommen konnte? Gab es irgendeine Rettung für ihn? Er blieb stehen. „Ich … ich bin mir plötzlich nicht mehr sicher, wo er ist …"

„Was heißt, du bist dir nicht mehr sicher, wo er ist?", bellte Narbengesicht.

„Also … ich glaube, ich habe mich verlaufen …"

Klatsch! Eine Ohrfeige landete in Totos Gesicht. Toto rieb sich die schmerzende Wange. „Ich … ich finde mich aber bestimmt bald wieder zurecht!", beeilte er sich zu sagen.

„Das musst du auch!", knurrte der Räuber.

Wieder schaute Toto sich suchend um. „Ich glaube, dahinten, hinter diesem Felsen, da war es! Da habe ich den Gefangenen hingebracht!" Er ging langsam in die Richtung. Die beiden Räuber folgten ihm. Innerlich zitterte Toto. Er wusste immer noch nicht, was er jetzt tun sollte. Sollte er einfach weglaufen? Doch er wusste genau, dass er nicht weit kommen würde, ohne Wasser und Vorräte. Die Räuber hatten genug davon. Zusätzlich zu den geklauten Kamelen, die jetzt hoffentlich wieder bei den Jungen waren, hatten sie ihre eigenen Tiere und genug Wasser und Vorräte für mehrere Tage. Sollte er versuchen, seinerseits die Räuber zu bestehlen? Doch die waren nicht dumm. Sie wussten genau, dass er allein in der Wüste nicht überleben konnte und dass er versuchen würde, von ihren Vorräten etwas zu nehmen. Ihre Vorräte würden sie bewachen wie ihren Augapfel.

Langsam ging Toto um den Felsen herum, von dem er gesagt hatte, er habe den Gefangenen dahinter versteckt. Die beiden Männer folgten ihm. Totos Knie fingen an zu zittern, seine Hände waren schweißnass.

Narbengesicht ging dicht hinter ihm. Er spürte seinen stinkenden Atem im Nacken. „Wehe dir, wenn du uns belogen hast", zischte der Räuber.

Toto wurde fast ohnmächtig vor Angst. Selbst wenn er die Gelegenheit hätte, wegzulaufen und den Räubern zu entkommen, er spürte, das konnte er gar nicht. Er hatte nicht die Kraft dazu. Nein, er war den Räubern ausgeliefert und sie würden ihn für seinen Verrat gleich grausam bestrafen, so viel war klar.

Lena hörte auf zu lesen. Was Toto auf sich nahm für seine Freunde, das war ja schon ganz schön heftig, fand sie. So viel war ihm die Freundschaft mit Emith und den anderen wert, dass er bereit war, sich dafür in so große Gefahr zu begeben und sogar sein Leben zu opfern!

Sie fragte sich unwillkürlich, wieviel Michaela eigentlich die Freundschaft mit ihr wert war. Anscheinend nicht so viel, wenn sie hinter dem Rücken über sie lästerte und über Witze lachte, die Joanne und Angelina über Lena machten. Aber dann kam die Frage, wieviel ihr selbst denn die Freundschaft wert war. Wollte sie sie einfach so kampflos aufgeben? Eigentlich wollte sie das nicht! Doch was machte den Wert einer Freundschaft denn aus? Doch wohl Treue und Zusammenhalt! Und wenn Michaela so wenig zu ihr hielt, dann legte sie auch keinen großen Wert mehr auf die Freundschaft, beschloss Lena trotzig und las weiter.

Plötzlich stockte Toto der Atem. Hinter dem Felsen, den er Bartgesicht und Narbengesicht gezeigt hatte, saß tatsächlich ein Gefangener! Toto erschrak, als er ihn sah. Es war kein Junge wie Emith, sondern ein erwachsener Mann. Seine Hände und Füße waren gefesselt und er schaute Toto durchdringend an. Toto wusste nicht, was er sagen sollte. Er konnte nicht aufhören, den Fremden anzustarren.

Auch die beiden Räuber blieben wie angewurzelt stehen. Sprachlos starrten sie den Fremden an. „Das ist also dein Gefangener, ja?", fragte Bartgesicht erstaunt.

Toto wollte gerade verneinen, da sagte der Fremde: „Ja."

Seine Stimme hatte irgendetwas an sich, das Toto noch nie gehört hatte. Er konnte nicht mal genau sagen, was. Doch die beiden Räuber schienen es auch zu spüren, denn auch sie schwiegen betroffen. Bartgesicht fing sich schließlich als erster wieder. „Nun ja, dann … äh … dann nehmen wir dich mal mit!" An Narbengesicht gewandt sagte er: „Ich hätte schwören können, dass die vier jünger waren. Dass da ein Erwachsener dabei war, wusste ich nicht."

Narbengesicht runzelte die Stirn. „Ich frag mich, wie Toto es geschafft hat, ihn zu überwältigen!" Er schaute Toto nachdenklich an. In seinen Augen lag eine ganz neue Achtung für den Jungen.

Toto starrte immer noch den Gefangenen an. Er konnte kaum glauben, was gerade passiert war. Konnte man so ein unglaubliches Glück haben, dass man gerade, zufällig, in dem Moment, wo man es dringend brauchte, mitten in der Wüste einen gefesselten Gefangenen traf? Irgendwie war ihm die ganze Sache rätselhaft. Und wer war dieser geheimnisvolle Mann?

Der Fremde schaute ihn immer noch durchdringend an. In seinem Blick lag etwas, das Toto nicht deuten konnte. Er wusste nicht, was es war, aber es gefiel ihm.

Narbengesicht löste die Fesseln an dessen Füßen, dann packte er ihn und herrschte ihn an: „Los, komm mit! Führ uns zu deinen Gefährten oder führ uns gleich zu dem Schatz!"

Der Fremde stand auf und ließ sich widerstandslos von den Räubern abführen. Die Räuber erholten sich jetzt langsam von der Überraschung und verhielten sich wieder so, wie Toto es von ihnen kannte: grausam und gemein. Zuerst verspotteten sie den Gefangenen und bezeichneten ihn als Schwächling, weil er sich von einem Jungen wie Toto hatte überwältigen lassen. Dann fingen sie an, ihm Tritte und Stöße zu verpassen. Einmal fiel er dabei hin. Da seine Hände gefesselt waren, konnte er sich nicht abstützen und fiel auf die Nase. Sie fing an zu bluten. Die Räuber lachten laut, als hätten sie etwas besonders Witziges beobachtet. Belustigt schauten sie anschließend zu, wie er sich mühsam mit seinen gefesselten Händen wieder aufrappelte. Ja, sie machten sich einen Spaß daraus, ihn noch ein paarmal heftig zu treten, während er wehrlos am Boden lag.

Toto wurde zornig. Wie konnten sie den Fremden nur so gemein behandeln! Waren das die Männer, mit denen er die ganze Zeit zusammen gewesen war und auf deren Freundschaft er gehofft hatte? Krampfhaft überlegte er, wie er dem Gefangenen helfen konnte. Dann fiel es ihm ein. Natürlich, es gab ein Argument, mit dem er die Räuber sicher davon überzeugen konnte, ihn besser zu behandeln. „Hört auf damit", rief er. „Wenn ihr so weiter macht, schafft er den Weg zu den anderen oder zu dem Gold nicht! Ihr müsst schon darauf achten, dass er unverletzt bleibt, wenn er euch dort hinführen soll!"

Die beiden Räuber musterten ihn nachdenklich. Dieser Gedanke schien ihnen noch gar nicht gekommen zu sein. Toto dachte insgeheim, wie dumm sie doch waren! Bartgesicht und Narbengesicht schauten ihn hingegen mit einem Blick an, der zu besagen schien, wie klug Toto doch war. Sie nickten und hörten auf, den Fremden zu schubsen und zu stoßen. Nur ein paar Schimpfwörter und Beleidigungen musste der Gefangene noch über sich ergehen lassen.

Nun gingen sie zu viert zurück in die Richtung, wo sich das Versteck der Räuber befand. Doch nun bekam Toto erneut Angst. Was, wenn die Räuber jetzt sahen, dass die Kamele und Sachen der Jungen weg waren? Sie würden furchtbar wütend werden! Vielleicht würden sie ihn dann doch noch töten, einfach aus Wut. Vielleicht würden sie auch dem Gefangenen etwas antun. Und das wollte Toto auf keinen Fall!

Schweigend gingen sie durch die Wüste. Die Sonne brannte heiß und Toto bekam furchtbaren Durst. Schließlich kamen sie beim Lager der Räuber an. Sofort holten Bartgesicht und Narbengesicht ihre Wasserschläuche und boten auch Toto etwas an. Erleichtert trank er. Durch den fremden Gefangenen hatte er die Gunst der Räuber wiedererlangt. Sein Blick fiel auf ihn. „Er braucht auch zu trinken", sagte er zu den Räubern.

Widerwillig reichten sie auch ihm einen Wasserschlauch und er trank. Zum Glück hatten die Räuber noch nicht bemerkt, dass die gestohlenen Kamele und Taschen weg waren. Toto bemühte sich, nicht auf die Stelle zu starren, wo sie gestanden hatten. Es kam ihm wie ein Wunder vor, dass die Räuber es bislang nicht gesehen hatten.

„So, jetzt müssen wir die anderen Jungen finden", meinte Bartgesicht schließlich. Er wandte sich an Toto: „Wie hast du dir das jetzt vorgestellt?"

Toto überlegte fieberhaft. Er hatte überhaupt keinen Plan. Doch plötzlich schaltete sich der Gefangene ein. „Schickt Toto alleine los und lasst mich als Geisel hier. Die Jungen sind Richtung Südosten gegangen. Sie können noch nicht weit sein. Doch gebt Toto genug Wasser mit. Die Jungen haben sicher noch nichts getrunken heute Vormittag und sie werden den Weg nicht schaffen ohne Wasser!"

Bartgesicht und Narbengesicht überlegten. Ja, die Jungen mussten unbedingt noch eine Weile am Leben bleiben, sonst konnten sie sie nicht zu dem Gold führen! Also brauchten sie tatsächlich Wasser! Was der Gefangene gesagt hatte, machte Sinn. Schließlich schickten sie Toto tatsächlich mit genügend Wasservorräten los. Toto drehte sich noch einmal zu dem Fremden um, bevor er sich auf den Weg machte. Immer noch sah er ihn mit einem eindringlichen

Blick an. Doch diesmal lag ein fast unmerkliches Zwinkern darin. Und plötzlich begriff Toto, dass dieser Fremde nur das eine Ziel hatte: Dass Toto von den Räubern freikommen sollte! Erstaunt warf er ihm noch einen letzten Blick zu, dann wandte er sich ab und ging los. Er war unendlich erleichtert! Die Räuber hatten ihn mit genug Wasser losgeschickt, dass er den Weg zur Oase gut schaffen konnte, wo er sich dann mit seinen neuen Freunden treffen würde. Nur eine Sache bedrückte ihn: Der Fremde war noch in Gefangenschaft. Der Fremde, der ihm geholfen hatte zu entkommen. Was würden die Räuber mit ihm machen, wenn sie merkten, dass sie getäuscht worden waren? Sie würden ihn zweifellos töten. Und den Gedanken, dass der Fremde sterben musste, fand Toto furchtbar. Denn er hatte sich geopfert, damit Toto frei sein konnte, das war ihm klar geworden. Doch warum nur hatte er das getan? Warum sollte jemand sein Leben für ihn opfern? Noch dazu ein wildfremder Mensch? Toto hatte noch nie Freunde gehabt, die bereit gewesen wären, *irgendetwas* für ihn zu opfern, geschweige denn so etwas Kostbares wie das eigene Leben! Und jetzt tat das jemand für ihn, den er noch nie zuvor gesehen hatte. Das konnte er nicht begreifen und er fand den Gedanken schrecklich und bewegend gleichzeitig. Am liebsten hätte er den Fremden befreit. Doch er wusste nicht, wie er das tun sollte.

XXI. Toto begegnet dem König

In dieser Nacht musste keiner der vier Jungen Wache halten. Die Beduinen hatten sie mit großer Gastfreundschaft aufgenommen und sie bewachten die Oase gut. Trotzdem wachte Emith mitten in der Nacht auf. Er sah eine Gestalt, die sich ihm näherte. Erschrocken setzte er sich auf und musste sofort an sein Erlebnis aus der vergangenen Nacht denken. Wollte ihn jetzt auch wieder jemand töten?

Doch dann erkannte er Toto, der sich müde und erschöpft zu ihnen geschlichen hatte und nun fallen ließ. Erfreut begrüßte Emith ihn. „Hey, du hast es geschafft!"

„Ja", flüsterte Toto. Aber er wirkte nicht fröhlich oder erleichtert. Doch darüber machte Emith sich keine Gedanken. Immerhin hatte sein Freund einen ganz schön weiten Weg hinter sich. So ließ er ihn erst mal in Ruhe. Bald schlief er auch selbst wieder ein.

Am nächsten Morgen wurde Toto von allen Jungen fröhlich begrüßt.

Sie bedankten sich herzlich bei ihm, dass er ihnen geholfen hatte, die Kamele zurückzubekommen und dass er so mutig zu den Räubern zurückgegangen war. Doch Toto wirkte immer noch bedrückt. Schließlich fragte Emith ihn: „Du wirkst gar nicht so, als ob du dich freuen würdest. Was ist passiert?"

Toto erzählte ihnen von dem merkwürdigen Fremden, der ihm das Leben gerettet hatte. Emith und seine Brüder hörten aufmerksam zu. Als Toto fertig war mit Erzählen, war Jotan derjenige, der als erster aussprach, was alle dachten: „Das hört sich ganz nach unserem König an!"

„Nach eurem König?", fragte Toto erstaunt.

Daraufhin erzählten die Jungen ihm ausführlich vom König und von den Farben.

Toto hörte mit weit aufgerissenen Augen zu. „Diesen König würde ich auch gerne kennenlernen", sagte er. Doch plötzlich kam ihm ein schrecklicher Gedanke. „Aber was ist, wenn der Gefangene der Räuber tatsächlich euer König war und die Räuber ihn jetzt umgebracht haben?", fragte er erschrocken.

„Mach dir darüber keine Sorgen", sagte Emith. „Der König ist sehr mächtig und er wird sich gegen die Räuber zu wehren wissen!"

Plötzlich flüsterte ihm seine Taube etwas ins Ohr. Emith nickte. Ja, das war eine gute Idee! Er ging zu seiner Tasche und zog ein kleines Fläschchen hervor. „Das ist Wasser aus dem See, der aus dem Blut des Königs entstanden ist", erklärte er Toto. „Wenn ich einen Tropfen davon in das Wasser der Oase schütte, kannst du dort baden und wirst von Farbenblindheit befreit. Du wirst dann den König kennenlernen können."

Totos Augen wurden ganz groß. „Echt?", fragte er. Er wusste gar nicht, was er sagen sollte.

Schließlich fragte Emith: „Möchtest du, dass ich Wasser in den See schütte? Möchtest du darin baden?"

„Natürlich!", rief Toto begeistert aus.

Emith ging zum See und gab einen Tropfen des kostbaren Wassers hinein. Sofort kamen einige Beduinen. Sie sahen misstrauisch aus. „Was machst du da?", fragten sie.

Emith erklärte es ihnen. Einige von ihnen schauten ihn skeptisch an, andere wurden neugierig, und in einigen Augen konnte Emith sogar die Sehnsucht sehen, auch den König kennenzulernen. Schließlich war es eine größere Gruppe, die ins Wasser stieg, und Emith und seine Brüder konnten beobachten, wie sich die Farben auf den Körpern von Toto und den Beduinen ausbreiteten, ja, wie sie sich in der ganzen Oase rasant ausbreiteten, sodass sie wie ein Paradies aussah. Begeistert sahen sie, wie die Palmen plötzlich grün wurden und die Blumen bunt. Es war herrlich. Doch noch wunderbarer war es, zu sehen, wie die

Menschen bunt wurden und wie sie reagierten, als sie auf einmal die Farben sehen konnten! Emith liebte es, das zu beobachten. Einen Augenblick musste er an Cynthia denken. Sie liebte das auch so sehr. Wie sehr wünschte er, sie könnte jetzt hier sein!

Sein Blick wanderte zu Toto. Eine weiße Taube kam angeflogen und setzte sich auf dessen Schulter. Emith bekam nicht mit, wie auch zu den Beduinen, die gebadet hatten, weiße Tauben kamen. Er hatte seinen Blick auf Toto gerichtet.

Toto sah die Taube auf sich zukommen und staunte. Die anderen hatten ihm nicht von den Tauben erzählt, aber in dem Moment, als er aus dem Wasser gekommen war, hatte er sie sehen können. Und jetzt kam so ein Tier zu ihm. Erstaunt fragte er sie: „Wer bist du?"

Er zuckte zusammen, als sie mit hörbarer Stimme antwortete: „Ich bin ein Geschenk des Königs und ich zeige dir jetzt deinen König!"

Daraufhin erschien in den Augen der Taube eine Gestalt. Eine Gestalt, die ihm irgendwie vertraut vorkam. Es war der Fremde. Doch diesmal war er nicht gefesselt, sondern er trug ein königliches Gewand und strahlte so viel Autorität und Kraft aus, dass Toto vollkommen fasziniert und erschüttert war. Auf einmal schien ihn etwas in die Augen der Taube hineinzuziehen. Seine ganze Umgebung verschwamm und er stand plötzlich allein auf einer grünen Wiese vor dem Mann. Dem König. Er fühlte sich beklommen in seiner Gegenwart. Der König hatte etwas ungeheuer Anziehendes an sich, und Toto spürte, dass er absolut mächtig war. Er empfand den Drang, vor ihm niederzuknien. Sein Herz pochte heftig. Niemals zuvor war er jemandem begegnet, der so eine Stärke und Autorität ausstrahlte. War das wirklich derselbe Mann, der als Gefangener bei den Räubern gewesen war? Er schaute verstohlen zu ihm auf und es verschlug ihm den Atem, als er einen Blick des Königs auffing. Seine Augen waren warm und schienen bis in sein Innerstes zu dringen. Totos Herz schlug noch heftiger. Er spürte, dass dieser König in sein Herz schauen konnte. Das hieß, dass er Totos Geheimnis kannte! Und Toto wollte doch nicht, dass jemals irgendwer davon erfuhr! Niemals, niemals!

Zum Glück ging der König nicht auf Totos Befürchtungen ein, sondern sagte nur: „Willkommen bei mir. Schön, dass du es geschafft hast, den Räubern zu entkommen!"

„Das habe ich nur geschafft, weil du mir geholfen hast", erwiderte Toto.

„Das ist richtig", antwortete der König.

„Bitte, kannst du mir sagen, warum du mir geholfen hast, von den Räubern loszukommen?", fragte Toto nun.

„Ich habe dir geholfen, weil ich schon lange gesehen habe, wie sehr du bei den Räubern gelitten hast, und das hat mir das Herz gebrochen! Ich konnte dich nicht länger so leiden sehen!"

„Was?", fragte Toto erstaunt. „Du konntest mich nicht länger leiden sehen?" Toto wusste gar nicht, was er mit dieser Antwort anfangen sollte. Bisher hatte sich noch nie jemand dafür interessiert, wie es ihm ging. Und jetzt stand da jemand vor ihm, der sagte, er hätte ihn nicht länger leiden sehen können! Konnte es so etwas überhaupt geben?

Lena hörte auf zu lesen. Ja, das fragte sie sich auch: Konnte es so etwas überhaupt geben, dass jemand – Jesus, oder Gott zum Beispiel – wirklich darunter litt, wenn sie selbst litt? Dass er so voller Mitgefühl war, dass sein Herz selbst zerbrach, wenn sie litt? Doch warum griff er dann nicht ein, fragte sie sich. Hatte er nicht die Macht, an ihrem Leiden etwas zu ändern?

Sie konnte Gott nicht begreifen! Nachdenklich las sie weiter.

Der König antwortete nicht, sondern schaute Toto nur an. Doch in seinem Blick lag wieder das, was Toto schon einmal wahrgenommen hatte, als der König noch ein Gefangener bei den Räubern gewesen war. Damals hatte Toto nicht herausfinden können, was das Besondere an seinem Blick war, weil er so etwas noch nie zuvor gesehen hatte. Doch jetzt wurde es ihm plötzlich klar: Es war Liebe!

Toto lief ein Gänsehautschauer über den Rücken. Mit Liebe kannte er sich nicht besonders gut aus. Immer hatte man ihn nur herumgestoßen und missbraucht, so lange, bis er schließlich abgehauen war und versucht hatte, sich irgendwie alleine durchzuschlagen. Dann war er bei den Räubern gelandet. Da hatte er teilweise so etwas wie Kameradschaft erlebt. Aber Liebe? Annahme? Wertschätzung? All das hatte es auch dort nicht gegeben.

Auf einmal verblasste die Erscheinung des Königs. Die Umgebung verschwamm und plötzlich stand Toto wieder vor dem See, in dem er gebadet hatte, bei den anderen Jungen. Aber er hatte genug gesehen. Genug um zu wissen, dass er diesen König sein ganzes Leben lang lieben und ihm treu dienen würde.

XXII. Im Tal der Schatten

Der Abschied von dem Beduinenstamm in der Oase war traurig und fröhlich zugleich. Traurig, weil sie die Beduinen in dieser kurzen Zeit wirklich ins Herz geschlossen hatten. Fröhlich, weil sie wussten, dass sie ihnen das größte Geschenk dagelassen hatten, das sie ihnen machen konnten: die Farben. Die meisten von ihnen hatten in dem See gebadet und den König kennengelernt. Sie waren überaus glücklich über das, was sie erlebt hatten. Nun hob sich die Oase noch mehr von ihrer Umgebung ab: Eine Oase der bunten Farben inmitten der grauen Wüste.

Manchmal konnte Emith nicht begreifen, wie unterschiedlich Menschen reagieren konnten, wenn man ihnen vom König und den Farben erzählte. Häuptling Alafael und sein Stamm, mit dem die Jungen viel intensivere Gemeinschaft gehabt hatten, hatten kein Interesse daran gezeigt, während dieser Beduinenstamm, bei dem sie eine Nacht verbracht hatten, sofort die Farben angenommen hatte!

All das ging ihm durch den Sinn, während er auf seinem Kamel saß und dem Ziel Shenowee entgegenritt.

Emith schaute kurz zu Toto. Die Beduinen hatten ihm ein Kamel geschenkt, sodass er auf seinem eigenen Tier reiten konnte. Alle Jungen freuten sich, dass Toto bei ihnen war. Er sprach nicht viel und hatte ihnen bisher auch so gut wie nichts aus seinem bisherigen Leben erzählt. Emith vermutete, dass er viel Schweres erlebt hatte. Doch er war freundlich und hilfsbereit und kannte die Wüste gut. Es war eine echte Bereicherung, ihn dabei zu haben.

So ritten sie mehrere Tage lang und sie kamen ihrem Ziel näher. Die Jungen vermuteten, dass sie sich bereits in der Nähe des legendären *Tals der Schatten* befanden. Doch wie sie dorthin gelangen sollten, und wie nach Shenowee, das wussten sie nicht. Sie alle waren gespannt auf das, was vor ihnen lag. Auch Toto konnte ihnen keine Auskunft darüber geben.

Trotzdem war er derjenige von allen, der sich in der Wüste am besten auskannte, und so ritt er immer vorne. Johrin gesellte sich meist zu ihm, was Emith mit wachsender Skepsis beobachtete. *Will Johrin jetzt schon wieder die Führung übernehmen?*, fragte er sich. *Wenn Toto das macht, ist das für mich in Ordnung. Er kennt sich hier wenigstens aus. Aber Johrin kennt sich genauso wenig aus wie ich!*

Emith merkte gar nicht, dass immer mehr Ärger in ihm hochstieg. Eigentlich hatte er sich ja mit Johrin versöhnt. Sie hatten den Tauben die Führung überlassen und sich nicht mehr gestritten. Doch nun wollte Johrin anscheinend gemeinsam mit Toto die Führung übernehmen und sie nicht mehr den Tauben überlassen! Das war ein krasser Fehler von Johrin! Toto konnte man das ja verzeihen, er kannte den König und die Taube noch nicht so lange! Aber Johrin? Der müsste es eigentlich besser wissen! Emith schüttelte unmerklich den Kopf. Das war so typisch für seinen Bruder. Naja, er würde jetzt nichts dazu sagen. Sollte Johrin es doch selbst merken, wo sein Stolz ihn hinführen würde. Emith merkte gar nicht, dass seine Taube ihn traurig anblickte, so sehr war er beschäftigt damit, über die Fehler seines Bruders nachzudenken.

Die nächsten Tage redete Emith nicht viel, aber er beobachtete Johrin und Toto sehr genau. Er wartete nur auf den Zeitpunkt, wo Johrin merken würde, wie falsch er doch lag, und ihm, Emith, die Führung übergeben wollte. Halt – er meinte natürlich der Taube und ihm ... oder ihm und der

Taube? Wenn er ehrlich war, wollte er vielleicht doch eine größere Rolle spielen, als die Taube ihm zudachte. Aber so ehrlich wollte er jetzt nicht sein …

Eines Abends, als sie sich wieder unter dem sternenklaren Himmel zum Schlafen hinlegten und Toto zur Wache eingeteilt war, wollte Emith gerade seine Augen schließen, als er ein Geräusch hörte. In der Stille der Wüste fielen Geräusche sofort auf, deshalb war Emith blitzartig hellwach. Er setzte sich auf und sah, dass die andern anscheinend schliefen. Toto hatte ihm gerade den Rücken zugewandt und saß auf einem Felsen, von dem aus er die Umgebung ganz gut überblicken konnte. Jetzt war es wieder still. Emith fragte sich gerade, ob er sich das Geräusch nur eingebildet hatte, da hörte er es wieder. Es war ein Summen, wie von einem Bienenschwarm. Aber in der Wüste konnte es ja schlecht einen Bienenschwarm geben und schon gar nicht mitten in der Nacht! Irgendwie war das seltsam. Emith stand leise auf. Er wollte versuchen, herauszufinden, was das für ein Geräusch war. So leise er konnte, schlich er ein Stück von den anderen weg in die Richtung, aus der es kam. Toto schien nichts zu bemerken. Jedenfalls saß er weiterhin still auf dem Felsen und schaute in die andere Richtung. Emith ging weiter, so leise er konnte. Es war gut, dass die anderen schliefen und Toto nichts mitbekam. Vielleicht gab es jetzt ja die Gelegenheit, auf die er die ganze Zeit gewartet hatte. Die Gelegenheit, zu zeigen, was in ihm steckte. Zu zeigen, dass er der bessere Führer war als Johrin oder auch Toto!

Das Geräusch wurde jetzt lauter. Immer noch war es ein gleichmäßiger Summton, doch nun erfüllte er die ganze Umgebung. Emith wunderte sich, dass Toto nichts davon zu hören schien. Das Geräusch klang richtig unheimlich. Wenn es ein Bienenschwarm war, musste es ein riesengroßer sein!

Inzwischen hatte Emith sich bereits ein ganzes Stück von den anderen entfernt. Die Landschaft war felsig. Zwischendurch gab es jedoch auch immer wieder sandige Flächen. Direkt vor Emith ragte eine Art Felsenmauer auf. In der Mitte dieser Mauer standen zwei bizarr geformte Felsen dicht nebeneinander, deren Spitzen sich oben berührten. Das sah aus wie ein großes Felsentor. Emith hatte das Gefühl, dass das Summen von dort kam. Vorsichtig schaute er sich nach allen Seiten um. Dann trat er durch das Tor. In dem Moment, in dem er hindurchgegangen war, gab es einen lauten Krach, und es schloss sich hinter ihm. Erschrocken schaute er sich um. Die Felsen um ihn herum warfen im Mondlicht bizarre Schatten auf den Boden. Das Summen war hier lauter als es auf der anderen Seite der Felsen gewesen war. Noch während Emith versuchte, sich zu orientieren und herauszufinden, wo er sich überhaupt befand, wurde ihm bewusst, dass er eingeschlossen war. Der Rückweg war versperrt und, soweit er sehen konnte, gab es keinen anderen Ausgang aus diesem Felsental. Gleichzeitig spürte Emith instinktiv, dass er sich an einem Ort großer Gefahr befand. An einem Ort, von dem er sich wünschte, ihn niemals betreten zu haben.

Hier war die Mail zu Ende. *Schade,* dachte Lena. Andererseits hatte sie ja heute schon ziemlich lange gelesen.

Sie nahm ihr Handy und schaltete es wieder ein. Dabei sah sie, dass sowohl Mirko als auch Michaela versucht hatten, sie anzurufen. Sofort bekam sie Mirko gegenüber ein schlechtes Gewissen. Er hatte sich bestimmt gewundert, dass sie sich in den Pausen heute von der Clique ferngehalten hatte. Sie nahm sich vor, ihn später zurückzurufen. Dass Michaela sie auch angerufen hatte, erfüllte sie mit einem gewissen Gefühl der Befriedigung. Michaela wollte sie nicht zurückrufen. Nein, sie würde sie ein bisschen zappeln lassen!

Bevor sie Mirko anrief, holte sie noch einmal ihre Bibel heraus. Sie wollte den Psalm 23 weiterlesen, der ihr so gut getan hatte. Noch einmal las sie den Anfang. Dann kam sie zu Vers 3: *Er leitet mich auf Pfaden der Gerechtigkeit um seines Namens willen.*

Pfade der Gerechtigkeit. Was das wohl sein sollte? Lena dachte an die Colorania-Geschichte, wo die Tauben den Jungen stets den richtigen Weg gezeigt hatten. Doch „Pfad der Gerechtigkeit" bedeutete bestimmt noch mehr. *Gerechtigkeit* hörte sich für Lena nicht nur an wie ein richtiger Weg, sondern wie ein Weg, der gerecht, fair und gut war. Und während sie darüber nachdachte, fiel ihr auf, dass sie selbst sich Michaela gegenüber nicht gerecht, fair und gut verhielt. Was war denn z. B., wenn Michaela wirklich nicht über sie gelästert hatte und das nur eine Bösartigkeit von Joanne gewesen war? Dann würde sie jetzt die ganze Zeit schlecht über ihre Freundin denken und es war noch nicht mal gerechtfertigt.

Nein, sie musste Michaela anrufen und offen mit ihr über alles sprechen. Und dann konnte sie immer noch entscheiden, ob es Sinn machte, weiterhin mit Michaela befreundet zu sein. Kurzentschlossen wählte sie Michaelas Nummer.

Mirko hatte inzwischen die Colorania-Geschichte zu Ende gelesen. Nun lag er auf dem Bett und dachte nach. Er mochte die Geschichte. Morgen wollte er Michaela bitten, ihm den zweiten Teil auch noch zuzuschicken. Doch jetzt wollte er unbedingt herausfinden, was der Junge auf den Zeichnungen mit der Geschichte zu tun hatte, falls er überhaupt etwas damit zu tun hatte. War es doch nur Zufall, dass der gemalte Junge Emith hieß? Wie konnte er das nur herausfinden? Die einzige, die ihm immer wieder einfiel, war seine Großtante. Er hatte sie zwar schon mehrfach befragt zu dem Thema, aber vielleicht gab es doch Dinge, die sie ihm noch nicht erzählt hatte. Er nahm sich vor, sie demnächst noch mal zu besuchen.

Michaela genoss den Gitarrenunterricht bei Johnny. Sie fand, dass er auch ein sehr guter Lehrer war. Er zeigte ihr zwei neue Griffe, die sie im Wechsel üben sollte. Obwohl sie fand, dass sie sich etwas ungeschickt anstellte, lobte er sie viel. Er sprach sogar davon, dass sie sehr begabt sei. Doch das konnte Michaela nicht so richtig glauben. Das sagte er bestimmt nur, um sie zu ermutigen, dachte sie. Trotzdem tat es gut, das zu hören, und es tat gut, mal wieder auf der Gitarre weiterzukommen.

Mitten im Gitarrenunterricht meldete sich ihr Handy. Michaela schaute aufs Display und sah, dass es Lena war. Doch nun hatte sie keine Lust, ans Telefon zu gehen. Sie hatte vorhin mehrfach versucht, Lena anzurufen, weil sie die ganze Zeit das Gefühl hatte, dass irgendwas nicht stimmte mit ihr. Doch jetzt, mitten im Gitarrenunterricht, wollte sie das nun wirklich nicht klären.

Am nächsten Tag in der Schule ging Lena Michaela wieder aus dem Weg. Sie wollte auf keinen Fall in der Schule mit ihr über die ganze Sache sprechen. Nein, das musste man schon in Ruhe und ungestört tun!

Dafür verbrachte sie die Pausen mit Mirko. Er war zwar ein wenig erstaunt, als sie ihn bat, sie zu einem anderen Teil des Schulhofes zu begleiten, war aber gerne bereit dazu. Sie unterhielten sich nett und Mirko erzählte ihr von seinem Vorhaben, demnächst seine Großtante noch mal zu besuchen.

Lena war auch sehr gespannt, was dabei rauskommen würde. Sie vermutete jedoch immer noch, dass Mirkos Familie mit den Colorania-Geschichten nichts zu tun hatte.

Zu Hause angekommen, sah Lena, dass Michaela ihr eine neue Mail weitergeleitet hatte. „Alles klar mit dir?", hatte sie dazu geschrieben.

Nein, dachte Lena. *Das muss erst noch geklärt werden.*

Aber vorher wollte sie Colorania weiterlesen.

Cynthia hatte sich inzwischen ganz gut in ihrer neuen Umgebung eingelebt. Eigentlich ging es ihr hier gar nicht so schlecht, wenn man mal davon absah, dass sie eingesperrt war. Und dass es hier ziemlich langweilig war. Und dass es eine Angst gab, der sie ständig ausgesetzt war und die ihr manchmal die Luft zum Atmen raubte …

Sie lebte mit vielen anderen Mädchen zusammen im Palast. Und die einzige Beschäftigung der Mädchen war Schönheitspflege. Jeden Morgen wurde ihre Haut mit Kamelmilch eingerieben. Anschließend wurden sie in ein Badehaus gebracht, wo sie in verschiedenen duftenden Ölen badeten. Dann wurden sie aufwendig frisiert und geschminkt. Nachmittags hatten sie meistens frei. Doch einmal in der Woche kam ein Schneider zu ihnen, der Maß nahm und Kleider nähte.

Cynthia hatte sich mit den meisten der Mädchen angefreundet. Sie erzählten sich gegenseitig viel von ihrer Heimat und ihren Familien. Manchmal erzählten sie sich auch Witze, um sich die Zeit zu vertreiben, oder sie dachten sich lustige Spiele aus, die sie gemeinsam spielten.

Auch mit Linah verstand Cynthia sich jetzt besser. Seit Cynthia auf der Reise fast verdurstet wäre, hatte Linahs Verhalten sich geändert. Sie war jetzt stiller, nachdenklicher. Auch schimpfte und klagte sie nicht mehr die ganze Zeit. Tatsächlich entwickelte sie ein freundlicheres Wesen! Cynthia war sehr froh darüber. Obwohl sie dem Frieden nicht recht traute, genoss sie es, nicht mehr ständig von Linah angegiftet zu werden.

Die ganze erste Zeit hatte Cynthia sich gefragt, was sie und die anderen Mädchen hier sollten. Doch eines Tages hatte sie es erfahren. An diesem Tag wurde nämlich eins der Mädchen von einem der Wächter weggebracht. Zuerst wusste keiner, wohin. Dann aber belauschte Linah zufällig ein Gespräch zwischen zwei Wächtern. Hinterher kam sie völlig aufgelöst zurück. Ihre Stimme bebte vor Aufregung. „Stell dir vor!", keuchte sie. „Ich weiß jetzt endlich, wofür wir hier sind!"

„Ja?" Cynthia schaute sie erstaunt an.

„Der König – er ist der Grund!" Linahs Stimme überschlug sich fast vor Aufregung.

„Wie meinst du das? Was ist denn mit dem König? Und von welchem König sprichst du überhaupt?", fragte Cynthia voll Spannung.

„Er heißt Erydian. Und er sucht Frauen!", stieß Linah heftig hervor.

Cynthia schaute sie nur ungläubig an. Was meinte ihre Schwester bloß? „Und was hat das mit dem Grund zu tun, warum wir hier sind?", fragte sie.

„Na, *wir* sollen diese Frauen sein!", erklärte sie.

Cynthia erschrak. „Ist das dein Ernst?", flüsterte sie entsetzt.

Linah nickte.

Ein paar der anderen Mädchen gesellten sich zu ihnen. Sie alle hatten sich bereits gefragt, wozu sie hier gefangen gehalten und zugleich mit der allerbesten Schönheitspflege versorgt wurden.

Plötzlich begann es, Sinn zu machen. Ein Mädchen fing an zu kichern. „Ich werde Königin!", erklärte sie stolz und begann, ein paar alberne Trippelschritte zu machen, von denen sie wohl annahm, dass sie irgendwie königlich wirkten. Ein paar andere kicherten ebenfalls.

Doch Linah blieb ernst. „Ihr habt noch nicht alles gehört", sagte sie in so ernstem Tonfall, dass alle sofort wieder leise wurden. „Ab jetzt wird jeden Tag eine von uns dem König vorgeführt werden. Gefallen wir ihm, kommen wir in ein anderes Haus, wo wir noch mehr verwöhnt und gepflegt werden. Doch gefallen wir ihm nicht, werden wir entweder zu Sklaven gemacht oder getötet. Und soweit ich das richtig gehört habe, entscheidet das König Erydian ganz nach Lust und Laune!"

Alle schwiegen betroffen. Und allen drängten sich die gleichen Fragen auf: *Wer wird als nächstes dran sein? Was muss ich tun, um dem König zu gefallen? Was wird aus mir, wenn ich ihm nicht gefalle?*

Auf einmal war nichts mehr wie vorher.

Plötzlich hörte das Summen auf und es war totenstill. Doch in dieser Stille lag etwas, was Emith fast noch mehr Angst machte als das laute Summen. Denn es schien ihm, als ob hinter jedem Felsen Gefahr lauerte, und als ob er von vielen unsichtbaren Augen beobachtet wurde, die nur darauf warteten, dass er eine unbedachte Bewegung machte. Er wagte nicht, sich zu rühren. Stocksteif stand er da und schaute sich um. Nichts Außergewöhnliches war zu sehen.

Und trotzdem war da dieses Gefühl von Gefahr, das er nicht begründen konnte.

Plötzlich nahm er aus dem Augenwinkel eine Bewegung wahr. Blitzschnell drehte er sich um. Sein ganzer Körper war angespannt. Er spürte, dass er von Feinden umgeben war, aber er wusste noch nicht, um was für Feinde es sich handelte. Doch als er mit seinen Augen die Umgebung absuchte, es war nichts zu sehen. Ihn schauderte. Hatte er sich die Bewegung nur eingebildet?

Aber er war sich ganz sicher, dass es keine Einbildung gewesen war! Wachsam schaute er sich nach allen Seiten um. Wieder war nichts zu sehen und nichts zu hören. Alles um ihn herum war still. Warum nur kam es ihm wie eine todbringende Stille vor? Warum nur hatte er die ganze Zeit das Gefühl, gleich würde er aus dem Hinterhalt angegriffen oder von irgendeinem schrecklichen Wesen überfallen werden?

Er stand weiterhin regungslos da. Die Sonne war hinter den Felsen untergegangen, und die Felsen warfen lange, bizarre Schatten auf den Boden. Plötzlich sah Emith, dass einer der Schatten sich bewegte. Erschrocken starrte er ihn an. Was war das? Der Schatten wanderte langsam auf ihn zu und wurde dabei immer größer. Emith wich einen Schritt zurück. Aus dem Augenwinkel sah er, dass auch einer der Schatten auf der anderen Seite sich auf ihn zubewegte. Gleichzeitig erkannte er, dass es die Schatten waren, von denen die Bedrohung ausging, die er die ganze Zeit wahrgenommen hatte.

Er konnte es nicht begründen, aber er spürte, dass er sich vor diesen Schatten in Acht nehmen musste. Vorsichtig wich er noch einen Schritt zurück. Doch die Schatten kamen immer näher. Und er hatte keine Ahnung, was geschehen

würde, wenn sie ihn erreichten. Aber er hatte das Gefühl, dass es etwas Schreckliches sein würde.

Lena wurde vom Klingeln ihres Handys unterbrochen. Unwillkürlich zuckte sie zusammen. War es wieder so ein unliebsamer Anruf? Sie war erleichtert, als sie sah, dass es nur Michaela war. Gleichzeitig wurde sie nervös, weil sie nicht wusste, ob es möglich sein würde, das, was zwischen ihnen stand, zu klären. Ja, sie wusste nicht einmal, ob sie den Mut haben würde, es anzusprechen. Zögernd meldete sie sich.

Michaelas Stimme klang besorgt. „Lena, ich wollte dich mal fragen, was los ist", sagte sie.

Typisch Michaela. Sie kam immer direkt zum Punkt. Lena wäre es lieber gewesen, wenn sie sich noch eine Weile über so unverfängliche Themen wie das Wetter oder so unterhalten hätten. „Äh … wie meinst du das?", fragte sie, um Zeit zu gewinnen. In Wirklichkeit war ihr natürlich sonnenklar, was ihre Freundin meinte.

„Na, du weichst mir die ganze Zeit aus", antwortete Michaela. „Ich habe irgendwie das Gefühl, du bist sauer auf mich, aber ich weiß nicht, warum!"

Lena schluckte. Konnte sie jetzt wirklich ehrlich sein? Sie war sich nicht sicher. Zögernd antwortete sie: „Ich bin mir nicht sicher, ob du ehrlich zu mir warst und ob dir mein neues Outfit wirklich gefällt!" Gespannt wartete sie, was die Freundin antworten würde.

Michaela schwieg kurz. Dann antwortete sie vorsichtig: „Naja. Also, ein bisschen ungewohnt ist es schon noch. Und so ganz krass blau hättest du es ja auch nicht gleich machen müssen. Aber schlecht finde ich es jetzt auch nicht …"

In Lena stieg der Zorn hoch, als sie Michaelas Antwort hörte. „Du hast mich also angelogen, als du gesagt hast, es würde dir gefallen!“, warf sie ihrer Freundin vor.

Michaela unterbrach sie. „Nein, habe ich nicht! Ich meine, ich habe nicht gesagt, dass es mir gefällt. Ich habe zu dir gesagt, dass es ungewohnt ist, aber dass es dir steht!“

„Das ist doch das Gleiche!“

„Ist es nicht! Es kann dir stehen, aber mir trotzdem nicht gefallen!“

„Aber warum sollte es dir dann nicht gefallen, wenn es mir doch steht?“, fragte Lena trotzig.

Jetzt wurde Michaela sauer: „Hör mal, seit wann bist du eine solche Haarspalterin? Das ist ja furchtbar! Kannst du es nicht einfach so stehen lassen, wie ich es gesagt habe? Ich kann doch wohl der Meinung sein, dass dir die Frisur steht, aber trotzdem einen anderen Geschmack haben!“

Lena schwieg. Natürlich konnte Michaela das. Die Frage war nur: Ging dieser andere Geschmack so weit, dass sie hinter ihrem Rücken über sie lästerte? Nach dem, was Michaela gesagt hatte, war sie sich da noch unsicherer als vorher. Und sie fand, dass das nicht der richtige Zeitpunkt war, sie zu fragen. Also sagte sie nur: „Ja, okay.“ Dann redeten sie noch kurz über die Colorania-Mail und legten auf.

Hinterher starrte Lena ihr Handy an. Das Telefonat hatte sie nicht gerade aufgebaut. Frustriert wandte sie sich wieder der Colorania-Geschichte zu.

Emith war immer weiter zurückgewichen. Doch jetzt ging es nicht mehr weiter. Hinter ihm war die Felswand

und vor ihm waren die Schatten, die sich auf ihn zubewegten. Mit blankem Entsetzen sah er, wie der erste der Schatten seine Fußspitze berührte. Er erwartete, dass er tot umfallen würde oder mindestens ein starker Schmerz ihn treffen würde, aber nichts dergleichen geschah. Langsam hüllten die Schatten ihn ein, bis sein ganzer Körper davon bedeckt war. Kälteschauer liefen durch ihn hindurch, vom Kopf bis zu den Zehen.

Inzwischen war die Sonne weiter untergegangen und der ganze Rest des Tales lag im Schatten. Doch nun geschah etwas Seltsames. Obwohl das ganze Tal nun dunkel war, konnte Emith trotzdem noch verschiedenartige Schatten erkennen und voneinander unterscheiden. Die Schatten begannen, immer mehr sich zu bewegen. Je länger Emith hinschaute, desto deutlicher konnte er unterschiedliche Arten von Schatten erkennen. Es gab Schatten, die dunkler waren als andere, und es gab Schatten, die sich schneller bewegten als andere. Manche hatten die Gestalt von Menschen, manche die Gestalt von Tieren. Ja, manche sahen sogar aus wie gefährliche Ungeheuer. Doch egal, wie sie aussahen, eins hatten alle gemeinsam: Sie erzeugten Angst, und zwar eine solche Angst, dass Emith einer Panik nahe war! Noch immer war ihm nichts geschehen, aber er spürte, dass jeden Moment etwas Schreckliches passieren konnte. Und die Kälteschauer jagten weiterhin durch seinen Körper, sodass er schließlich nicht nur vor Angst, sondern auch vor Kälte zitterte.

Auf einmal hörte er hinter sich eine leise, zischende Stimme: „Du kommst hier nie wieder raus!"

Erschrocken drehte er sich um, um zu sehen, wer mit ihm geredet hatte. Doch er stand mit dem Rücken zur Felswand, also konnte hinter ihm eigentlich keiner sein. Wiederum sah er ein schattenhaftes Wesen, das hinter ihm an der Wand entlang huschte. Hatte dieses Wesen gesprochen? Und hatte diese Stimme, oder dieser Schatten, oder wer auch immer gesprochen hatte, recht? Emith musste zugeben, dass es so aussah. Denn das Tal war ringsumher von hohen, sehr steilen Felswänden umgeben und nirgendwo schien es einen Ausgang zu geben. Doch bisher hatte sein König ihm eigentlich in jeder Situation geholfen. Er wandte sich an die Taube: „Kannst du mir hier heraushelfen?"

Doch noch ehe er die Antwort der Taube vernahm, sagte eine andere Stimme: „Bist du dir sicher, dass du dich an den König wenden kannst? Du bist doch selbst schuld daran, dass du hier gelandet bist!"

Dieses Wort traf Emith wie ein Hammerschlag. Ja, das stimmte: Er war selbst schuld daran! Er hatte den anderen beweisen wollen, dass er ein besserer Führer als Johrin war! Plötzlich fiel ihm auf, dass das keine Haltung war, die dem König gefiel. Oh, wie sehr hatte er wieder mal versagt! Es war ja nicht das erste Mal, dass er sich durch sein eigenes Versagen in eine gefährliche Situation gebracht hatte. Doch halt, der König hatte ihm doch immer vergeben! Er war nie sauer, wenn man versagt hatte! Also gab es doch Hoffnung!

„Diesmal ist es anders", zischte wieder eine Stimme. „Du hast so viele Chancen gehabt, doch irgendwann ist es auch mal vorbei! Erinnere dich doch: Erst hattest du dich die ganze Zeit mit Johrin gestritten, so sehr, dass ihr den Unfall mit Jakobs Pferd hattet. Da hat der König euch geholfen. Aber dass du jetzt schon wieder mit den gleichen schlechten Gedanken gegen Johrin angefangen hast, das geht nun wirklich zu weit! Meinst du nicht, dass auch die Geduld des Königs einmal zu Ende ist? Du weißt ja, dass er dir schon so oft vergeben hat, aber jetzt hast du seine Güte wirklich überstrapaziert!"

Emith erschrak. Ja, der König hatte ihm bisher immer vergeben. Aber wer garantierte denn, dass er es auch weiterhin tun würde? Vor allem, wenn Emith den gleichen Fehler immer und immer wieder machen würde? Als die Sonne endgültig hinter den Felsen versunken war und das Tal in tiefer Dunkelheit lag, hüllte auch Emiths Seele tiefe Dunkelheit ein.

XXIII. Toto bekommt einen Auftrag

Toto liebte es, nachts Wache zu halten. Denn das war die Zeit, in der er sich am meisten mit der Taube unterhielt. Ja, er hatte seine Taube so sehr schätzen gelernt. Noch nie in seinem Leben hatte er einen guten Freund gehabt oder überhaupt einen Menschen, der ihm nahestand. Jedenfalls schon lange nicht mehr. Ganz früher, da hatte es wohl mal jemanden gegeben. Aber daran konnte er sich nicht mehr erinnern. Nur in seinen Träumen kamen manchmal verschwommene Erinnerungen an bessere Zeiten hoch. Es musste einmal Menschen in seinem Leben gegeben haben, die ihn geliebt hatten. Immer, wenn er nachts von ihnen träumte, wachte er morgens so unendlich traurig auf.

Doch jetzt hatte er die Taube. Er hatte auch die anderen Jungen, die er ebenfalls sehr als Freunde schätzte. Es war wirklich wunderbar, mit einer Gruppe von guten Freunden unterwegs zu sein. Aber die Taube war wirklich sein *allerbester* Freund! Es gab nichts, was er so sehr genoss, wie den Austausch mit ihr! Er konnte mit ihr über alles reden, was ihn bewegte. Wie zartfühlend und verständnisvoll sie doch war! Sie hörte ihm immer aufmerksam zu und ermutigte ihn, sich alles von der Seele zu reden, was ihn bewegte. Bald hatte er ihr mehr von sich erzählt, als er jemals für möglich gehalten hätte. Nur das, worüber er nicht reden wollte, hatte er verschwiegen. Und er spürte, dass das für die Taube in Ordnung war. Niemals versuchte sie, ihn zu etwas zu drängen, wozu er nicht bereit war. Niemals war sie ungeduldig oder reagierte mit Unverständnis auf etwas, was er ihr erzählt hatte. Die Taube war einfach wunderbar. Und genauso wunderbar war der König, dem er immer wieder begegnete, wenn er mit der Taube sprach. Manchmal sah Toto wieder seine liebevollen Augen. Oft musste er daran denken, wie er sich selbst als Gefangener den Räubern ausgeliefert hatte, um ihn zu befreien. Das würde Toto nie vergessen!

Auch in dieser Nacht, als er Wache hielt, tauschte Toto sich wieder lange und intensiv mit der Taube aus. Und als er mitten im Gespräch mit ihr war, erschien ihm der König. Toto erschrak, als er plötzlich vor ihm stand, denn der König sah wieder einmal unbeschreiblich prächtig und herrlich aus. Toto verspürte den Drang, vor ihm auf die Knie zu fallen. Doch der König richtete ihn auf und schaute ihm in die Augen. „Toto“, sagte er, und die Art und Weise, wie er Totos Namen aussprach, hatte etwas so Besonderes, dass Toto schlucken musste. Es lag so viel Wertschätzung darin. Toto fühlte sich von der Liebe des Königs wieder einmal regelrecht eingehüllt.

„Ich habe einen Auftrag für dich“, sagte der König.

„Für mich?" Toto blickte ihn erstaunt an.

Sein Herz pochte aufgeregt. Gern wollte er einen Auftrag des Königs erfüllen.

„Ja", antwortete der König. Dann erklärte er ihm: „Du musst Johrin, Jotan und Jakob nach Shenowee führen und die entführten Mädchen befreien."

Totos Augen weiteten sich erstaunt. „Was?", fragte er. „Aber ... ich weiß gar nicht, ob ich das kann! Ich weiß noch nicht einmal, wie man nach Shenowee kommt. Wie soll ich dann die anderen da hinführen? Außerdem, wie soll ich die Mädchen befreien? Ich habe keine Ahnung, wie ich das anstellen soll!"

„Mach dir keine Sorgen. Ich werde dir den Weg zeigen, und ich werde dir auch rechtzeitig sagen, wie du die Mädchen befreien kannst!"

Toto war noch nicht überzeugt. Durch sein Gehirn rasten tausend Fragen. „Aber warum soll ausgerechnet ich das tun? Ich meine, hattest du nicht Emith und die anderen dazu beauftragt?"

„Weil nur du es tun kannst", erklärte der König ihm.

„Warum?", fragte Toto noch einmal.

„Vertrau mir. Bleib in engem Kontakt mit der Taube und sie wird dir zur richtigen Zeit sagen, was du tun sollst!"

So richtig wohl fühlte Toto sich bei dem Gedanken immer noch nicht. „Bist du dir sicher, dass die anderen das nicht besser können?", fragte er zaghaft.

Doch der König schaute ihn liebevoll an und antwortete nur: „Hab keine Angst. Ich weiß, was ich tue. Vertraue mir."

Toto nickte nachdenklich. Ja, er wollte dem König vertrauen. Wenn er überhaupt irgendjemandem vertrauen konnte, dann doch wohl ihm!

Plötzlich fiel ihm etwas auf.

„Du hast gesagt, ich soll Johrin, Jotan und Jakob nach Shenowee führen. Was ist mit Emith?"

„Emith ist im Moment nicht bei euch und wird auch nicht mit euch reiten", antwortete der König ernst.

„Oh!" Das gefiel Toto nicht. Erschrocken drehte er sich zu den schlafenden Jungen um. Erst jetzt fiel ihm auf, dass Emith tatsächlich nicht da war.

„Mach dir keine Sorgen um ihn", sagte der König sanft. „Ich habe alles unter Kontrolle!"

Emith hatte sich dicht an der Felswand zusammengekauert. Doch selbst die Felswand hinter ihm bot ihm keinen Schutz, denn die Schatten und die leisen, zischenden Stimmen, kamen von überall her. Ja, manche schienen sogar direkt aus dem Felsen zu kommen. Emith hatte bereits die Augen geschlossen, damit er sie nicht mehr sehen musste, aber das nützte nichts. Auch Ohren zuhalten nützte nichts. Emith konnte ihren anklagenden Stimmen nicht entkommen!

„Das hast du nun davon, du elender Versager!"

„Du hast das bekommen, was du verdient hast!"

Immer noch war ihm schrecklich kalt. Und die Stimmen jagten Eisschauer seinen Rücken hinunter. Doch plötzlich fiel ihm etwas ein. Die Stimmen hatten gesagt, er würde das bekommen, was er verdient hatte. Aber der König hatte doch die Strafe für alles Böse auf sich genommen! Also musste er gar nicht bekommen, was er verdient hatte! „Der König hat das auf sich genommen, was ich verdient habe", sagte er matt. Er blickte hilfesuchend zu seiner Taube. War sie überhaupt noch da? Ja, sie war noch da, und sie nickte ihm ermutigend zu. Noch einmal wiederholte er: „Der König hat die Strafe für mein Versagen auf sich genommen, also muss ich nicht mehr bestraft werden!"

Einen Moment war es still. Dann fing eine der Stimmen erneut an: „Ja, aber warum bist du dann hier? Bist du dir sicher, dass du noch ein Freund des Königs bist? Wenn du wirklich ein Freund des Königs wärst, müsstest du doch nicht hier sein, an diesem Ort!"

Darauf wusste Emith nichts zu sagen. Hatten die Stimmen nicht recht? Warum musste er an diesem schrecklichen Ort sein, ganz allein, in der Dunkelheit und Kälte? Hätte der König ihn nicht davor beschützen können?

„Wenn der König so mit seinen Freunden umgeht, dann ist er aber kein guter König! Wahrscheinlich bist du ihm nicht wichtig genug, sonst hätte er doch nicht zugelassen, dass du hier gelandet bist!", zischte wieder eine der Stimmen.

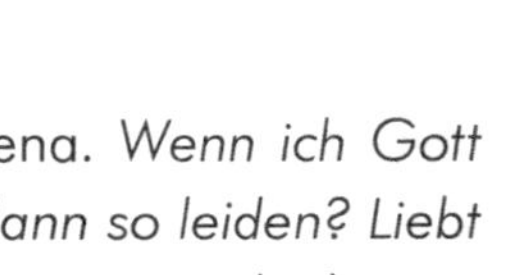

Ja, genauso fühle ich mich auch, dachte Lena. *Wenn ich Gott irgendetwas bedeute, warum lässt er mich dann so leiden? Liebt er mich nicht mehr? Bin ich ihm nicht wichtig genug, als dass er mich hier rausholt?*

Gespannt las sie weiter.

Oh, wie weit weg war doch die Liebe des Königs, die er so oft genossen hatte! Jedes Mal, wenn Emith dem König begegnet war, hatte er sich von ihm so geliebt gefühlt. Doch das schien jetzt alles so weit weg zu sein. Hier gab es nur diese anklagenden Stimmen, die Schatten und die Kälte. Sicher, die Taube war bei ihm, aber irgendwie spürte er ihren Trost nicht. Hatten die Stimmen vielleicht recht? Warum hatte der König zugelassen, dass Emith so leiden musste? Liebte er ihn auf einmal nicht mehr? War er jetzt nicht mehr sein Freund?

„In Wirklichkeit warst du doch noch nie ein Freund des Königs! Erinnerst du dich nicht daran, was du früher schon alles falsch gemacht hast?", zischte wieder eine der Stimmen.

„Ja, und vor allem machst du ja immer wieder die gleichen Fehler! Ein wirklicher Freund des Königs würde so etwas nicht tun!"

Ja, das stimmt, dachte Emith. *Ich mache tatsächlich immer wieder die gleichen Fehler. Die Schatten haben recht, ich war wahrscheinlich nie ein wirklicher Freund des Königs, sonst würde ich nicht so oft versagen!* Je mehr Emith sich diesen Gedanken hingab, desto elender fühlte er sich. Wahrscheinlich war er deswegen an diesem schrecklichen Ort gelandet, weil der König ihn aufgegeben hatte! Der König hatte ja auch wirklich Besseres verdient als einen Versager wie ihn!

„Ja!", schrie er laut. „Ich gebe es zu: Ich bin ein Versager! Wahrscheinlich will mich der König nicht mehr als Freund haben. Aber lasst mich jetzt in Ruhe, ich kann das nicht mehr hören!"

Doch die Schatten machten ohne Erbarmen weiter.

„Erinnerst du dich noch an dein Leben, bevor du den König kennengelernt hast?", fragten sie.

Emith nickte. Ja, er konnte sich noch gut daran erinnern. Wie finster sein Leben war, voller Ablehnung, Selbstzweifel und Hass. Und diese Hilflosigkeit! Wie hilflos war er damals Onkel Lucio ausgeliefert gewesen! Ein hilfloses Opfer. Doch bei dem Wort „Opfer" fiel ihm etwas ein. Der König hatte doch mal zu ihm gesagt, dass Emith kein Opfer mehr sein müsse ...

„Moment mal", sagte er laut. „Der König hat sich doch für mich geopfert!"

Einen Moment war alles um ihn herum totenstill. Dann begannen alle Stimmen auf einmal auf ihn einzureden. Wie Peitschenhiebe knallten sie auf ihn nieder: „Wie kannst du es wagen, jetzt noch das Opfer des Königs für dich in Anspruch zu nehmen!"

„Es ist unerhört, dass du überhaupt noch seinen Namen erwähnst!"

„Meinst du wirklich, dass das alles noch für dich gilt? Nein, für dich nicht! Für dich ist es zu spät!"

Der Lichtstrahl der Hoffnung, der in Emiths Seele aufgekeimt war, erstarb wieder.

Am nächsten Morgen teilte Toto den anderen mit, was er vom König gehört hatte. Die Bestürzung bei den Jungen war groß gewesen, als sie festgestellt hatten, dass Emith fehlte. Doch sie beruhigten sich wieder, als Toto ihnen erzählte, was der König ihm versprochen hatte: Er hatte alles unter Kontrolle. Er würde sich auch um Emith kümmern!

Nachdenklich packten sie ihre Sachen, nahmen ein schnelles Frühstück zu sich und machten sich auf den Weg. Die Tauben flogen voran und führten die Jungen zu einer Öffnung zwischen zwei Felsen. Dort hielten sie an, um den Jungen Anweisungen zu geben. „Ihr durchquert jetzt gleich das Tal der Schatten", erklärten sie. „Doch habt keine Angst, wir sind bei euch. Der König wird auf euch aufpassen wie auf seinen Augapfel. Ihr seid kostbar und wertvoll in seinen Augen, und er wird nicht zulassen, dass euch etwas zustößt. Aber eins ist wichtig: Achtet darauf, dass ihr nicht zu sehr auf die Schatten schaut und schon gar nicht auf die Stimmen der Schatten hört. Sie werden euch Lügen zurufen. Doch darauf dürft ihr nicht hören, denn sie haben nur ein Ziel: Euch zu zerstören und euch davon abzuhalten, in Shenowee anzukommen! Am besten, ihr bleibt die ganze Zeit mit uns im Gespräch, dann wird es für die Schatten schwieriger, euch etwas zuzurufen!"

Die Jungen nickten ernst. Den Rat der Tauben wollten sie unbedingt beherzigen. So richteten sie ihre Augen ganz konzentriert auf sie, als sie durch die schmale Öffnung ins Tal der Schatten hineinritten.

Hier war die Mail zu Ende. Lena seufzte. Gern hätte sie noch weitergelesen.

Michaela saß auf dem Sofa. Rechts von ihr lag Picasso, links Rhabarber. Nachdenklich kraulte sie die beiden Tiere. „Was ist bloß mit Lena los?", fragte sie sich. Hatte Lena ernsthafte Probleme? Oder war sie bloß plötzlich zickig geworden? Bei dem Wort „zickig" musste sie an Emilia denken. Emilia war früher auch immer zickig gewesen. Erst in der letzten Zeit hatte sie sich verändert. Ja, Michaela hatte sich jetzt sogar mit ihr angefreundet. Vielleicht hatte Emilias überraschende und ungewollte Schwangerschaft sie verändert. Nun war Emilia in eine andere Stadt gezogen, wo sie in einer Wohngemeinschaft lebte. Dort würde man ihr helfen, ihr Kind auszutragen und später auch für den neuen Erdenbürger zu sorgen. Michaela chattete ab und zu mit Emilia. Sie hoffte, dass die Freundin den Herausforderungen des Mutter-Werdens gewachsen sein würde.

Ihre Gedanken wanderten wieder zu Lena. Lena war früher immer so nett gewesen. Jetzt hatte Michaela das Gefühl, dass Lena die umgekehrte Wandlung von Emilia gemacht hatte:

Während Emilia sich von einer Zicke zu einem netten Mädchen und einer echten Freundin entwickelt hatte, hatte Lena sich von einer Freundin zu einer echten Zicke verwandelt! *Muss ich mir das eigentlich gefallen lassen?*, fragte sie sich.

„Emith, Emil, Emith, Emil ..." Immer wieder murmelte Mirko die beiden Namen vor sich hin. Sie klangen ja wirklich ähnlich. Doch waren sie sich so ähnlich, dass Tante Lieselotte die Namen verwechseln konnte? Das konnte er sich eigentlich nicht vorstellen!

Noch einmal dachte er über die Geschichte nach. Sie hatte ihm wirklich gefallen. Und irgendwie passte sie zu seinem Großvater. Allein schon, weil sie in früherer Zeit und in einer anderen Welt spielte. Sein Opa war ihm auch immer so vorgekommen, als wäre er einer anderen Zeit und einer anderen Welt entschlüpft. Und Opa hatte Märchen geliebt. Er hatte ihm früher oft welche erzählt. Doch all das waren keine Beweise dafür, dass er etwas mit den Geschichten zu tun hatte. Und überhaupt – er hatte niemals einen Computer benutzt. Abgesehen davon, dass er schon längst tot war, hätte er niemals E-Mails verschickt! Mirko brauchte also unbedingt weitere Informationen! Er nahm sich vor, am kommenden Tag nach der Schule seine Großtante zu besuchen.

Unliebsamer Besuch

Michaela war sehr zurückhaltend in der Schule. Lena fiel das sofort auf. Sie war nicht unfreundlich, ging ihr auch nicht aus dem Weg, aber sie war auch nicht besonders offen und gesprächig. Als sie in der ersten großen Pause gemeinsam auf den Schulhof schlenderten, um sich mit Nico, Mirko und Connor zu treffen, kam Johnny auf sie zu. „Und, hast du die Akkorde noch mal geübt?", fragte er Michaela.

„Ja, ich kann jetzt schon richtig schnell wechseln!", antwortete sie stolz.

Lena schaute erstaunt von einem zum anderen. „Wie?", presste sie mühsam hervor. „Spielt ihr etwa zusammen Gitarre?"

„Er gibt mir Unterricht!", erklärte Michaela und strahlte Johnny glücklich an.

Lenas Herz zog sich schmerzhaft zusammen. Alles in ihr schrie. Es war so unfair! Michaela hatte Nico, sie interessierte sich überhaupt nicht für Johnny. Doch jetzt durfte sie bei ihm Unterricht nehmen! Und Lena selbst würde wahrscheinlich noch in zehn Jahren kein Wort mit Johnny gewechselt haben!

„Das ist ja interessant!", presste sie mühsam hervor. Dann wandte sie sich ab und drehte sich zu Mirko um. Sie war froh, dass sie mit ihm über Unverfängliches reden konnte.

Nach der Schule war Lena allein zu Hause. Sie wusste, dass sowohl ihre Eltern als auch ihre Schwester erst abends zurückkommen würden, und sie war froh darüber. So hatte sie wenigstens ihre Ruhe. Sie wärmte sich das Essen, das ihre Mutter gekocht hatte, in der Mikrowelle auf und aß. Doch sie hatte kaum Appetit. Das meiste ließ sie stehen. Vielleicht würde sie ja nachher mehr Hunger haben. Erst mal wollte sie schauen, ob es eine neue Colorania-Mail gab. Wenn sie auch sonst sauer auf Michaela war, in dem Punkt konnte sie sich auf sie verlassen: Dass sie ihr sofort die Geschichte weiterleiten würde, sobald eine neue Mail gekommen war.

Sie hatte tatsächlich Glück! Nur wenige Minuten zuvor hatte Michaela ihr eine neue Mail weitergeleitet. Das war ja wenigstens etwas! Ihre Laune hob sich ein wenig und sie begann, weiterzulesen.

Toto und Johrin ritten gemeinsam voran, Jotan und Jakob folgten ihnen. Als sie alle durch das schmale Felsentor hindurchgeritten waren, schloss es sich mit einem lauten Krach hinter ihnen.

Alle erschraken. Damit hatten sie nicht gerechnet! Nun waren sie eingeschlossen.

Sie mussten nicht weit reiten, um festzustellen, dass das Tal der Schatten wirklich unheimlich und furchteinflößend war. Überall um sie herum waren dunkle Schatten, die sich bewegten. Manche von ihnen sahen wie unheimliche Gestalten aus. Um nicht in Angst zu verfallen, redeten die vier Jungen die ganze Zeit mit ihren Tauben und sangen leise Lieder für den König. Sie ermutigten sich gegenseitig, indem sie einander zuriefen: „Der König ist bei uns! Wir sind nicht allein!"

Als sie schon eine Weile unterwegs waren, hörte Toto plötzlich eine leise, zischende Stimme hinter sich: „Meinst du wirklich, dass du zum König gehörst? Und zu diesen anderen Jungen? Du warst doch noch nicht mal ehrlich zu ihnen! Keiner von ihnen weiß, wer du in Wirklichkeit bist!

Wann hörst du endlich auf, dich zu verstecken und diese Spielchen mit ihnen zu spielen?"

Toto erschrak. Unwillkürlich ritt er langsamer und wandte seinen Blick von der Taube ab. Stimmte es nicht, dass er sein Leben lang schon anderen etwas vormachte? Sicher, er hatte seine Gründe dafür, aber trotzdem musste er zugeben, dass sein ganzes Leben eine Lüge war. Und so konnte man doch nicht zum König gehören, oder?

„Genau", zischte die Stimme wieder. „So kann man nicht zum König gehören! Du solltest zurückgehen zu den Räubern! Vielleicht nehmen sie dich wieder bei sich auf!"

Toto erzitterte. „Nein!", stieß er hervor. „Nicht wieder zu den Räubern!"

Die Stimme hinter ihm kicherte leise. „Dann willst du vielleicht lieber in der Wüste sterben?", fragte sie. „So oder so: Du gehörst nicht zum König. Du gehörst zu uns!"

Toto fing immer mehr an zu zittern. Was die Stimme sagte, war schrecklich. Doch das Schlimmste daran war, dass sie recht hatte. Toto konnte bestimmt nicht mehr zum König gehören. Aber was sollte er tun und wo sollte er hin?

Plötzlich fiel ihm wieder die Taube ein. Mit ihr hatte er bisher über alles gesprochen. Er schaute wieder zu ihr. „Taube", flüsterte er. „Was soll ich tun? Ist jetzt alles aus? Stimmt es, dass ich nicht länger zum König gehören kann?"

„Gut, dass du mich fragst", antwortete die Taube ernst. „Hör nicht auf die Schatten! Alles, was sie können, ist lügen. Sie sagen dir nicht die Wahrheit. Du gehörst zum König und wirst immer zum König gehören. Richte deinen Blick weiter auf mich und folge mir."

Toto atmete auf. Die Taube machte ihm wieder Mut. Die ganze Bedrückung, die er nach den Worten des Schattens gespürt hatte, wich schlagartig von ihm und er ritt wieder schneller voran. So schnell wie möglich wollte er jetzt aus

dem Tal der Schatten hinauskommen und all diese Schatten mit ihren Lügen hinter sich lassen.

„Auch wenn ich wandere im Tal des Todesschattens, fürchte ich kein Unheil, denn du bist bei mir; dein Stecken und Stab, sie trösten mich.“ Dieser Vers fiel Lena ein, als sie las, wie die Taube Toto geholfen hatte. Sie beschäftigte sich ja sowieso gerade mit Psalm 23 und dieser Vers passte nun wirklich zu der Geschichte. Besonders in dieser Übersetzung. Sie kannte Psalm 23 schon von klein auf in verschiedenen Übersetzungen. In der Luther-Übersetzung hieß es: „Und ob ich schon wanderte im finsteren Tal.“ Aber Lena hatte schon als Kind die Übersetzung mit dem „Tal der Todesschatten“ viel spannender gefunden, und irgendwie passte die auch besser zur Geschichte. Gespannt las sie weiter.

Auch Johrin, Jotan und Jakob hörten die Stimmen der Schatten. Jeder von ihnen bekam Dinge zu hören, die ihn bedrückten und in Angst und Unruhe versetzten. Doch auch sie erfuhren Hilfe von ihren Tauben. Keiner von ihnen konnte die Stimmen hören, die zu den anderen sprachen. Jeder hörte nur das, was die Schatten zu ihm persönlich sagten. Und keiner von ihnen ahnte, dass in einer anderen, abgelegenen Gegend des Tals, ein Junge zusammengekauert an einem Felsen lehnte und abgrundtief verzweifelt war.

Emith ahnte ebensowenig, dass seine Brüder nicht weit von ihm entfernt ebenfalls durch das Tal der Schatten ritten. Er hatte eine lange, einsame Nacht in dem Tal verbracht, eine Nacht voll Finsternis und Kälte. Inzwischen war ein neuer Tag angebrochen und die Sonne schien wieder heiß. Doch obwohl ihre Strahlen die ganze Luft erwärmten, konnten sie doch die innere Kälte in ihm nicht vertreiben. Und so wenig, wie die Sonnenstrahlen ihn erreichten, konnte er auch die Stimmen seiner Brüder hören oder das Stapfen ihrer Kamele. Alles, was er hören konnte, waren die Schattenstimmen. Die prasselten immer noch unbarmherzig auf ihn ein: „Du gehörst zu uns!"

„Du Versager!"

„Wir werden dich hier nie wieder rauslassen!"

„Du hast es verdient, hier eingesperrt zu sein!"

„Ja, und du hast es verdient, dass wir dich quälen!"

„Alles ist deine Schuld!"

„Wärst du ein besserer Freund des Königs gewesen, wäre dir das nicht passiert!"

Die Stimmen prasselten wie Peitschenhiebe auf ihn herab. Emith konnte sie jetzt immer mehr auch körperlich spüren. Bald tat ihm alles weh und er fühlte sich, als müsse er sterben. Die Stimmen schienen das zu wissen, denn sie bestätigten ihm: „Ja, du musst sterben!"

„Es wird jetzt immer schlimmer, und dann bist du tot!"

„Dein Leben ist vorbei, und du weißt genau, dass du es verdient hast!"

Emith wurde immer schwächer. Ja, sein Leben würde wohl bald zu Ende gehen. Und er war selbst schuld daran.

Die vier Jungen waren erleichtert, als sich plötzlich vor ihnen wie von Zauberhand ein weiteres, enges Felsentor öffnete und sie aus dem Tal der Schatten hinausreiten konnten. Vor sich sahen sie eine Stadt liegen. Shenowee!

Ihre Herzen pochten aufgeregt. Würden sie jetzt ihren Auftrag erfüllen können und die Mädchen finden? Und wenn ja, wie sollten sie sie zurückbringen? Fragend schauten sie sich nach ihren Tauben um. Schließlich beschlossen sie, sich im Schutz der Felsen ein schattiges Plätzchen zu suchen und jeder mit seiner Taube zu sprechen. Jeder von ihnen musste auch noch mit der einen oder anderen Lüge der Schatten fertig werden. So saßen sie bald alle hinter einem großen Felsen und jeder redete mit seiner Taube. Es wurden lange und intensive Gespräche geführt. Doch besonders denkwürdig war das Gespräch, das Toto mit seiner Taube hatte. Denn die Taube erklärte ihm, was er nach dem Willen des Königs in Shenowee zu tun hatte. Und zum ersten Mal, seit Toto den König kannte, war er überhaupt nicht einverstanden mit dem, was die Taube ihm sagte. Ja, zum ersten Mal zweifelte er daran, dass der König es wirklich gut mit ihm meinte und dass er ihm vertrauen konnte. Denn das, was Toto nach dem Willen des Königs tun sollte, war genau das, was er auf keinen Fall tun wollte! Es war genau das, wozu er nicht bereit war! Toto schluckte. Warum musste der König ihn ausgerechnet *damit* beauftragen? Alles andere hätte er gerne für ihn getan, aber nicht das!

XXIV. Toto verschwindet

Die vier Jungen hatten nach Absprache mit den Tauben beschlossen, ihre Kamele samt Gepäck hinter den Felsen versteckt zurückzulassen. Jotan sollte als Wache bei ihnen bleiben, während sich Johrin, Jakob und Toto unauffällig unter das Volk von Shenowee mischen wollten.

Toto hatte niemandem erzählt, was er selbst in Shenowee zu tun hatte. Immer noch kämpfte er mit dem Auftrag der Taube. Es erschien ihm so unfair, dass er das tun sollte! Gerade begann sein Leben, wirklich gut zu werden. Denn er hatte den König, die Taube und vier wirklich gute Freunde. Und jetzt sowas! Er verstand wirklich nicht, weshalb der König das von ihm verlangte! Während er neben den beiden anderen Jungen den Weg hinunter nach Shenowee ging, fühlte er sich hin- und hergerissen zwischen seiner Liebe zum König und seiner großen Angst.

Bald hatten sie die Stadttore erreicht. Sie waren weder verschlossen noch bewacht, denn die Einwohner der Stadt wussten, dass sie durch das Tal der Schatten von unliebsamen Besuchern abgeschirmt waren. So konnten die Jungen ungehindert die Stadt betreten. Neugierig sahen sie sich um. Shenowee sah prächtig aus. Viele große Bauten reihten sich aneinander, dazwischen kleinere Villen und Häuser verschiedener Größen und Formen. Die Straßen der Stadt waren von Palmen und anderen Bäumen gesäumt. Alles war sauber und schön angelegt.

Bald gelangten sie tiefer in das Zentrum. Sie kamen an einem großen Markt vorbei, wo viele Händler ihre Waren verkauften. Toto schaute sich wachsam um. Noch immer war er sich nicht sicher, ob er es schaffen würde, dem König zu gehorchen. Sein Auftrag erschien ihm einfach zu schwer. Er spielte mit dem Gedanken, abzuhauen. Weglaufen, wie er es schon einmal getan hatte. War das nicht am einfachsten? Konnte er nicht irgendwo noch mal neu anfangen? Irgendwas würde sich schon finden. Vielleicht sogar hier in der Stadt.

Sein Blick wanderte unruhig hin und her. Plötzlich blieb er an einem Gebäude hängen, das hoch über allen anderen aufragte. Das musste der Königspalast sein. Totos Herz fing an zu pochen. Wieder dachte er über den Auftrag des Königs nach.

Immer noch fühlte er sich hin- und hergerissen und wusste einfach nicht, was er tun sollte. Sein Blick fiel auf die Flagge, die über dem Königspalast gehisst war. In diesem Moment traf er seine Entscheidung.

Auch Johrin und Jakob schauten sich aufmerksam um. Waren irgendwo Spuren von den Mädchen zu sehen? Gab es Hinweise darauf, dass hier fünfzig entführte Coloranierinnen gefangen gehalten wurden? Aufmerksam beobachteten sie die Leute um sich herum. Sie sahen anders aus als sie selbst und kleideten sich auch ganz anders. Das machte ihnen ein wenig Angst, denn ihnen wurde rasch klar, dass man sie als Fremde erkennen würde.

„Vielleicht sollten wir uns hier erst mal Klamotten kaufen, damit wir nicht so auffallen", schlug Johrin mit einem Blick auf die fremdländischen Gewänder, die die meisten hier trugen, vor.

Jakob stimmte ihm zu. Die beiden drehten sich nach Toto um, doch sie sahen ihn nicht. Erschrocken blieben sie stehen. Er war doch gerade eben noch neben ihnen gewesen? Wo war er denn jetzt hin?

„Vielleicht ist er irgendwo stehengeblieben und wir haben es nicht gemerkt", meinte Johrin. „Lass uns noch mal ein Stück zurückgehen."

Jakob nickte, und so kehrten sie um und gingen langsam den Weg zurück, den sie gekommen waren. Dabei drehten sie sich immer wieder nach allen Seiten um und hielten nach Toto Ausschau.

Doch er war nirgends zu sehen.

„Ob er in eine der Seitenstraßen reingegangen ist?", schlug Jakob vor.

„Wir können es versuchen", meinte Johrin. „Doch wenn er dort nicht ist, wird es nur umso schwieriger, ihn in dem Gewühl wiederzufinden."

„Zu dumm, dass wir uns hier überhaupt nicht auskennen", klagte Jakob.

„Und dass wir uns nicht besser auf eine solche Situation vorbereitet haben!", bestätigte Johrin.

Da sie Toto immer noch nirgendwo sehen konnten, fingen sie jetzt tatsächlich an, die Seitenstraßen abzulaufen. Überall hielten sie Ausschau nach ihm. Doch sie wagten nicht, laut nach ihm zu rufen, denn sie wollten kein Aufsehen erregen.

Während sie durch die Straßen irrten, wurden sie immer verzweifelter, denn bald wurde ihnen klar, dass es fast unmöglich sein würde, Toto in dem Gewühl der fremden Stadt wiederzufinden.

„Lass uns zu Jotan zurückkehren", schlug Johrin schließlich vor. „Vielleicht ist Toto ja dort." Doch irgendwie ahnte er, dass das nicht der Fall sein würde.

„Ja, ich habe sowieso Hunger", stimmte Jakob zu. Mit hängenden Schultern machten sie sich auf den Weg aus der Stadt hinaus.

Genau wie Linah es gesagt hatte, wurde nun jeden Tag eine von ihnen abgeholt und kam nicht mehr zurück. Niemand wusste vorher, wer als nächstes dran sein würde, und das war das Schrecklichste. Die meisten der Mädchen waren völlig verängstigt, manche waren einer Panik nahe. Cynthia blieb ruhig. Sie sprach immer wieder mit ihrer Taube und diese versicherte ihr, dass alles gut werden würde.

Also versuchte sie, die anderen Mädchen zu trösten. „Macht euch keine Sorgen", rief sie ihnen zu. „Alles wird gut!"

Manche von ihnen ließen sich tatsächlich trösten. Andere hörten ihr gar nicht zu.

Doch eins der Mädchen hörte ihr besonders aufmerksam zu und schien jedes ihrer Worte in sich aufzusaugen, und das war ausgerechnet ihre Schwester Linah.

Es war schon erstaunlich, welche Veränderungen mit Linah vor sich gingen. War sie vor kurzem noch völlig zickig gewesen, so wurde sie jetzt plötzlich sanft und ruhig. Sie wirkte oft nachdenklich und in sich gekehrt. Eines Abends, als die meisten anderen Mädchen schon schliefen, Cynthia aber noch mit ihrer Taube sprach, kam Linah zu ihr und fragte leise: „Das mit dem König und den Farben stimmt alles, oder?"

Cynthia blickte sie überrascht an. „Ist das dein Ernst?", brachte sie nur hervor. Sie konnte kaum glauben, was sie da aus dem Mund ihrer Schwester hörte.

Doch Linah sprach unbeirrt weiter: „Ich habe dich beobachtet. Lange. Kein Mensch kann in einer solchen Situation so gelassen und ruhig reagieren. Da muss es etwas oder jemanden geben, der dir hilft! Ich möchte diesen König auch kennenlernen!"

XXV. Das fremde Mädchen

Wie gut, dass Cynthia stets das Fläschchen dabeihatte. Das Fläschchen mit dem Wasser aus dem See, der aus dem Blut des Königs entstanden war. Gleich am nächsten Morgen kippte sie einen Tropfen davon in die Badewanne, in der die Mädchen jeden Tag badeten. Und als Linah dann dran war mit Baden, nahm sie die Farben an. Was für ein glücklicher Moment war das für Cynthia! Oh, wie lange hatte sie sich das schon gewünscht! Wenn sie und Linah jetzt nur beide zu Hause wären, dann hätte das einer der glücklichsten Tage ihres Lebens sein können! Andererseits – wenn sie zu Hause wären, wäre das wahrscheinlich gar nicht passiert! Nur weil sie durch all diese Gefahren gegangen waren, hatte Linah sie so beobachtet und gemerkt, dass an dem, was Cynthia ihr immer wieder erzählt hatte, doch etwas Wahres dran sein musste. Cynthia schickte einen glücklichen Blick zur Taube. Es stimmte tatsächlich, dass der König aus jeder noch so schrecklichen Situation etwas Gutes machen konnte!

Nach dem Baden wurde wieder eines der Mädchen abgeholt. Das war immer der schrecklichste Moment des Tages, denn bisher war tatsächlich keines der Mädchen, die abgeholt worden waren, zu ihnen zurückgekehrt. Und keine von ihnen wusste, was mit ihnen passiert war. An diesem Tag war es eines der besonders ängstlichen Mädchen. Cynthia versuchte, es zu trösten, doch das Mädchen schrie und klammerte sich am Türrahmen fest. Die Wächter nahmen jedoch keinerlei Rücksicht auf die Ängste des Mädchens. Sie rissen es mit Gewalt vom Türrahmen los und schoben es unbeeindruckt durch die Tür nach draußen. Noch von dort war das verzweifelte Weinen zu hören. Alle schwiegen bedrückt. Auch bei Cynthia war die Freude über Linahs unerwartete Veränderung wieder sehr zurückgegangen. „Wie lange müssen wir das hier noch mitmachen?", fragte sie leise ihre Taube.

„Nicht mehr lange", antwortete diese.

Wie lange muss ich das noch mitmachen?, fragte sich auch Emith. *Und wie lange bin ich überhaupt schon hier?*

Sein ganzer Körper tat ihm weh und er fühlte sich zu schwach, um aufzustehen. Immer noch prasselten Vorwürfe, Anklagen und Drohungen wie Peitschenhiebe auf ihn nieder. Inzwischen hörte er kaum noch hin. Er wollte nur noch sterben.

Lena hörte kurz auf zu lesen. Warum hatten die Tauben Toto und den anderen geholfen, und Emith anscheinend nicht? War das nicht ungerecht? Die anderen vier Jungen waren unbeschadet durch das Tal hindurchgekommen und Emith musste da so lange drinbleiben und leiden! War das nicht unfair? Und war Gott nicht auch unfair, indem er manche Menschen länger leiden ließ als andere? Vielleicht sogar Menschen, die ihm, wie sie selbst, immer vertraut hatten? Nachdenklich las sie weiter.

Die Stimmen wurden jetzt leiser. Anscheinend hatten sie gemerkt, dass Emith nicht mehr zuhörte. Stattdessen fing jetzt wieder das Summen an, das er zuallererst gehört und das ihn überhaupt in das Tal hineingelockt hatte. Er wusste immer noch nicht, woher es kam, aber er nahm an, dass es die Schatten waren, die summten. Immerhin konnten sie auch sprechen. Warum sollten sie dann nicht auch summen können. Plötzlich hörte er noch etwas anderes: Ein schauerliches Heulen, wie von vielen Wölfen. Es war schon unheimlich genug, in der Finsternis in diesem unheimlichen Tal mit den Schatten, den anklagenden Stimmen und dem

Summen zu sein. Doch das Heulen machte es noch schlimmer! Würden sich bald schaurige Bestien auf ihn stürzen und ihn bei lebendigem Leib zerreißen?

Auf einmal erinnerte ihn das Heulen an etwas: Avi, der Hirtenjunge, er hatte mit einem Wolf gekämpft, um auf seine Schafe aufzupassen. Ja, Avi war sehr mutig gewesen. Er hatte sein Leben aufs Spiel gesetzt, um seine Schafe zu verteidigen! Emith dachte eine Weile über Avi nach. Das lenkte ihn ein wenig von seiner Angst ab. Bei dem Gedanken an den mutigen Hirtenjungen erinnerte er sich wieder daran, dass der König sein Leben für ihn gegeben hatte. Gab es nicht doch noch Hoffnung? Auch wenn ihm die Stimmen immer wieder einreden wollten, dass er kein Freund des Königs mehr war? Aber der König hatte sein Leben für ihn gegeben. Er hatte die Strafe für seine Schuld auf sich genommen. Er hatte ihn gerecht gesprochen. Gab es da nicht doch noch Hoffnung, egal wie oft er versagt hatte? Oh, wie sehr wünschte er sich das!

An diesem Nachmittag gab es für die Mädchen eine Überraschung: Sie bekamen Verstärkung! In den letzten Tagen war der Palast, in dem sie wohnten, immer leerer geworden, weil ein Mädchen nach dem anderen abtransportiert wurde. Jetzt waren sie nur noch achtunddreißig statt fünfzig Mädchen. Doch an diesem Tag kam plötzlich eine Neue. Es war ein ausgesprochen hübsches Mädchen mit langen schwarzen Haaren, dunklen mandelförmigen Augen und vollen Lippen. Cynthia vermutete, dass es aus Shenowee kam, jedenfalls sah es aus wie ein Mädchen aus der Gegend. Trotzdem hatte es Farbe angenommen und auf seiner Schulter saß eine Taube.

„Wie heißt du?", fragte Cynthia.

„Shira", antwortete das Mädchen und sah sich wachsam um.

„Wie bist du hierhergekommen?", fragte Cynthia.

Shira blickte sie überrascht an. „Durch das Tor. Wieso?"

„Ach, du bist freiwillig gekommen?", fragte Cynthia erstaunt.

„Ja", antwortete Shira. „Ihr etwa nicht?"

„Nein", erwiderte Cynthia. „Keine von uns ist freiwillig hier. Wir wurden entführt und aus Colorania gegen unseren Willen hierher gebracht."

„Ihr seid aus Colorania?" Shira musterte sie aufmerksam von oben bis unten.

Cynthia nickte.

„Wie viele seid ihr denn?", fragte Shira.

„Fünfzig", antwortete Cynthia. „Aber einige von uns wurden schon weggebracht. Jeden Tag wird eine von uns zum König gebracht und was danach mit ihr geschieht, wissen wir nicht."

Shira nickte nachdenklich.

„Weshalb bist du hierhergekommen?", fragte Cynthia neugierig. Sie konnte sich nicht vorstellen, wie man sich freiwillig in dieses Gefängnis begeben konnte.

Doch Shira antwortete nicht. Stattdessen bat sie: „Kannst du mich den anderen vorstellen?"

XXVI. Nächtliche Verschwörung

Es gab nur eins: Emith musste die Taube fragen. Sie musste ihm klipp und klar sagen, ob es noch Hoffnung für ihn gab oder nicht! Wo war sie überhaupt? Er konnte sie in der

Dunkelheit nicht erkennen. Suchend schaute er sich nach ihr um. Da, plötzlich nahm er ihre Umrisse wahr. „Taube", flüsterte er erleichtert.

„Na, endlich sprichst du mit mir", antwortete sie und leuchtete sofort ein Stück heller.

„Ich war mir nicht sicher, ob du noch mit mir sprechen würdest", meinte Emith unsicher.

„Das wundert mich nicht! Nach all den Lügen, die du dir angehört hast!", antwortete die Taube.

„Waren das alles Lügen?", fragte Emith schwach.

„Ja. Und du solltest zusehen, dass du nicht mehr darauf hörst", sagte die Taube ernst.

Plötzlich fingen die Stimmen wieder an und mischten sich in die Unterhaltung ein. „Mit wem redest du denn da?", fragte die eine.

„Du wirst es doch wohl nicht etwa wagen, zu diesem König zurückzukehren, den du so enttäuscht hast!", empörte sich eine andere.

„Hör nicht auf sie!", warnte die Taube eindringlich.

Emith fühlte sich hin- und hergerissen. Zweifelnd blickte er die Taube an. Es stimmte doch, dass er den König enttäuscht hatte, oder? Konnte es nicht sein, dass die Taube sich getäuscht hatte und es jetzt wirklich zu spät für ihn war?

„Die Taube weiß auch nicht alles!", zischte eine der Stimmen. „Hör nicht auf sie, sie hat keine Ahnung!"

„Denk doch mal nach! Niemand würde einen Versager wie dich weiterhin als Freund haben wollen!"

„Außerdem: Wenn du ein Freund des Königs wärst, warum kommt er dann nicht und holt dich hier raus?"

Ja, das stimmt, dachte Emith verzweifelt. *Warum kommt der König nicht und holt mich hier raus? Wenn ich noch sein Freund bin, müsste er mir eigentlich helfen!*

„Genau! Keiner würde seinen Freund so behandeln! Wenn du noch ein Freund des Königs wärst, würde er dir doch helfen!", zischte die Stimme wieder.

„Hör nicht auf die Stimmen! Sie lügen!", warnte die Taube.

Emith war deprimiert und niedergeschlagen. So gerne hätte er der Taube geglaubt, aber die Stimmen hatten ihm so starke Zweifel eingeredet, dass es ihm schwerfiel. Er fragte sich ja selbst die ganze Zeit, warum, um alles in der Welt, der König nicht kam und ihn hier rausholte!

Johrin und Jakob waren schließlich verzweifelt und müde bei Jotan und den Kamelen angekommen. Wie sie schon befürchtet hatten, Toto war nicht dort. Als sie Jotan von seinem Verschwinden erzählten, war auch er bestürzt. „Und ihr habt ihn wirklich nirgendwo mehr gesehen?", fragte er entsetzt. „Habt ihr die ganze Stadt durchsucht?"

„Naja, zumindest alle Straßen bei uns in der Nähe. So weit kann er ja in der kurzen Zeit auch nicht gekommen sein!"

Alle schwiegen betroffen. Schließlich schlug Jakob vor: „Wir sollten mit den Tauben sprechen!"

„Gute Idee", stimmten Johrin und Jotan zu. Bald waren alle in die Gespräche mit ihren Tauben vertieft. Doch was sie sagten, gefiel ihnen nicht. Die Tauben sagten nämlich, dass die Jungen warten sollten. Und das war genau das, was ihnen am schwersten fiel. Einfach nur warten und nichts tun? Sie wollten lieber die ganze Stadt durchkämmen auf der Suche nach Toto. Oder nach den vermissten Mädchen. Oder nach Emith oder wonach auch immer! Aber warten? Das war so ungefähr das, was sie am wenigsten wollten!

Lena wurde beim Lesen unterbrochen, als es an der Haustür klingelte. Da ihre ganze Familie heute unterwegs und sie allein zu Hause war, blieb ihr wohl nichts anderes übrig, als selbst zur Tür zu gehen. Sie vermutete, dass es die Post war. Um die Uhrzeit kamen meistens die Paketdienste. Seufzend stand sie auf und ging durch den Flur zur Haustür. Einen flüchtigen Moment dachte sie daran, dass ihre Eltern ihr früher immer beigebracht hatten, niemals die Tür zu öffnen, ohne vorher kurz durch das Fenster zu schauen. Sie war sich jedoch so sicher, dass es um diese Uhrzeit bestimmt der Paketdienst war, dass sie einfach öffnete. Doch als sie sah, wer vor der Tür stand, erstarrte sie.

Michaela hatte sich mal wieder mit Nico zum Lesen verabredet. In der letzten Zeit hatten sie öfter jeder für sich gelesen, aber jetzt wollten sie es mal wieder gemeinsam tun. Sie ließen sich auf dem Sofa nieder. Michaela hatte Picasso auf dem Schoß, Nico Rhabarber. Gedankenverloren streichelte er den kleinen Kater. „Bei ihm seid ihr euch jetzt aber sicher, dass es ein Kater ist, ja?“, fragte er schmunzelnd.

Michaela errötete. „Ja, ich … ich erkenne jetzt auch die Unterschiede …“, stammelte sie.

Nico grinste. „Na, das ist auch nicht verkehrt!“, meinte er. „Aber … da fällt mir gerade was ein … ihr habt dann eine Katze und einen Kater. Ich meine, Rhabarber ist jetzt noch klein, aber er wird ja auch größer, und dann …“

„Wir lassen Picasso sterilisieren!“, unterbrach Michaela ihn.

„Ach so?“ Nico runzelte die Stirn.

„Ja, meine Mutter hat gesagt, sie will auf keinen Fall das Risiko eingehen, dass sowas noch mal passiert!“

„Sie war wirklich ziemlich geschockt, oder?“

„Und wie! Aber lass uns jetzt mal lesen. Wo bist du eigentlich gerade bei der Geschichte?“

„Da, wo Johrin, Jotan und Jakob nach Anweisung der Tauben warten sollen."

„Hm. Ich glaube, da bin ich noch nicht. Zeig mir mal die Stelle!"

Michaela las bis dahin und danach lasen sie gemeinsam weiter.

Die Sonne ging unter und die Nacht brach herein. Johrin, Jotan und Jakob richteten sich ein Nachtlager her. Bedrückt saßen sie neben ihren Kamelen und kauten lustlos auf einem Fladenbrot herum. Noch nicht einmal Jakob hatte Hunger. Sie fühlten sich schrecklich. Emith und Toto fehlten ihnen und sie fühlten sich so ziellos.

„Ich versteh nicht, warum die Tauben uns einfach nur warten lassen!", klagte Johrin. „Ich möchte lieber etwas tun!"

„Ja, ich hasse das auch", bestätigte Jakob.

„Andererseits haben uns die Tauben noch nie im Stich gelassen", meinte Jotan. „Und wenn sie uns auftragen, zu warten, dann wird das auch einen Grund haben!"

„Ja, du hast ja recht", meinte Jakob. „Trotzdem gefällt es mir nicht!"

„Mir auch nicht", bestätigte Johrin.

Noch lange saßen sie zusammen und betrachteten die funkelnden Sterne über ihnen und die Lichter der Stadt vor ihnen. Jeder hing seinen Gedanken nach. Schließlich legten sie sich hin und schliefen ein.

Mitten in der Nacht schreckte Jakob hoch. Er hatte ein Geräusch gehört. Suchend schaute er sich um. Johrin und Jotan lagen beide neben ihm und schliefen friedlich. Erleichtert wollte Jakob sich wieder hinlegen. Vielleicht hatte er sich das Geräusch nur eingebildet. Doch plötzlich hörte er Schritte und leise Stimmen. Erschrocken blieb er sitzen und kauerte sich instinktiv noch ein wenig dichter an den Felsen, hinter dem die drei Brüder sich versteckt hatten. Leute, die sich nachts außerhalb der Stadt herumschlichen, hatten bestimmt nichts Gutes im Sinn. Es war also höchste Vorsicht geboten.

„Und, klappt jetzt alles?", fragte eine Männerstimme leise.

„Ja. Der Koch hat das Gift bekommen. Morgen mischt er es ins Mittagessen und es ist genug, dass nicht nur König Erydian stirbt, sondern alle, die mit ihm essen! Dann wird alles seinen Lauf nehmen!"

„Gut! Wir haben ja auch lange genug daran gearbeitet!"

Jakob erschrak. Sein Herz pochte heftig. Vorsichtig lugte er hinter dem Felsen hervor und versuchte, einen Blick auf die beiden Männer zu erhaschen, die dort sprachen. Er konnte jedoch nicht viel erkennen, nur dass einer von ihnen sehr hochgewachsen und dünn war, und der andere etwas kleiner und stämmig. Doch das reichte Jakob nicht. Was er gehört hatte, zeigte ihm, dass es sich bei den beiden Männern eindeutig um Verbrecher handelte. Und um sie identifizieren zu können, musste er wenigstens ein bisschen von ihrem Gesicht sehen. Hilfesuchend warf er seiner Taube einen kurzen Blick zu. Sie saß ganz ruhig auf seiner Schulter, aber er konnte an ihrer Haltung erkennen, dass auch sie sehr wachsam war.

Plötzlich drehte der kleinere der beiden Männer sein Gesicht ein wenig in Jakobs Richtung und er konnte etwas mehr erkennen. Der Mann hatte buschige Augenbrauen, finstere, listig funkelnde Augen und einen Stoppelbart. Doch dann sah Jakob noch etwas: Von seinem linken Nasenflügel war ein Stück abgerissen. Anscheinend hatte er sich dort früher einmal eine Verletzung zugezogen. Das war so markant, dass Jakob den Mann auf jeden Fall wiedererkennen würde. Aufmerksam beobachtete er die beiden Männer und lauschte, ob sie noch etwas sagen würden. Doch nun entfernten sie sich und gingen zurück Richtung Stadt.

Jakob legte sich wieder hin. Aber einzuschlafen war jetzt schwierig. Ständig musste er an die beiden Männer denken und an das, was er gehört hatte. Was hatte das alles zu bedeuten? Und was sollte er jetzt tun? Konnte er diesen beiden Verbrechern irgendwie das Handwerk legen?

Erst als der Morgen schon fast dämmerte, fiel er noch einmal in einen unruhigen Schlaf.

XXVII. Der Tisch des Königs

Eine weitere finstere und schrecklich kalte Nacht lag hinter Emith. Immer noch war der König nicht gekommen und hatte ihn hier rausgeholt.

„Wo ist denn jetzt dein König?", spotteten die Stimmen.

„Kommt er noch und holt dich hier raus? Oder hat er dich vergessen?"

„Er muss sich wahrscheinlich um seine wirklich guten Freunde kümmern, nicht um Versager wie dich!"

„Dich hat er längst aufgegeben!"

Die Stimmen prasselten jetzt wieder mit heftiger Schärfe auf Emith nieder. All die Hoffnung, die er geschöpft hatte, als er mit der Taube gesprochen hatte, war wieder verschwunden.

Zwischendurch hörte er immer wieder die Stimme der Taube: „Hör nicht auf sie! Vertrau dem König!" Doch die

Taube sprach sehr leise und die Schattenstimmen zischten und wüteten immer lauter. Manche von ihnen schrien ihm regelrecht ins Ohr. So fiel es ihm schwer, die Taube zu hören.

Während Emith den Stimmen zuhörte und immer verwirrter wurde, geschah plötzlich etwas Seltsames. Vor ihm wuchs etwas. Aber es war keine Pflanze, es war ein Gegenstand aus hellem Holz. Und dieser Gegenstand wurde rasch größer. Emith starrte ihn mit offenen Augen an. Auch die Stimmen verstummten für eine Weile. Emith konnte vier hölzerne Tischbeine erkennen, die immer weiterwuchsen. Schließlich entstand auch eine Tischplatte. Emith staunte. Da war vor ihm tatsächlich ein Tisch gewachsen! Vorsichtig stand er auf. Er fühlte sich sehr schwach. Schließlich hatte er lange nichts gegessen und getrunken, er wusste nicht, wie lange. Er wusste nur, dass er schon viel zu lange in diesem furchtbaren Tal war! Mit zittrigen Beinen ging er ein paar Schritte auf den Tisch zu. Doch dann blieb er stehen. Denn jetzt sah er, dass noch etwas geschah: Wie von unsichtbarer Hand wurde eine weiße Tischdecke auf die Platte gelegt. Danach begann noch etwas zu wachsen. Emith beobachtete erstaunt, wie neben dem Tisch zwei Stühle aus dem gleichen hellen Holz wuchsen, aus dem auch der Tisch selbst war. Danach passierte nichts mehr. Der Tisch mit der Decke und die beiden Stühle standen still da und sahen sehr einladend aus. Doch Emith zögerte. Er wusste nicht, was er von dem allen halten sollte. Als er eine Weile still stehen geblieben war und sah, dass nichts mehr passierte, ging er weiter auf den Tisch zu. Erstaunt betrachtete er ihn. Die Tischdecke war aus einem edlen, glänzenden Stoff. Zierliche Blumenmuster waren in sie eingewebt. Emith dachte unwillkürlich, dass eine solche Tischdecke wohl sehr teuer sein musste. Doch was, um alles in der Welt, machte der Tisch überhaupt an so einem Ort? Wenn etwas absolut nicht ins Tal der Schatten passte, dann ein Tisch mit einer edlen Tischdecke! Es kam ihm fast schon absurd vor, so etwas hier zu sehen. Abgesehen davon, dass er sich nicht erklären konnte, wie ein Tisch einfach aus dem Nichts wachsen konnte.

Immer noch stand Emith ratlos da. Irgendwie übte der Tisch eine starke Anziehungskraft auf ihn aus, als ginge von ihm etwas aus, das Emith dringend brauchte. Vorsichtig berührte er den Tisch. Dann strich er über die kühle, glänzende Decke. Er konnte es sich selbst nicht erklären, aber allein, den Tisch anzufassen, gab ihm schon etwas neue Kraft.

Inzwischen fingen jedoch einige der Stimmen wieder an, zu Emith zu sprechen. „Geh weg, du Versager! Dieser Tisch ist nicht für dich bestimmt! Er ist nur für gute Menschen!"

„Glaubst du, dieser Tisch kann dir irgendetwas nützen? Der kann dir auch nicht helfen!"

„Gib auf, du bist sowieso verloren!"

Emith klammerte sich an dem Tisch fest. Es gab ihm so viel Mut, dass er da war! Auch wenn er sich nicht erklären konnte, warum. Doch seine Anwesenheit strahlte etwas so Friedliches aus.

Plötzlich geschah etwas noch Merkwürdigeres: Hinter dem Tisch leuchtete ein helles Licht auf. Es war so hell, dass es das ganze Tal erleuchtete. Sofort verschwanden alle Schatten und Emith hörte, wie sie leise jammerten und qualvoll schrien. Er verspürte eine plötzliche Erleichterung in seinem Innern und auch die Schmerzen, die er im Körper hatte, verschwanden. Dann tauchte mitten in dem Licht der

König auf. Emith konnte ihn zuerst gar nicht erkennen, weil er von dem hellen Licht geblendet war. Doch er spürte seine Anwesenheit. Von dem König ging immer eine bestimmte Atmosphäre aus, die geprägt war von Liebe, Frieden und Freude. Und diese Atmosphäre breitete sich plötzlich im Tal der Schatten aus. Emith spürte sie, noch bevor er den König mit seinen Augen sehen konnte. Sofort fiel er auf seine Knie. Immer noch hatte er die ganzen Anklagen und Vorwürfe der Stimmen in seinen Gedanken. Er kniete vor dem König und wagte nicht, aufzuschauen. Eine ganze Weile kniete er vor ihm und wartete, dass der König etwas sagte. Doch er sagte nichts. Emith hörte nur ein Klappern wie von Geschirr. Schließlich wurde er neugierig und öffnete seine Augen. Wieder konnte er kaum etwas erkennen wegen der Helligkeit, die vom König ausging. Doch schließlich hatten sich seine Augen an das Licht gewöhnt und er sah, dass der König etwas tat, womit er gar nicht gerechnet hatte: Er deckte den Tisch. Aus einem Korb, den er dabei hatte, holte er Geschirr, Besteck und viele verschiedene Leckereien. Außerdem stellte er einen großen Krug mit einer rot schimmernden Flüssigkeit auf den Tisch.

Emiths Magen begann sofort zu knurren. Außerdem verspürte er schrecklichen Durst. Er wusste nicht, wie lange er schon nichts gegessen und getrunken hatte.

Als der König fertig war, ging er um den Tisch herum, rückte einen der Stühle für Emith zurecht und forderte ihn auf: „Komm her, mein Freund. Setz dich und iss und trink!"

Mit pochendem Herzen setzte sich Emith auf den Stuhl. „Mein Freund" hatte der König zu ihm gesagt! Hieß das etwa …? Er wagte immer noch nicht, ihm in die Augen zu schauen. Auch traute er sich nicht, das Essen anzurühren, obwohl sein ganzer Körper danach schrie.

Der König goss ihm aus dem Krug mit der roten Flüssigkeit ein und reichte ihm einen Becher. „Trink!", forderte er ihn auf.

Emith nahm den Becher und trank ihn gierig in einem Zug aus. Der König schenkte ihm gleich noch einmal ein und Emith trank auch diesen Becher wieder leer. Das tat gut!

Jetzt nahm der König von dem Brot und den Früchten, die auf dem Tisch lagen, und reichte sie Emith. Er füllte seinen Teller mit verschiedenen Speisen und forderte ihn auf: „Iss!"

Schließlich aß Emith und füllte seinen ausgehungerten Magen. Es tat so gut, endlich wieder etwas zu essen! Ihm kam es vor, als sei dies das köstlichste Mahl, das er jemals zu sich genommen hatte, und vielleicht war das auch so!

Während er aß, war der König die ganze Zeit dabei, ihn zu bedienen. Aufmerksam schenkte er ihm neu ein, sobald Emith seinen Becher ausgetrunken hatte, und reichte ihm immer wieder neue Speisen. Emith aß und aß, bis er rundherum satt und zufrieden war. Erst hinterher fiel ihm auf, dass der König selbst nichts gegessen, sondern ihn die ganze Zeit nur bedient hatte.

Emith errötete. Plötzlich war es ihm peinlich, dass er so viel gegessen und kaum auf den König geachtet hatte! Und überhaupt – es gehörte sich doch nicht, dass der König jemanden bediente! Eher hätte er selbst den König bedienen müssen!

Doch der König, der wie immer seine Gedanken verstehen konnte, erklärte ihm: „Dieses Essen habe ich für dich gebracht, weil du es brauchtest. Und es war mir wichtig, es dir persönlich zu reichen!"

Emith schaute den König erstaunt an. Bisher hatte er es noch nicht gewagt, ihm in die Augen zu schauen, auch beim

Essen nicht. Doch nun konnte er nicht anders, er schaute ihm ins Gesicht, und wieder einmal war er überwältigt von der Liebe, die er in diesen Augen sah. Plötzlich wurde ihm klar, dass alles, was die Schatten ihm erzählt hatten, Lügen

gewesen waren, und dass dieser König ihn niemals, niemals verstoßen würde, egal wie sehr er versagt hatte!

„Das ist aber schön!", meinte Nico.

„Gibt es nicht einen Bibelvers, der auch von einem Tisch handelt in so einer Situation?", fiel Michaela ein.

„Ja klar!", antwortete Nico, der die Bibel besser kannte. „In Psalm 23 steht: Du bereitest vor mir einen Tisch im Angesicht meiner Feinde."

„Wow, das ist stark!", freute sich Michaela. „Das muss ich mir merken!"

Nico schaute auf die Uhr. „Ich muss jetzt los. Wir schreiben morgen einen Vokabeltest und ich habe noch nicht geübt."

„Och, die paar Vokabeln schaffst du doch auch noch später, oder?", maulte Michaela.

„Ja, würde ich schon. Aber meine Hausaufgaben habe ich auch noch nicht gemacht und ich habe meiner Mutter versprochen, dass ich heute Abend auf Tim aufpasse, weil meine Eltern beide weg sind. Und das kann anstrengend werden!" Nico grinste.

„Oh ja, das glaube ich dir!" Michaela hatte vor einiger Zeit mehrere Wochen Besuch von ihrer Tante Nadine mit Töchterchen Pia gehabt. Da hatte sie erlebt, wie anstrengend kleine Kinder sein konnten. Doch jetzt, wo sie wieder weg waren, vermisste sie die beiden irgendwie. „Okay, dann musst du wohl los! Schade. Ich glaube, ich lese dann allein weiter."

„Ja, mach das. Ich lese heute Abend auch noch“, erwiderte Nico, während er schon in seine Schuhe schlüpfte. „Tschau, bis morgen!“

„Ja, tschau!“

Lena versuchte, die Tür zuzuknallen, doch es war zu spät. Sein Fuß war schon in der Tür. Er starrte Lena fassungslos an. „Warum hast du das gemacht?“, fragte er und seine Augen funkelten wütend.

„Was gemacht?“, presste Lena zitternd hervor, während sie verzweifelt überlegte, was sie tun sollte.

„Du weißt genau, was ich meine!“, erwiderte er und kam näher.

Ja, sie wusste genau, was er meinte. Lena zitterte am ganzen Körper.

Sobald Nico sich verabschiedet hatte, las Michaela weiter.

XXVIII. Shira

Als Cynthia am nächsten Morgen aufwachte, war Shira verschwunden. Sie hatte sie am vergangenen Abend den anderen Mädchen vorgestellt und alle hatten eine nette Zeit zusammen verbracht. Doch Cynthia war aus Shira irgendwie nicht richtig schlau geworden. Es war ihr nicht gelungen, etwas über das Mädchen zu erfahren, zum Beispiel über seine Herkunft und warum es freiwillig in den Palast gekommen war. Und jetzt war Shira schon wieder weg! Cynthia fragte herum, ob irgendjemand wusste, was mit ihr geschehen war. Schließlich erzählte eines der Mädchen, dass Shira von den Wachen weggeführt worden war. Cynthia wunderte sich. So schnell schon? Schade, fand sie. Obwohl sie Shira nicht richtig kennenlernen konnte, hatte sie sie irgendwie ins Herz geschlossen und vermisste sie. Nicht so sehr, wie sie ihre Familie und ihre Freunde und ihre Heimat vermisste, aber ein bisschen schon. Oh, wann würde das endlich aufhören, dass sie so vieles vermissen musste? Ob sie jemals wieder zurück nach Hause kommen würde?

Doch die Taube versicherte ihr immer wieder, dass sie sich darauf verlassen könne. Und wenn es die Taube sagte, dann stimmte das, denn die Taube würde sie niemals anlügen! Aber manchmal fiel es ihr trotzdem schwer, es zu glauben. Denn alles sah danach aus, als ob sie hier nie wieder wegkommen würde! Die Frage war: Konnte sie ihrem König und der Taube vertrauen, obwohl alles um sie herum ihr das genaue Gegenteil zu sagen schien? Und überhaupt, all das zog sich schon so lange hin. Warum ließ der König sie so lange leiden? Warum hatte er nicht schon längst eingegriffen, um ihr zu helfen?

Shira zitterte am ganzen Körper. Sie hatte sich das nicht so vorgestellt. Niemals hatte sie das gewollt. Doch die Taube hatte sie gebeten, es zu tun. Und sie liebte die Taube doch so sehr. Und den König. Und deshalb hatte sie nicht anders gekonnt, auch wenn es ihr unendlich schwergefallen war! „Ich bin so stolz auf dich, meine Tochter!", hatte der König ihr durch die Taube liebevoll ins Ohr geflüstert. Und allein das war alles wert! Denn dass der König stolz auf sie war, das wünschte Shira sich mehr als alles andere. Diese Worte des Königs hatten ihr Kraft gegeben, das Notwendige zu tun.

Es tat ihr nur leid, dass sie sich nicht von ihren Freunden hatte verabschieden können. Wie gern hätte sie ihnen alles erklärt. Oder vielleicht doch nicht. Denn was gab es zu erklären? Sie wusste ja selbst nicht, weshalb ihr Leben so verlaufen war und warum alles so schwierig sein musste. Es tat ihr unendlich leid, dass sie ihre besten Freunde belogen hatte. Die einzigen Freunde, die sie jemals gehabt hatte. Und sie hatte sie nicht einfach nur mit einer kleinen Lüge belogen. Nein, ihr ganzes Leben war eine einzige Lüge gewesen, selbst ihr Name. Denn ihre Freunde kannten sie als Toto. Und als Jungen. Doch sie war weder Toto noch war sie ein Junge. Shira hieß sie auch nicht. Aber das war das Problem: Sie kannte ihren richtigen Namen nicht. Und so hatte sie sich wieder einen ausdenken müssen. Shira hatte ihr gefallen, und so hatte sie sich Shira genannt. Doch wenn es nach ihr gegangen wäre, wäre sie am liebsten Toto geblieben. Und ein Junge. Sie hatte sich stets sorgfältig ihre wachsenden Brüste mit einem Tuch zugebunden und ihr Haar kurz und struppig getragen. Ihre Gesichtszüge sahen durch das Leben in der Wüste sowieso nicht mehr so fein aus wie die eines Mädchens. Es hätte also weiterhin klappen können! Warum nur hatte die Taube gewollt, dass sie jetzt ihre wahre Identität preisgab und sich wieder wie ein Mädchen kleidete?

Es war nicht so einfach gewesen, Johrin und Jakob zu entkommen. Shira hatte gewusst, dass die beiden aufmerksam nach ihr – oder besser gesagt nach Toto – suchen würden. Deshalb hatte sie den günstigsten Augenblick abgepasst und war in eine kleine Seitenstraße gelaufen. Dort hatte sie sich erkundigt, wo man Kunsthaar kaufen und sich einflechten lassen konnte. Als sie es herausgefunden hatte, war sie schnell zu dem Haus gelaufen, das man ihr gezeigt hatte, immer auf der Hut, bloß nicht von den beiden Jungen gesehen zu werden!

Es hatte lange gedauert, bis man ihr das Kunsthaar endlich fertig eingeflochten hatte. Anschließend hatte sie sich noch Kleidung gekauft. Wie komisch war es für sie, jetzt doch wieder wie ein Mädchen auszusehen. Anfangs hatte sie das Gefühl überhaupt nicht gemocht. Ein Junge zu sein, war ihr Schutz gewesen und als Mädchen fühlte sie sich so schutzlos. Doch mittlerweile hatte sie sich daran gewöhnt. Und die Taube hatte ihr versichert: „Ich bin dein Schutz! Du brauchst keine falsche Identität mehr, um dich zu schützen!"

Diese Worte hatten ihr Mut gemacht und wann immer die alte Angst sie wieder zu überfallen drohte, murmelte sie die Worte der Taube vor sich hin: „Ich bin dein Schutz!"

Auch jetzt flüsterte sie sie unhörbar vor sich hin, als sie von den Wachen in den Palast des Königs geführt wurde. Sie dachte an Cynthia und die anderen Mädchen, die sich sicher wunderten, dass sie jetzt schon weggeführt wurde. Doch sie wollte ihren Auftrag schnell hinter sich bringen. Die Taube hatte ihr gesagt, sie solle zu König Erydian gehen und ihn um eine Audienz bitten. Sie und nur sie würde ihn dazu bewegen können, die entführten Mädchen wieder freizulassen. Dazu sollte sie selbst – als Mädchen – in das Wohngebäude der Mädchen gehen und sich von dort aus zu König Erydian bringen lassen. Warum um alles in der Welt ausgerechnet sie das tun sollte und warum die Taube der Meinung war, sie sei die einzige, die das überhaupt tun könne, begriff sie nicht. Alles, was sie wusste, war, dass sie der Taube und dem König vertrauen konnte. Sie würden schon wissen, was sie taten.

Michaela wurde vom Klingeln ihres Handys unterbrochen. Sie schaute auf das Display. Lena. Sie zögerte. Lena war in der letzten Zeit so zickig gewesen. Sie hatte fast schon keine Lust mehr, überhaupt mit ihr zu sprechen. Andererseits vermutete sie, dass es Lena nicht so gut ging. Sie hatte bestimmt Gründe für ihr Verhalten. Trotzdem fühlte Michaela sich dadurch verletzt. Und sie war gerade mitten beim Lesen. Sie hatte jetzt gar keine Lust, das zu unterbrechen, um irgendein Problemgespräch mit Lena zu führen. Plötzlich hörte das Klingeln auf. Lena hatte anscheinend schon wieder aufgelegt. Was hatte das denn nun zu bedeuten? Michaela starrte ihr Handy an. Schließlich entschied sie sich seufzend, zurückzurufen. Vielleicht konnte sie wenigstens kurz mit Lena sprechen, bevor sie weiterlas. Sie wählte ihre Nummer, doch Lena ging nicht ans Telefon. Komisch. Was sollte denn das? Erst rief sie an, dann legte sie wieder auf und nun ging sie noch nicht mal ans Telefon! Michaela wurde überhaupt nicht mehr schlau aus ihrer Freundin. Naja, dann las sie halt weiter!

Nachdem Emith sich satt gegessen hatte, setzte sich der König ihm gegenüber auf den Stuhl. Er schaute Emith ruhig an und wartete. Es dauerte nicht lange, da redete Emith sich alles von der Seele. Alles, was ihn belastet hatte, alle Ängste und Zweifel. Der König musste gar nicht viel sagen. Allein seine Anwesenheit genügte schon, dass Emith sich besser fühlte als in der ganzen letzten Zeit. Doch als der König schließlich den Mund auftat, sagte er: „Ich bin so froh, dass ich hier mit dir zusammen sein kann. Immer, wenn ich dich sehe, bin ich glücklich!"

Emith starrte den König mit weit aufgerissenen Augen an. „Meinst du das ernst?", stieß er atemlos hervor. Ihm war zwar wieder klar, dass der König ihn liebte. Aber dass er *glücklich* war, wenn er ihn anschaute? Das konnte Emith sich nicht vorstellen! Er war ja selbst auch nicht glücklich, wenn er an all sein Versagen dachte! Doch der König antwortete nur: „Dein Versagen sehe ich gar nicht! Was ich sehe, ist, dass ich dich gerecht gemacht habe, indem ich für deine Schuld gestorben bin! Jetzt sehe ich einfach nur einen guten und wunderbaren Emith."

Als der König das sagte, fiel Emith wieder ein, wie er auf der *Insel der 1000 Spiegel* im Spiegellabyrinth gewesen war. Nachdem er den Spiegel des Schwarzen Meisters zerschlagen hatte, war da ein neuer Spiegel entstanden, ein Spiegel, der ihm zeigen sollte, wie der König ihn sah. Und in diesem Spiegel war Emith tatsächlich so schön und so rein wie der König selbst.

Er schloss die Augen. Immer wieder überstieg die Liebe des Königs seine Vorstellungskraft bei Weitem. Dann fiel ihm etwas ein und er öffnete die Augen wieder. „Ich habe an deiner Liebe gezweifelt", gestand er. „Ich dachte die ganze Zeit: Warum kommt der König nicht und holt mich hier raus?"

Der König lächelte. „Nun", sagte er. „Ich bin gekommen. Auch wenn es manchmal länger dauert, als du dir wünschst, oder manches anders kommt, als du dir wünschst, gib niemals auf! Ich werde dir immer zur richtigen Zeit helfen!"

Emith nickte. Das wollte er sich merken.

„Und übrigens", sagte der König noch. „Du musst niemandem etwas beweisen, auch deinen Brüdern und Toto nicht."

Die Art, wie der König das sagte, zeigte so viel Wertschätzung, dass in Emith sofort jeglicher Wunsch erstarb, seinen Brüdern beweisen zu wollen, dass er der beste Leiter sei. Ja, so war der König: Er machte niemals Vorwürfe, aber mit seiner Liebe und Wertschätzung veränderte er jede falsche Haltung in ihm.

XXIX. Shiras Geschichte

Am nächsten Morgen wachten Johrin und Jotan auf, als helles Sonnenlicht auf sie herabschien. Sie blinzelten und schauten sich um. Da fiel ihnen wieder ein, dass sie hinter einem Felsen bei der Stadt Shenowee waren. Sie hatten das Tal der Schatten überwunden und waren nun fast am Ziel. Suchend schauten sie sich nach Jakob um. Da sahen sie ihn. Er lag, dicht an den Felsen gekauert, und schlief immer noch tief und fest. „Lassen wir ihn schlafen", meinte Johrin.

Jotan nickte und bereitete das Frühstück vor. Bald ließen sie sich gemeinsam auf dem sandigen Boden nieder und aßen schweigend. Nach Reden war beiden nicht zumute. Sie waren immer noch genervt, dass sie nach Anweisung der Tauben einfach nur warten sollten.

Auch nach dem Frühstück war Jakob noch nicht aufgewacht. Doch Johrin und Jotan sahen keinen Anlass, ihn zu wecken. Wenn sie sowieso hier warten sollten, dann konnte er auch ebenso gut weiterschlafen. So schlief Jakob immer noch, als die Sonne schon hoch am Himmel stand.

Shira atmete tief durch, als sie von den Wachen in den Palast gebracht wurde. Die Wachen hatten sich komisch verhalten, hatten sie angestarrt und waren seltsam nervös gewesen, als Shira mit dem Anliegen aufgetaucht war, so schnell wie möglich zu König Erydian gebracht zu werden. Seltsamerweise hatten sie ihrer Bitte stattgegeben. Shira hatte gar nicht damit gerechnet. Schließlich konnte ja nicht jeder, der das wollte, einfach so sagen, dass er den König sprechen wolle, oder?

All diese Gedanken gingen ihr durch den Kopf, als sie durch den großen, prächtig ausgebauten Innenhof des Palasts geführt wurde. Der Hof war wunderschön angelegt. Verschiedenartige Statuen standen zwischen hohen Palmen und blühenden Büschen. In der Mitte war ein riesiger Springbrunnen, in den ein weißer Steinlöwe Wasser spie. Doch Shira hatte keine Augen für all diese Schönheit. Sie war mit ihren Gedanken ganz woanders.

Nun wurde sie durch das riesige, von marmornen Säulen umrahmte Eingangsportal in den Königspalast gebracht. Ihre Hände zitterten. Sie konnte ihre Nervosität nicht verbergen. Was sollte sie nur sagen, wenn sie vor dem König stand? *„Guten Tag, verehrter König. Ich komme aus der Wüste und möchte euch bitten, die fünfzig Mädchen aus Colorania freizulassen?"*

Die Taube auf ihrer Schulter flüsterte ihr beruhigend zu: „Keine Angst. Ich passe auf dich auf. Alles wird gut!"

Shira warf ihr einen dankbaren Blick zu. Sie ging neben den Wächtern eine breite Steintreppe hinauf zum Thronsaal. Dort musste sie warten, bis die Wachen des Königs sie zum Eintreten aufforderten.

So stand sie, begleitet von den zwei Wachen aus dem Haus der Mädchen, den beiden Wachen am Thronsaal gegenüber, die regungslos dastanden und sie mit versteinerter Miene anstarrten. Die Zeit, die sie dort stand, kam ihr endlos vor.

Schließlich stießen die Wächter die großen, prächtig verzierten Türflügel zum Thronsaal auf. Mit zitternden Knien trat Shira ein. Vor ihr lag ein riesiger Saal, dessen

Wände silbern schimmerten und an dessen Decken prächtige Kronleuchter hingen. Alles glänzte und glitzerte. In der Mitte des Saals war eine Erhöhung, zu der zwei Stufen hinaufführten. Darauf stand ein großer, mit kunstvollen Schnitzereien verzierter Thron. Auf dem Thron saß König Erydian. Shiras Herz pochte aufgeregt, als sie näher trat. Sie wusste, dass Könige manchmal aus Lust und Laune heraus Leute hinrichten ließen. Deshalb war sie auf alle möglichen Reaktionen vorbereitet. Unaufgefordert vor einen König zu treten, konnte manche unangenehme Überraschung bringen. Aber auf das, was nun tatsächlich geschah, war sie überhaupt nicht vorbereitet gewesen. Nein, die Reaktion des Königs war so schockierend, dass sie vor Schreck die Luft anhielt.

Hier war die Mail zu Ende. Schade. Wie immer hätte Michaela gern noch weitergelesen. Stattdessen holte sie ihr Handy aus der Hosentasche und versuchte noch einmal, Lena anzurufen. Irgendwie machte sie sich ja doch Gedanken um die Freundin. Doch Lena nahm den Anruf wieder nicht an. Michaela war ratlos. Was sollte denn das? Warum hatte Lena sie vorhin angerufen und jetzt ging sie nicht dran, wenn Michaela versuchte, zurückzurufen! Irgendwie war das merkwürdig!

„Hör zu, ich will doch nur mit dir reden!", sagte Toni und kam näher.

Lena versteifte sich. „Ich will aber nicht mit dir reden!", presste sie hervor.

Er trat ein und schloss die Haustür hinter sich. Voller Panik rannte Lena in ihr Zimmer. Sie versuchte, die Tür zuzuknallen und zu verriegeln, doch Toni war schneller. Nun war er ebenfalls in ihrem Zimmer.

Da kam ihr ein Gedanke. Sie holte ihr Handy heraus und drückte ganz schnell die erstbeste Nummer. Doch Toni riss ihr das Handy aus der Hand und drückte auf „Anruf beenden“. „Du musst mit *mir* reden!“, befahl er. „Und nicht mit irgendjemandem am Telefon!“

„Gib mir mein Handy wieder!“, protestierte Lena.

„Nicht jetzt!“, widersprach Toni. In dem Moment klingelte das Handy. Toni stellte den Klingelton aus und schmiss das Handy auf Lenas Bett.

„Alles hat seine Zeit“, murmelte er. „Es gibt für alles eine richtige Zeit. Und jetzt ist die Zeit, dass wir reden!“ Dann verengten sich seine Augen wütend und er fragte: „Warum hast du das gemacht?“

„Was?“, fragte Lena patzig.

„Warum hast du dich so verunstaltet? Deine schönen Haare! Du weißt genau, dass mir das nicht gefällt!“

„Aber es gefällt *mir*!“

„Du musst dieses Blau entfernen und dir deine Haare wieder wachsen lassen!“ Toni fixierte sie mit seinem Blick.

Lena schwieg.

„Du hast es immer noch nicht kapiert, oder?“ Er schlug jetzt einen sanfteren Tonfall an. „Wir sind füreinander bestimmt! Gott hat mir gesagt, dass wir zusammengehören!“

Lena wurde schlecht. Wie oft hatte sie diese Worte schon aus Tonis Mund gehört. Seit ungefähr einem Jahr hatte er ständig ihre Nähe gesucht, hatte ihr nach der Jugendgruppe in der Gemeinde im Flur aufgelauert, sie auf dem Heimweg begleitet, obwohl sie das nicht gewollt hatte, nach dem Gottesdienst im Gang vor der Toilette auf sie gewartet. Immer hatte er nach Momenten gesucht, um mit ihr allein zu sein. Und obwohl Lena alles versucht hatte, ihm zu entkommen, war es ihm nur zu oft gelungen. Und dann hatte er ihr erzählt, sie sei die Frau seines Lebens und er wolle sie heiraten. Als sie nicht darauf eingegangen war, hatte er sie noch stärker unter Druck gesetzt: Er hatte ihr erzählt, Gott habe zu ihm gesprochen, dass sie füreinander bestimmt seien, und sie wäre Gott ungehorsam, wenn sie nicht darauf eingehen würde. Immer wieder hatte er das zu ihr gesagt.

„Mein blonder Engel“, hatte er sie immer genannt. Schließlich hatte Lena es nicht mehr ausgehalten. Sie wollte nicht „sein blonder Engel“ sein. Also hatte sie sich ihre Haare abschneiden lassen und blau gefärbt, in der Hoffnung, dass er sie dann in Ruhe lassen würde. Aber dann war Toni sowieso abgehauen. Aus welchem Grund auch immer. Was für eine Erleichterung war das gewesen! Wegen ihm hatte sie schon nicht mehr zur Gemeinde gehen wollen. Sie hatte aber auch nicht den Mut gehabt, mit jemandem darüber zu sprechen. Irgendwie war ihr das Ganze peinlich. Nein, lieber hatte sie versucht, allein damit klarzukommen. Aber es war ihr nicht gelungen. Toni hatte sie bis in ihre Albträume hinein verfolgt. Und er hatte sie immer wieder angerufen.

Und nun war er hier. Sie biss sich auf die Lippe. Wie hatte sie nur so leichtsinnig sein können, einfach die Tür aufzumachen. Aber dass er die Dreistigkeit besitzen würde, einfach bei ihr zu Hause aufzutauchen, das hatte sie nicht erwartet!

„Hau ab! Lass mich in Ruhe!“, schrie sie ihn an. „Ich will nicht mit dir reden und ich will dich nicht mehr sehen!“

Sein Gesichtsausdruck verfinsterte sich. „Du willst also immer noch Gott ungehorsam sein? Du bist rebellisch! Du lehnst dich gegen Gottes Willen auf! Wir sind füreinander bestimmt!“

Lena lief es eiskalt den Rücken hinunter bei diesen Worten und bei dem Blick, mit dem er sie anstarrte. Dieser Typ war so krank im Kopf! Wieso nur hatte das niemand außer ihr bemerkt?

Selbst Michaela war ganz begeistert von ihm, weil er ihr guten Gitarrenunterricht gegeben hatte. Naja, sie war ja auch nicht sein „blonder Engel" …

Lena war inzwischen so weit zurückgewichen, dass sie mit dem Rücken an der Wand stand. Toni stand dicht vor ihr. Fieberhaft überlegte sie, wie sie ihn für einen Moment ablenken konnte, um ihm zu entkommen. Doch vor lauter Angst fiel ihr nichts ein. Sie zitterte.

Toni bemerkte das anscheinend, denn er fragte: „Hast du Angst? Du brauchst keine Angst zu haben. Ich würde dir doch nie etwas tun! Ich liebe dich! Aber hör mal, du darfst dich Gottes Willen nicht widersetzen. Das ist nicht gut für dich, nicht gut für uns beide!" Er berührte sie leicht am Arm.

Lena erschauderte. Sie wollte nicht von ihm berührt werden, sie konnte seine Nähe nicht mal ertragen. Plötzlich verlor sie die Nerven und schrie ihn aus Leibeskräften an: „Lass mich in Ruhe!" Dann erinnerte sie sich an das, was sie von klein auf gelernt hatte: Wann immer sie in Not sein würde, sollte sie den Namen Jesus anrufen. „Rufe mich an in der Not, so will ich dich erretten und du sollst mich preisen" – diesen Bibelvers hatte sie einst auswendig gelernt. So schrie sie innerlich: „Jesus!"

Mirko, der Einbrecher

Mirko hatte sich vorgenommen, an diesem Nachmittag endlich zu seiner Großtante zu fahren. Er wollte sie noch mal zu dem Jungen Emil oder Emith befragen. Ihn interessierte brennend, ob sein Opa etwas mit den Emith-Geschichten zu tun hatte. Die Zeichnungen hatte er bereits in seine Tasche gesteckt, ebenso das Tagebuch seines Großvaters. Vielleicht konnte seine Tante ja auch dazu etwas sagen. Ganz sicher konnte sie die altdeutsche Schrift lesen und wahrscheinlich sogar die Handschrift seines Opas. Eigentlich fiel es Mirko schwer, das Tagebuch irgendjemandem zu zeigen, denn er vermutete, dass es geheime Aufzeichnungen von seinem Opa enthielt. Es kam ihm vor wie Vertrauensbruch, wenn er es jemandem zeigte. Aber andererseits kam er mit seinen Nachforschungen auch nicht weiter, wenn er es nicht tat. Also hatte er sich schweren Herzens entschieden, es mitzunehmen.

Er nahm die Tasche und zog sich Schuhe und Jacke an.

Als er das Haus verließ, zögerte er. Warum nur musste er heute die ganze Zeit an Lena denken? Er hatte ja die ganzen letzten Tage an sie gedacht, einfach, weil er sie mochte und sich auch Sorgen um sie machte. Doch heute, das war anders. Er war innerlich so beunruhigt, dass er es kaum über sich bringen konnte, zu seiner Großtante zu fahren, ohne sie wenigstens noch einmal angerufen zu haben. Kurzentschlossen nahm er sein Handy aus der Hosentasche und wählte Lenas Nummer. In dem Telefonprotokoll seines Handys stand sie ganz oben auf der Liste.

Lena nahm nicht ab.

Er versuchte es gleich noch einmal.

Sie nahm wieder nicht ab.

Jetzt war Mirko noch mehr beunruhigt. Während er auf sein Fahrrad stieg, dachte er immer noch über Lena nach. Plötzlich hielt er es nicht mehr aus vor lauter Unruhe. Er konnte sich das gar nicht erklären, denn normalerweise war er nicht so ein überbesorgter Typ. Doch jetzt hatte er das Gefühl, er müsse dringend bei Lena vorbeifahren. Er musste sich einfach vergewissern, dass mit ihr alles in Ordnung war! Kurzentschlossen lenkte er sein Fahrrad in Richtung der Straße, in der Lena wohnte. Er trat kräftig in die Pedale, denn er hatte das Gefühl, sich beeilen zu müssen. Als er bei Lenas Haus angekommen war, stieg er vom Fahrrad und ging zur Haustür. Ein Fenster neben der Haustür war gekippt. Plötzlich hörte er durch das geöffnete Fenster Lenas Stimme, wie sie aus Leibeskräften schrie: „Lass mich in Ruhe!" Mirko lief ein eiskalter Schauer den Rücken hinunter. Das hörte sich an, als sei Lena in ernsthafter Gefahr! Stürmisch drückte er auf den Klingelknopf. Niemand öffnete. Nun war im Haus alles still. Doch plötzlich hörte er ein lautes Poltern und dann wieder ein Schreien. Jetzt hielt er es nicht mehr länger aus. Er musste handeln! Suchend schaute er sich um. Vor dem Haus stand ein großer, steinerner Blumentopf. Er nahm ihn und schleuderte ihn mit Wucht in das Fenster. Es zerbarst, und Mirko kletterte ins Haus hinein.

Im Haus war jetzt alles still. Mirko zögerte. Plötzlich kam er sich wie ein Eindringling vor. Was hatte er gemacht? Er hatte ein Fenster zerschlagen! Was, wenn er sich doch nur eingebildet hatte, dass Lena in Gefahr war? Sein Herz pochte heftig. Doch dann ging er auf Lenas Zimmertür zu. Er klopfte kurz an, dann drückte er die Klinke herunter.

Lena stand kreidebleich mit dem Rücken zur Wand. Vor ihr war ein umgestoßener Tisch. Papier, Stifte, Bücher und allerlei

Kleinkram lagen auf dem Boden verteilt. Davor stand ein junger Mann mit kurzen dunkelblonden Haaren und funkelnden dunklen Augen. Als Mirko hereinkam, zuckte er zusammen und starrte ihn entgeistert an. Plötzlich drehte er sich um, schob Mirko mit einer kräftigen Handbewegung zur Seite und rannte hinaus. Mirko starrte ihm fassungslos hinterher. Dann wandte er sich Lena zu, die immer noch kreidebleich an der Wand stand.

„Lena? Alles in Ordnung?", fragte er vorsichtig.

Lena fing an zu schluchzen. Da bahnte er sich einen Weg durch das Chaos auf dem Fußboden und über den umgestürzten Tisch und ging zu ihr. Sie fiel in seine Arme und weinte hemmungslos.

Michaela saß in ihrem Zimmer und naschte Chips. Plötzlich musste sie an ihre Tante Nadine denken, die das garantiert nicht gutheißen würde. Nadine hatte sich sehr dafür eingesetzt, dass Michaela und ihre Mutter sich gesünder ernährten. Und in der Tat hatte Michaela in der letzten Zeit mehr auf ihre Ernährung geachtet.

Aber heute hatte sie so einen Appetit auf Chips gehabt, dass sie sich das einfach mal gönnen wollte.

Dann wanderten ihre Gedanken wieder zu Lena. Warum nur hatte ihre Freundin sich in der letzten Zeit so negativ verändert?

Sie konnte das einfach nicht verstehen. Trotzdem wollte sie die Freundschaft nicht einfach so kampflos aufgeben. Deshalb hatte sie noch mehrmals versucht, Lena anzurufen, aber immer ohne Erfolg. Lena ging einfach nicht ans Telefon. Lag das daran, dass sie nicht mit ihr sprechen wollte? Aber warum hatte sie dann vorhin überhaupt angerufen?

Während Michaela noch über all das nachdachte, klingelte ihr Handy. Oh, ob das jetzt Lena war? Aber es war Nico.

„Hi", begrüßte Michaela ihn. „Na, findest du trotz Babysittens noch Zeit zum Telefonieren?"

„Tim spielt gerade mit der Fernbedienung meiner Stereoanlage. Das ist seine Lieblingsbeschäftigung. Natürlich habe ich den Stecker rausgezogen."

„Aha!"

„Ich muss dir was erzählen", meinte Nico. „Stell dir vor, gerade hat Mirko bei mir angerufen, und dreimal darfst du raten, was er gemacht hat!"

„Das hört sich ja spannend an … also, lass mich raten … Er hat sich zur Wahl als nächster Bundeskanzler aufstellen lassen!"

„Falsch!"

„Okay, dann ist er vielleicht mit seiner Großtante Achterbahn gefahren!"

Nico lachte. „Oha, die arme alte Dame! Nein, das auch nicht!"

„Hm. Fällt mir noch was ein, was Mirko gemacht haben könnte? Also wenn es die beiden Sachen nicht sind, dann weiß ich auch nicht!"

„Na gut, soll ich es dir verraten?", fragte Nico.

„Ja, bitte", antwortete Michaela.

„Also gut: Mirko ist heute Nachmittag in ein Haus eingebrochen!"

„Er ist was???" Michaela hätte vor Schreck fast ihr Handy fallen gelassen.

Schließlich erzählte Nico ihr die ganze Geschichte, wie er sie von Mirko gehört hatte. Michaela hielt die Luft an.

Lena hatte ein langes Gespräch mit ihren Eltern gehabt. Sie waren am Abend nach Hause gekommen und hatten die kaputte Fensterscheibe und eine in Tränen aufgelöste Tochter gefunden. Es hatte lange gedauert, bis Lena die ganze Geschichte erzählt hatte. Ihre Eltern hatten mit Entsetzen reagiert, aber sie hatten zum ersten Mal Verständnis dafür gezeigt, dass Lena sich ihre Haare blau gefärbt hatte. Lenas Vater hatte anschließend bei der Polizei angerufen und Anzeige gegen Toni erstattet. Danach hatte er das kaputte Fenster notdürftig mit Pappe repariert. Er war nicht sauer gewesen auf Mirko – im Gegenteil, er wollte sich bei ihm bedanken, dass er so beherzt gehandelt hatte.

Nun lag Lena in ihrem Bett. Sie fühlte sich elend und matt. Immer wieder wanderten ihre Gedanken zu dem schrecklichen Nachmittag zurück, zu der Angst und Hilflosigkeit, die sie empfunden hatte. Dann zu der Erleichterung, als Mirko plötzlich da war. Die Geborgenheit, die sie in seinen Armen gespürt hatte. All das ging ihr durch den Sinn. In dieser Nacht fand sie nur wenig Schlaf.

Von Tischen und Königskindern

Am nächsten Tag ging Lena nicht zur Schule. Sie fühlte sich krank. Ihre Eltern reagierten mit Verständnis und hielten es auch für besser, wenn Lena sich erst mal von dem Schrecken erholen konnte.

Die meiste Zeit des Vormittags lag sie im Bett. Komischerweise fühlte sie sich nicht mal erleichtert, dass ihr Vater Toni bei der Polizei angezeigt und ihr versprochen hatte, dafür zu sorgen, dass er sie ab jetzt in Ruhe lassen würde. Sie fühlte sich auch nicht erleichtert, dass die Beziehung zu ihren Eltern wieder hergestellt war und dass ihre Eltern sogar Verständnis für das Färben ihrer Haare geäußert hatten. Sie fühlte sich einfach nur schrecklich.

In der Schule hatten Michaela, Nico, Mirko und Connor nur ein Gesprächsthema: Mirkos heldenhafter Einbruch in Lenas Haus. Mirko musste ihnen alles haarklein erzählen. Die anderen hörten mit offenen Mündern zu.

„Und du hast einfach so die Scheibe eingeschlagen, mit einem Blumentopf?", fragte Connor. Er vergaß vor Verblüffung sogar, sein Nutellabrot zu kauen.

„Ja, ich habe Lena schreien gehört, und keiner hat die Tür aufgemacht! Was hätte ich denn machen sollen?", fragte Mirko.

Nico grinste. Er musste an den blassen, eingeschüchterten Typen denken, der vor einem halben Jahr zu ihm in die Klasse gekommen war. Niemals hätte er Mirko zugetraut, sowas zu machen! „Das war bestimmt filmreif! Hätte ich nicht besser machen können!", prahlte er. „Vielleicht interessiert sich Hollywood eines Tages für die Geschichte!"

Alle lachten. Nur Michaela war nachdenklich. Langsam ahnte sie, was ihre Freundin in den letzten Monaten mitgemacht haben musste. Doch warum nur hatte sie ihr nie etwas erzählt?

Ihre Gedanken wanderten zu Toni. Nie hätte sie ihm sowas zugetraut! Im Gegenteil – sie hatte Lena immer begeistert von dem Gitarrenunterricht bei ihm erzählt. Es machte sie umso wütender, dass jemand, den sie gemocht und dem sie vertraut hatte, ihrer Freundin so etwas angetan hatte. Sie ballte die Hände in ihren Hosentaschen zu Fäusten. Dann dachte sie wieder über Lena nach und darüber, wie sie ihr helfen und die Freundschaft, die in der letzten Zeit ein bisschen gelitten hatte, wieder zum Aufblühen bringen konnte. Schließlich beschloss sie, gleich nach der Schule zu Lena zu fahren.

Sobald der Unterricht vorbei war, setzte sie ihren Entschluss in die Tat um. Sie kaufte beim Kiosk unterwegs noch Lenas Lieblingsschokolade, um ihr eine Freude zu machen.

Als sie dann bei ihr am Bett saß, war sie sich jedoch gar nicht sicher, ob es irgendwas brachte, dass sie überhaupt hingefahren war, denn Lena redete kaum. Sie war blass und wirkte sehr angespannt und kaute ständig nervös auf ihrer Unterlippe herum. Da sie kaum etwas sagte, wusste Michaela bald auch nicht mehr, was sie sagen sollte.

„Tut mir leid", meinte Lena schließlich. „Ich bin halt nicht so gut drauf. Musst hier nicht deine Zeit verschwenden!"

Michaela wurde wütend. „Zeit verschwenden? Hör mal, du bist meine Freundin! Ich betrachte es nicht als Zeitverschwendung, meine Freundin zu besuchen, wenn es ihr schlecht geht!"

Doch Lena reagierte kaum darauf. Sie nickte nur schwach. Michaela beruhigte sich wieder und strich Lena vorsichtig übers Haar. „Hör mal, ich erwarte nicht, dass du mich zutextest. Aber wenn du mit mir darüber reden möchtest, bin ich für dich da, okay? Und wenn nicht, dann ist das auch in Ordnung."

Lena nickte wieder. Dann sagte sie: „Im Moment möchte ich nicht."

„In Ordnung", wiederholte Michaela. „Gibt es sonst noch etwas, was ich für dich tun kann?"

Einen Moment überlegte Lena. Dann leuchteten ihre Augen ein wenig auf und sie sagte: „Auf jeden Fall musst du mir weiterhin die Colorania-Mails schicken, sobald du welche bekommst!"

Michaela lachte: „Das tue ich gern!"

Als Michaela wieder weg war, erinnerte sich Lena, dass sie die letzte Mail von Michaela noch gar nicht zu Ende gelesen hatte. Da war sie ja unterbrochen worden von ... Nein, sie wollte jetzt nicht schon wieder daran denken! Die Erinnerung daran war sowieso furchtbar genug! Vielleicht sollte sie jetzt die Geschichte zu Ende lesen. Sicher würde es ihr guttun und sie ablenken von all den schlimmen Gedanken, die sie immer wieder quälten. Sie schaltete ihr Tablet an und las weiter.

Nach einiger Zeit kam sie bei der Stelle an, wo Emith am Tisch des Königs saß. Genau wie Nico musste auch sie sofort an Psalm 23 denken. Dieser Psalm hatte sie ja sowieso die ganze Zeit beschäftigt. „Du bereitest vor mir einen Tisch im Angesicht meiner Feinde", zitierte sie. Während sie diese Worte aussprach, wurde ihr plötzlich klar, dass auch für sie, als sie ihrem „Feind" gegenüber gestanden hatte, genau im richtigen Augenblick Hilfe gekommen war. Genau zum richtigen Zeitpunkt war Mirko gekommen und hatte ihr geholfen. Das war vielleicht kein gedeckter Tisch, aber es war zumindest etwas, wofür sie sehr dankbar sein konnte. Hatte da etwa Gott als ihr guter Hirte auf sie aufgepasst? Je länger sie darüber nachdachte, desto sicherer wurde sie, dass es so war.

„Danke, Herr", murmelte Lena vor sich hin. Sie musste immer noch über den Tisch nachdenken. Was bedeutete es, wenn man an einem gedeckten Tisch saß mitten im Angesicht der Feinde? Das bedeutete mindestens, dass man Nerven haben musste! Denn wer setzte sich schon direkt vor dem Feind entspannt hin, um zu essen! Oder man musste richtig tiefes Vertrauen haben. Nach diesem Vertrauen sehnte Lena sich. Sie hatte dieses Vertrauen zu Gott früher gehabt, aber in letzter Zeit war es verloren gegangen, das spürte sie. Doch sie wollte es gern zurückhaben.

Als sie zu Ende gelesen hatte, sah sie, dass Michaela ihr bereits wieder eine neue Mail geschickt hatte. Gespannt las sie weiter:

Als König Erydian Shira erblickte, sprang er fassungslos auf und wurde weiß wie die Wand. „Ein Geist!", schrie er. „Ein Geist! Schafft den Geist weg!" Er zitterte.

Sofort ergriffen die Wachen Shira fest und zerrten sie wieder hinaus aus dem Thronsaal. Shira versuchte, sich zu wehren. „Nein", widersprach sie heftig. „Ich bin kein Geist! Und ich muss König Erydian sprechen!"

Doch die Wachen packten nur umso fester zu. Ihre Hände umschlossen Shiras Arme wie Stahl und verdrehten sie schmerzhaft. Shira schrie auf. „Aua!", schluchzte sie. „Ihr tut mir weh!"

Plötzlich hörte sie von hinten König Erydians Stimme: „Halt! Lasst das Mädchen los! Sie kann kein Geist sein. Ein Geist schreit nicht vor Schmerzen!"

Sofort ließen die Wachen Shira los und sie rieb sich ihre schmerzenden Arme. Langsam drehte sie sich zu König Erydian um. Dieser war von seinem Thron aufgestanden und kam die Stufen herunter, ihr entgegen. Er schaute sie mit einem merkwürdigen Gesichtsausdruck an. „Wer bist du?", fragte er.

„Ich ... nenne mich Shira", sagte Shira.

„Und wo kommst du her?", fragte der König weiter.

„Ich habe lange in der Wüste gelebt", erklärte Shira.

„Wie alt bist du?", fragte Erydian weiter.

Shira zögerte. Sie wusste ihr genaues Alter nicht. Und es war ihr irgendwie unangenehm, dass König Erydian alles so genau über sie wissen wollte.

„Ich ... weiß nicht genau, wie alt ich bin", antwortete sie. „Niemand hat es mir je gesagt."

„Wer sind deine Eltern?", fragte Erydian.

„Ich weiß es nicht", antwortete Shira. „Die Leute, bei denen ich aufgewachsen bin, waren nicht meine Eltern."

Ihre Gedanken wanderten zurück. Es waren zwei brutale Kerle gewesen, bei denen sie aufgewachsen war, und eine alte Frau. Geld für Essen hatte sie sich auf den Straßen erbetteln müssen. Und von dem, was sie erbettelt hatte, hatte sie auch nur gerade so viel für sich selbst behalten können, wie sie zum Überleben brauchte. Den Rest hatte sie den beiden Kerlen geben müssen. Und die hatten es genommen, um es abends in den Kneipen auszugeben. Hatte sie einmal nicht genug erbettelt, wurde sie erbarmungslos geschlagen. Am nächsten Tag sah sie dann so elend aus, dass die Leute Mitleid mit ihr hatten und ihr mehr gaben. Dann waren die beiden Kerle zufrieden gewesen. Oh, wie hatte sie ihr Leben gehasst! Sie war ein Nichts gewesen, vollkommen wertlos, wurde behandelt wie ein Stück Dreck. Nicht einmal einen Namen hatten die Kerle ihr gegeben, nicht einmal dieses kleine Stück Würde hatte sie gehabt. „Hey, Mädchen, komm her!", hatten sie gerufen, wenn sie etwas von ihr wollten. Shira hatte das Wort „Mädchen" gehasst. Es hatte so viel Verachtung in der Art gelegen, wie die Kerle dieses Wort ausgesprochen hatten. Am Anfang hatte ihr diese Verachtung noch wehgetan. Mit der Zeit hatte sie sich daran gewöhnt. Sie war anscheinend wirklich nur ein wertloses Stück Dreck, hatte nichts Besseres verdient.

Doch eines Tages hatte sie die Nase voll. Auch wenn sie vielleicht nicht so wertvoll und wichtig war wie andere Leute, wie die Reichen und Begünstigten, von denen sie jeden Tag ihren Lebensunterhalt erbettelte. Sie konnte immerhin versuchen, aus ihrem Leben noch etwas Besseres zu machen! Nach einiger Zeit war ihr Entschluss herangereift: Sie würde weglaufen! Sie würde sich einen Namen zulegen, wie andere Leute ihn auch hatten, und sie würde ein ganz neues Leben anfangen! Seitdem hatte sie nur auf eine Gelegenheit gewartet, wie sie entkommen konnte. Eines Nachts war die Gelegenheit da. Die Kerle schliefen nach einem abendlichen Kneipenbesuch ihren Rausch aus und die alte Frau, die meistens dafür zuständig war, auf Shira aufzupassen, und die selbst nachts kaum schlief, war krank. Shira bemerkte, dass alle fest schliefen. Da stand sie heimlich auf und rannte weg. Sie konnte nichts mitnehmen, denn sie hatte keinen persönlichen Besitz und die paar Münzen, die sie am Tag erbettelt hatte, hatten die beiden Kerle schon wieder in der Kneipe ausgegeben. Aber Shira wusste ja, wie man sich den Lebensunterhalt erbettelt, das hatte sie von klein auf gelernt. So schlug sie sich ein paar Monate lang durch.

Doch dann erfuhr sie, dass die beiden Kerle und die alte Frau überall nach ihr suchten. Sie wunderte sich darüber. Immer hatten die drei ihr zu verstehen gegeben, dass sie ein wertloses Stück Dreck und ihnen nur eine Last war. Warum also suchten sie sie jetzt, statt froh zu sein, sie los zu sein? Wahrscheinlich war der einzige Grund der, dass sie nun nicht mehr die von Shira erbettelten Münzen bekamen. Doch sie war wild entschlossen, sich auf keinen Fall von den Kerlen erwischen zu lassen. Nie, niemals wieder würde sie zu ihnen zurückkehren! Fieberhaft überlegte sie, wie sie sich am besten vor ihnen schützen konnte. Da kam ihr eine Idee. „Mädchen", hatten sie sie immer genannt. Das war ihre Identität gewesen, die einzige, die sie ihr gelassen hatten. Die beiden würden sie garantiert nicht wiedererkennen, wenn sie zu einem Jungen werden würde! Kurzentschlossen schnitt sie sich ihr langes Haar ab. Da sie mit Betteln recht erfolgreich gewesen, aber gewohnt war, mit Wenigem auszukommen, hatte sie sich einige Münzen zurücklegen können. Von denen kaufte sie sich typische Jungenkleidung. Dann hatte sie sich einen Jungennamen überlegt. „Toto" war der erste, der ihr eingefallen war, und so hatte sie sich Toto genannt. Sie war äußerst zufrieden damit gewesen, nun eine völlig andere Person zu sein und endlich auch einen Namen zu haben. Das hatte ihr plötzlich Wert und Selbstbewusstsein gegeben. So hatte sie mehrere Jahre auf den Straßen überlebt. Dann hatte sie mitbekommen, dass die beiden Kerle die Suche nach ihr immer noch nicht aufgegeben und sogar eine Belohnung für denjenigen ausgesetzt hatten, der sie zu ihnen zurückbringen würde. Da hatte sie beschlossen, die Stadt zu verlassen und in die Wüste zu fliehen. Tagelang war sie dort herumgeirrt und wäre fast verdurstet, bis sie die Räuber getroffen hatte, die sich ihrer angenommen hatten. Ja, und dann hatte sie die Jungen, und über die Jungen den König und die Taube kennengelernt. Und jetzt war sie hier, im Palast von König Erydian und wusste gar nicht, warum er ihr so viele Fragen stellte.

„Ich weiß leider wirklich nicht, wer meine Eltern sind", wiederholte Shira noch einmal.

Der König nickte nur und kam noch näher. Plötzlich gab er seinen Wachen ein Zeichen. Mit einer schnellen Handbewegung ergriffen diese Shira erneut und drehten sie blitzschnell um, sodass sie mit dem Rücken zum König stand. Nun drückte einer der Männer ihren Kopf nach unten und der andere riss ihr Gewand auf und entblößte ihren Rücken. Shira schrie auf.

XXX. Der goldene Ring

Emith hätte niemals gedacht, dass er in dem Tal der Schatten jemals die Liebe und Güte des Königs genießen würde. Doch nach all dem Schrecken und der Angst, nach all der Traurigkeit und Verzweiflung, die er erlebt hatte, war der Trost des Königs umso süßer. Er genoss die Nähe zu ihm so sehr. Die Schatten waren vollständig zum Schweigen gebracht worden und das Tal wurde durchflutet von dem Licht und der Schönheit des Königs. Niemals, niemals hätte Emith sich vorstellen können, dass das Tal der Schatten zu einem solchen Ort der Schönheit werden würde! Seit er den König kannte, war er begeistert von ihm. Aber jetzt, in diesem Tal, bekam er ein noch viel tieferes Verständnis dafür, wie wunderbar er wirklich war. Eine tiefe Liebe zu ihm erfüllte sein Herz.

So war er fast ein wenig traurig, als der König zu ihm sagte: „Ich werde dir jetzt den Weg aus dem Tal heraus zeigen. Du musst zu deinen Brüdern reiten! Sie warten auf dich!"

Emith lehnte sich an den König und fragte: „Ach bitte, kann ich nicht noch ein bisschen hier bei dir bleiben?"

Der König strich ihm sanft über das Haar und sagte: „Nein, mein Freund. Jetzt nicht. Deine Brüder warten auf dich. Aber du weißt, ich bin immer bei dir!" Er deutete auf die Taube. Emith schaute zu seiner Taube und lächelte sie an. „Ich weiß", sagte er leise.

Plötzlich holte der König ein kleines samtenes Täschchen aus seinem Korb und drückte es Emith in die Hand. „Ich habe einen Auftrag für dich", sagte er. „In diesem Täschchen ist ein goldener Ring, der zu König Erydian gebracht werden muss. Du musst ihn Jakob geben und Jakob soll ihn so schnell wie möglich zu König Erydian bringen."

„Aha." Emith war erstaunt. „Wieso ausgerechnet Jakob?", fragte er neugierig.

Doch der König antwortete nur: „Vertraust du mir, dass ich weiß, was ich tue?"

Emith errötete. „Ja, natürlich!", antwortete er hastig. Wie schnell war er doch manchmal dabei, die Anweisungen des Königs infrage zu stellen!

Doch der König lächelte ihn nur liebevoll an und sagte: „Ich weiß, dass du mir vertraust. Und das schätze ich so an dir!"

Wieder errötete Emith. Diesmal nicht vor Scham, sondern weil er so froh war über diese Worte. Der König nahm ihn noch einmal in die Arme, dann rief er einen Befehl in einer Sprache, die Emith nicht kannte, und vor ihm in den Felsen öffnete sich ein Tor.

„Gehe hindurch und du wirst bald deine Brüder treffen", sagte der König. Dann war er plötzlich verschwunden und Emith stand allein im Tal der Schatten. Er beeilte sich, durch das Tor zu gehen. Als er aus dem Tal herausgetreten war, schlossen sich die Felsen hinter ihm wieder. Emith war erleichtert, dass er unbeschadet herausgekommen war. Sofort sah er, dass vor ihm eine große Stadt lag. Das musste Shenowee sein! Er schaute sich suchend um, und bald sah er Johrin und Jotan mit den Kamelen. Schnell lief er hin und begrüßte sie. Sie waren froh, ihn zu sehen.

„Wo ist Jakob, wo ist Toto?", fragte Emith.

„Jakob liegt dort hinter dem Felsen und schläft. Toto ist verschwunden", erzählte Johrin.

Emith war entsetzt. „Was? Verschwunden?", fragte er. „Wie konnte das passieren?"

Johrin erzählte ihm, wie er mit Jakob und Toto in Shenowee war und Toto dann plötzlich weg war. Emith schwieg. Das gefiel ihm nicht. Plötzlich fiel ihm etwas ein. Er tastete nach dem Samttäschchen, das er in seiner Tasche hatte. „Ich habe einen Auftrag für Jakob", sagte er. „Jakob soll einen Ring zu König Erydian bringen!"

„Das hat doch noch Zeit!", meinten Johrin und Jotan. „Erzähl lieber mal, was du in der Zwischenzeit gemacht hast und wo du jetzt herkommst!"

Emith fühlte sich ein bisschen unbehaglich. Er erinnerte sich, dass der König gesagt hatte, Jakob solle den Ring so schnell wie möglich zu König Erydian bringen. Andererseits ... wenn er noch ein bisschen mit Johrin und Jotan reden würde, das wäre doch sicher auch nicht verkehrt, oder? Jakob schlief noch so schön. Es kam ihm fast herzlos vor, die Bitte seiner Brüder abzuschlagen und Jakob jetzt aufzuwecken. Also setzte er sich zu Johrin und Jakob und erzählte ihnen erst mal ausführlich von seinen Abenteuern im Tal der Schatten.

Lena hörte auf zu lesen. Sie musste erst mal über all das nachdenken, was sie gelesen hatte. Emith hatte mitten im Tal der Schatten die Liebe des Königs erfahren. Hatte sie nicht eigentlich auch mitten in der größten Not erlebt, dass Gott ihr geholfen hatte? Mirko war gerade zur richtigen Zeit gekommen. Und der ganze Konflikt mit ihren Eltern hatte sich jetzt geklärt, ja, ihre Eltern hatten sogar Verständnis geäußert. Michaela hatte sie vorhin besucht und ihr gezeigt, dass sie ihr wichtig war.

Sie war wirklich durch schwere Zeiten gegangen, und das ganz schön lange. Manchmal hatte sie geglaubt, Gott habe sie vergessen. Doch gerade jetzt, als alles am allerschlimmsten ausgesehen hatte, hatte er ihr doch geholfen! Plötzlich kam ihr ein Satz in den Sinn, den sie in der Colorania-Geschichte gelesen hatte: *„Auch wenn es manchmal länger dauert, als du dir wünschst, gib niemals auf …"*

Das wollte sie sich merken. Ja, sie wollte lernen, zu vertrauen und niemals aufzugeben!

Sie schloss die Augen und betete. „Danke, Herr", sagte sie. „Danke, dass du mir geholfen hast, gerade in der Situation, als ich deine Hilfe am nötigsten hatte. Gestern konnte ich noch gar nicht so richtig Erleichterung über all das empfinden, weil ich alles nur schrecklich fand. Aber heute kann ich sehen, dass du bei mir warst und mir geholfen hast." Plötzlich kamen ihr die Tränen. Am Tag zuvor hatte sie nicht weinen können, da hatte sie sich einfach nur wie betäubt gefühlt. Doch jetzt flossen die Tränen aus ihr heraus, und sie weinte und weinte und konnte gar nicht mehr aufhören. Als sie schließlich fertig war, fühlte sie einen Frieden, wie sie ihn lange nicht gehabt hatte. Und sie spürte: So, wie Emith im Tal der Schatten getröstet worden war, so empfing auch sie jetzt Trost.

Hinterher wusste sie nicht, wie lange sie geweint hatte, und sie wusste nicht, wie lange sie danach einfach den Trost und den

Frieden Gottes genossen hatte. Doch nach einiger Zeit stand sie auf und fühlte sich viel besser. Ja, sie bekam sogar ein bisschen Hunger. Schließlich ging sie in die Küche, um sich etwas zu Essen zu holen. Ihre Eltern freuten sich sichtlich, als sie sahen, dass Lenas Appetit zurückgekehrt war und boten ihr alle möglichen Leckereien an. Lena grinste. Manchmal war es gar nicht so schlecht, wenn es einem mal nicht so gut ging. Dann wurde man ganz schön verwöhnt! Sie nahm sich von allem etwas mit in ihr Zimmer.

Dann schlug sie ihre Bibel auf. Sie wollte noch einmal Psalm 23 lesen. Schließlich kam sie zu dem Vers: *Auch wenn ich wandere im Tal des Todesschattens, fürchte ich kein Unheil, denn du bist bei mir; dein Stecken und dein Stab, sie trösten mich.* Plötzlich war ihr klar, dass sie die ganze Zeit, als es ihr so schlecht ging, nicht allein gewesen war.

Gott war bei ihr gewesen, auch wenn sie das nicht gespürt hatte. Sie fragte sich, warum der Schreiber des Psalms den Hirtenstab als Trost empfunden hatte. Dann fiel es ihr ein. Mit einem Stab leitete der Hirte die Schafe. Und solange der Hirte die Schafe leitete, solange er wusste, wo es langging, konnten die Schafe sich sicher fühlen, ja, sie konnten wissen, dass der Hirte sie aus dem Tal des Todesschattens auch wieder herausführen würde. Dieses Wissen konnte einem doch auch Geborgenheit geben, oder?

Lena schaltete ihr Tablet wieder ein und las weiter.

„Das Muttermal!", rief König Erydian mit brüchiger Stimme. „Du hast das Muttermal!" Fassungslos starrte er auf Shiras Rücken. Die Wachen ließen Shira los. Erstaunt drehte sie sich zum König um.

„Du bist meine Tochter!", rief König Erydian. Tränen standen ihm in den Augen.

„Was?", rief Shira fassungslos.

„Du siehst genauso aus wie deine Mutter!", sagte König Erydian mit sanfter Stimme. „Darum bin ich so erschrocken, als ich dich gesehen habe, denn leider ist sie letztes Jahr verstorben. Ich habe zuerst gedacht, sie wäre als Geist zurückgekehrt, weil ich mir nicht vorstellen konnte, dass du, meine Tochter, noch am Leben bist. Aber nachdem ich mit dir gesprochen habe, und vor allem jetzt, wo ich dein Muttermal gesehen habe, habe ich keinen Zweifel mehr. Denn dieses Muttermal hattest du schon als kleines Mädchen, und es hat so eine ungewöhnliche Form, dass man es nicht verwechseln kann."

Shira war sprachlos. „Aber ... wie kann das sein?", fragte sie.

König Erydian blickte sie an. In seinem Blick lag Liebe und Wertschätzung, und jetzt trat ein Ausdruck von Traurigkeit in sein Gesicht. „Du warst zwei Jahre alt, als du aus dem Palast entführt worden bist", erzählte er. „Deine Mutter und ich haben im ganzen Königreich nach dir suchen lassen, doch vergeblich. Niemand hat dich jemals irgendwo gesehen. Nach einiger Zeit haben wir dich für tot gehalten. Wir waren unendlich traurig, denn schließlich hatten wir nicht nur unser einziges geliebtes Kind verloren, sondern auch die zukünftige Thronerbin!"

Lena musste noch einmal aufhören zu lesen, denn das, was sie da las, berührte sie. Da hatte Shira in Elend und Armut gelebt, ja, als Bettlerin, und in Wirklichkeit war sie eine Prinzessin und

Erbin eines Königreiches! Das war ja unfassbar! Sie hatte sich wertlos und wie ein Stück Dreck gefühlt, und in Wirklichkeit war sie unfassbar wertvoll und reich!

In dem Moment, als Lena darüber nachdachte, wurde ihr klar, dass es ihr genauso gegangen war. War sie nicht ein Kind Gottes, des allerhöchsten Königs, den es überhaupt gab? Des Schöpfers und Herrschers über das ganze Universum? Und hatte sie selbst sich nicht auch oft genug wertlos gefühlt, weil andere Menschen versucht hatten, sie ihres Wertes und ihrer Würde zu berauben? Aber wer waren denn diese anderen Menschen im Vergleich zu Gott? Wie konnte es überhaupt jemand wagen, zu versuchen, ihr etwas von ihrem Wert wegzunehmen? Wo doch Gott selbst ihr Wert gegeben und sie zu seiner Tochter gemacht hatte!

Lena nahm sich vor, dass sie sich von niemandem mehr einreden lassen wollte, sie sei weniger wert, weil sie den Erwartungen der anderen nicht entsprach. Nein, niemals, niemals wieder würde sie sich das einreden lassen!

Sie las weiter.

Shira wurde fast schwindelig. Sie – ein Königskind, eine Thronerbin? Das konnte sie kaum fassen! Plötzlich fiel ihr etwas ein. „Dann kannst du mir ja auch sagen, wie ich heiße", sagte sie. „Bitte, ich wusste noch nie meinen Namen! Bitte sag mir, wie mein richtiger Name ist!"

König Erydian wischte sich eine Träne aus dem Auge. „Das tut mir so leid, meine Tochter. Natürlich sage ich dir, wie du heißt. Du bist meine geliebte Tochter Amelia."

Amelia. Amelia. Shira wiederholte den Namen in Gedanken immer wieder. Es fühlte sich so gut an, einen richtigen

Namen zu haben. Glücklich lächelte sie ihren Vater an. Dann fiel sie ihm in die Arme.

Die Wachen gingen diskret ein Stück zur Seite und ließen Amelia und ihren Vater allein. Die beiden hatten sich so viel zu erzählen. Am liebsten hätten sie sich alles auf einmal erzählt. Doch dann fiel König Erydian ein: „Du hast bestimmt Hunger, meine Tochter. Wir haben noch viel Zeit zum Erzählen. Doch jetzt wollen wir erst mal essen, denn es ist Mittagszeit, und bestimmt ist der Tisch schon gedeckt. Du sollst heute mit mir zusammen, an meiner Seite essen!"

Nachdem Emith ausführlich mit Johrin und Jotan geredet hatte, fiel ihm plötzlich wieder der Ring ein. „Ich muss Jakob wecken!", sagte er erschrocken. Die Sonne stand schon hoch am Himmel, es musste bald Mittagszeit sein. Warum schlief Jakob nur so lange? Er ging zu seinem Bruder und weckte ihn.

Jakob schaute ihn erstaunt an. „Emith!", rief er freudig und umarmte ihn. „Du bist wieder da!"

„Ja, und der König hat mir einen Auftrag für dich gegeben!" Er zog das samtene Päckchen aus der Tasche. „Du sollst das hier zu König Erydian bringen."

„Ich? Wieso ich?", fragte Jakob verwirrt. „Können wir das nicht alle zusammen machen?"

„Der König hat gesagt, du sollst es tun", erwiderte Emith. „Und du sollst es so schnell wie möglich tun."

„Aber nicht, ohne vorher noch was zu essen", entgegnete Jakob und riss sich ein Stück Fladenbrot ab, das noch vom Frühstück übriggeblieben war. Er schaute zum Himmel und sagte: „Du meine Güte, es ist ja bald Mittagszeit! Warum habe ich nur so lange geschlafen?" Plötzlich fiel ihm ein, was er in der Nacht erlebt hatte, und er wurde blass.

„Ach du Schreck!", entfuhr es ihm und er sprang auf. „Es ist bald Mittagszeit und König Erydian soll heute Mittag vergiftet werden! Ich muss so schnell wie möglich zu ihm!"

Die anderen starrten ihn fassungslos an. „Was?", fragten sie entsetzt.

Da erzählte Jakob ihnen atemlos, was er in der Nacht erlebt hatte. Nun wurden auch alle anderen blass. „Du hast nicht mehr viel Zeit!", sagten sie mit einem kritischen Blick zur Sonne. „Und es ist ein weiter Weg bis dahin!"

„Ich werde rennen, so schnell ich kann", versprach Jakob.

„Nimm den Ring mit!", sagte Emith und drückte ihm das Päckchen in die Hand.

XXXI. Wettlauf mit der Zeit

Es war für Shira – Amelia – wie ein Traum, an der Seite des Königs durch den Palast geführt zu werden in den großen Speisesaal, in dem der König immer aß. Wie betäubt nahm sie all die Pracht wahr, die sie überall sah. Immer noch konnte sie es nicht fassen, dass sie nach all den Jahren auf der Straße und in der Wüste nun ihren Vater wiedergefunden hatte. Und dass dieser Vater auch noch ein König war und sie als einzige Tochter eine Thronerbin! Wie sollte sie jemals mit diesem Gedanken fertig werden? Von einer Bettlerin zu einer Thronerbin! Wenn das kein Unterschied war!

König Erydian führte sie persönlich zum Esstisch und wies ihr den Platz an seiner Seite zu. Schon kamen Diener und trugen viele Platten mit Essen auf. Das Essen sah köstlicher aus als alles, was Amelia jemals gesehen hatte. Sie riss vor Erstaunen die Augen weit auf. Ihr Magen begann zu knurren. Bald würde sie das köstlichste Mal ihres Lebens genießen, so viel war klar!

Jakob rannte, so schnell er konnte. Er lief den Berg hinunter in die Stadt hinein, durch die engen Straßen und Gassen. Der Palast war zum Glück so groß, dass man ihn von Weitem schon sehen konnte. So war es wenigstens nicht schwer, den richtigen Weg zu finden. Doch der Weg war weit. Shenowee war eine große Stadt und der Palast ein ganzes Stück entfernt. Bald hatte Jakob das Gefühl, dass er nicht mehr konnte. Er war völlig außer Atem und er hatte heftiges Seitenstechen. Der Schweiß lief ihm in Strömen am Körper herunter. „Halte durch, du schaffst es", spornte seine Taube ihn an.

Jakob antwortete nicht. Er musste seine Kräfte schonen, sich völlig aufs Laufen konzentrieren. Plötzlich stolperte er über einen Stein und fiel der Länge nach hin. Er hatte sich beide Knie aufgeschürft sowie die Hände und das Kinn. Die Wunden brannten wie Feuer. Stöhnend blieb er am Boden liegen.

„Taube, ich kann das nicht", klagte er. „Ich bin nicht so stark wie meine Brüder. Warum muss ausgerechnet ich das machen?"

„Du schaffst das", ermutigte die Taube ihn. „Los, steh auf! Ich bin bei dir und ich gebe dir Kraft!"

Jakob stand auf. Alles tat ihm weh. Doch wenn die Taube zu ihm gesagt hatte, sie würde ihm Kraft geben, dann wollte er ihr vertrauen. So fing er wieder an zu laufen, trotz der Schmerzen. Aber immer noch schien ihm der Palast so weit weg und die Sonne stand bereits hoch am Himmel. Hoffentlich war es nicht schon zu spät!

Ein Diener kam und schenkte König Erydian und Amelia Getränke ein. Mit ihnen am Tisch saßen die Getreuen des Königs, seine treusten Minister, die schon jahrelang im Amt waren und denen er vertraute.

Der König erhob sein Glas. „Verehrte Freunde", sagte er. „Heute können wir unser Essen ganz besonders genießen, denn wir haben einen Grund zum Feiern! Meine Tochter Amelia, die ich tot geglaubt habe, ist in den Palast zurückgekehrt! Jetzt habe ich nicht nur meine lang vermisste Tochter wieder, sondern das Land Erydor hat auch seine Thronerbin zurückbekommen!"

Alle am Tisch rissen die Augen weit auf und fingen an, miteinander zu tuscheln. Amelia spürte die Blicke aller auf

sich. Doch das machte ihr nichts aus. An der Seite ihres Vaters, des Königs, fühlte sie sich stark und sicher.

Lena hielt einen Moment inne. Ja, jetzt wurde es ihr wieder klar: An der Seite ihres Vaters, des Königs, des Schöpfers und des allerhöchsten Gottes konnte auch sie sich sicher fühlen! Und das tat so gut nach all den Ängsten, die sie ausgestanden hatte!

Doch nun las sie erst mal gespannt weiter.

König Erydian strahlte sichtlich. „Heute ist der glücklichste Tag meines Lebens!", verkündete er mit erhobenem Glas.

Er konnte nicht ahnen, dass im hinteren Bereich des Speisesaals, unbeobachtet von allen anderen, jemand murmelte: „Ja, und der letzte!"

Atemlos erreichte Jakob schließlich den Palast. Die Wachen hielten ihn an. „Was willst du?", fragten sie barsch.

„Ich habe eine Botschaft für den König", erwiderte Jakob. „Ihr müsst mich schnell reinlassen!"

„Eine Botschaft für den König? Das kann ja jeder sagen!", antworteten die Wachen und machten keine Anstalten, Jakob durchzulassen.

„Bitte, es ist wichtig!", flehte Jakob. „Lasst mich schnell rein!"

„Hör zu, Junge, wir können nicht jeden in den Königspalast lassen! Wo kämen wir denn da hin? Scher dich weg!"

„Bitte!" Jakob wurde immer verzweifelter. „Es geht um Leben und Tod! König Erydian soll heute Mittag vergiftet werden!"

Jetzt wurden die Wachen erst richtig wütend. Einer der Männer packte Jakob am Arm. „Hör mir zu! Du hörst jetzt sofort auf, solche Geschichten zu erzählen oder wir lassen dich in den Kerker werfen!"

Jakob war verzweifelt. Er wusste nicht, was er noch tun sollte.

Hier war die Mail zu Ende. Lena ärgerte sich. Sie wollte so gern wissen, wie es weiterging. Was sollte sie nun machen? Oh, sie wusste schon, was! Das war jetzt fällig! Sie holte ihr Handy raus und rief Michaela an.

Michaela klang ein wenig unsicher am Telefon. „Hallo Lena", sagte sie leise.

„Hallo Michaela!" Lenas Stimme klang wieder fast so lebhaft wie früher.

„Ich wollte mich bei dir bedanken, dass du mich besucht hast und dass du meine Freundin bist, und dass du für mich da bist!"

„Oh!" Michaelas Stimme klang überrascht. „Ja … äh … na klar! Ist doch selbstverständlich!"

„Nein, ist es nicht!", widersprach Lena. „Ich hatte eine Zeit lang fast geglaubt, du willst gar nicht mehr meine Freundin sein."

„Wieso denn das?", fragte Michaela.

„Also, das war so …" Irgendwie spürte Lena plötzlich, dass sie Michaela erzählen konnte, was Joanne und Angelina gesagt hatten. Plötzlich war ihr wieder klar, dass die beiden gelogen haben mussten. Michaela würde so etwas nie tun! Sie war eine treue Freundin!

Als sie alles fertig erzählt hatte, platzte Michaela heraus: „Diese Zicken! Ich kann gar nicht mehr glauben, dass Joanne mal meine Freundin war!" Dann, nach einer Pause, sagte sie mit etwas gekränkter Stimme: „Aber dass du ihnen geglaubt hast, finde ich auch krass!"

„Ja", gab Lena kleinlaut zu. „Ich glaube, das war einfach, weil ich sowieso so fertig war. Das war mir alles zu viel, mit Toni und mit allem!"

„Verstehe." Michaela schwieg eine Weile. „Aber warum hast du mir nie davon erzählt? Wir hätten doch schon viel früher was dagegen machen können! Ich meine, kein Typ hat das Recht, dich so zu belästigen! Sowas muss man sich doch nicht gefallen lassen!"

Lena schwieg. Dann sagte sie leise: „Ich weiß es auch nicht. Manchmal verstehe ich mich selbst nicht. Aber irgendwie war mir das so peinlich. Ich habe mich geschämt und ich wollte nicht, dass das irgendjemand erfährt. Und dann kam ich auf die Idee mit den blauen Haaren und dachte, ich könnte das Problem damit aus der Welt schaffen. Naja, ich schätze, ich war ganz schön dumm!"

„Wirst du deine Haare jetzt eigentlich trotzdem so lassen?", fragte Michaela plötzlich neugierig.

„Ich weiß noch nicht. Nachgedacht habe ich schon darüber. Ich glaube, so ganz krass blau werde ich sie nicht lassen. Aber die kurzen Haare an sich gefallen mir schon ganz gut, und das Blau … vielleicht lasse ich ein paar blaue Strähnen und den Rest mache ich wieder blond!"

Michaela lachte. „Ja, das könnte dir stehen", meinte sie. „Ach übrigens, gerade ist eine neue Mail gekommen. Soll ich sie dir gleich schicken?"

„Gerne", sagte Lena. „Wie wär's, wenn du vorbeikommst, und wir lesen zusammen?"

„Gute Idee! Ich mache mich gleich auf den Weg."

Eine Viertelstunde später saßen Michaela und Lena gemeinsam auf dem Sofa in Lenas Zimmer und lasen.

XXXII. Jakob und die Verschwörer

Plötzlich fiel Jakob etwas ein. „Der Ring!", keuchte er. „Ich habe doch noch den Ring! Den soll ich dem König geben!" Atemlos zog er das samtene Päckchen aus der Tasche. Mit zitternden Fingern öffnete er es, begleitet von den misstrauischen Blicken der Wachen. Dann zog er den Ring hervor. Er strahlte golden im hellen Sonnenlicht. Jakob wunderte sich. In Erydor gab es noch keine Farben und somit waren Metalle, selbst Gold, nicht golden, sondern allenfalls silbern. Trotzdem strahlte dieser Ring golden.

Die Wachen nahmen ihn in die Hand und betrachteten ihn. „Das ist der Siegelring des Königs!", flüsterten sie. Wortlos befahlen sie Jakob, ihnen zu folgen. Jakob atmete auf. Nun war er tatsächlich im Palast. Hoffentlich war es noch nicht zu spät! Eilig schritten die Wachen voran, durch prächtige, breite Gänge, an deren Wänden viele dekorative Kerzenleuchter hingen. Doch Jakob hatte keine Augen für diese Pracht. Er hatte nur den einen Gedanken: Hoffentlich war es noch nicht zu spät!

Schließlich stießen die Wachen die Tür zum Speisesaal des Königs auf. Jakob sah, wie König Erydian vor einem prall gefüllten Teller saß und ein Glas in der Hand hielt. Neben ihm saß ein hübsches junges Mädchen, dessen Gesichtszüge Jakob irgendwie bekannt vorkamen, aber er wusste im Moment nicht, woher.

König Erydian erstarrte mitten in der Bewegung, als Jakob und die Wachen in den Speisesaal stürmten. „Wer wagt es, mich bei meinem Festessen zu stören? Ausgerechnet heute!", polterte er lauthals los und musterte Jakob wütend. In diesem Moment rief das Mädchen an seiner Seite: „Jakob! Was machst du denn hier?"

Sowohl König Erydian als auch Jakob selbst starrten die junge Frau verblüfft an. Einen Augenblick vergaß Jakob sogar, weshalb er überhaupt hier war. Woher kannte das Mädchen ihn?

„Woher kennst du ihn?", fragte jetzt auch der König.

„Er ist mein Freund", antwortete das Mädchen.

In dem Moment trat einer der Wachmänner vor, die Jakob hereingeführt hatten. Er hatte immer noch den Ring in der Hand. „Verzeiht, Majestät, dass wir hier so reinplatzen. Aber der Junge hatte das hier!" Er reichte König Erydian den Ring.

Erydians Augen weiteten sich vor Überraschung. Beinahe ehrfürchtig nahm er ihn entgegen. „Bisher hatte ich nicht an Wunder geglaubt", murmelte er. „Aber heute habe ich gleich zwei erlebt!" Dann wandte er sich an Jakob: „Junge, woher hast du den Ring?"

Jakob antwortete: „Mein Bruder gab ihn mir, und der hatte ihn von unserem König mit dem Auftrag, ihn Eurer Majestät zu bringen!"

König Erydian sah ein wenig verwirrt aus. „Welcher König gab ihn dir?", fragte er. „Woher kommst du überhaupt?"

„Aus Colorania", antwortete Jakob. Dann fiel ihm plötzlich ein, weshalb er überhaupt hier war. „Majestät, verzeiht, dass ich euch hier gestört habe, aber ich muss euch etwas Wichtiges sagen, und ich bin froh, dass ich noch rechtzeitig gekommen bin. Ich wollte euch warnen: Esst euer Mittagessen nicht. Es ist vergiftet!"

König Erydian wurde blass. Das Mädchen neben ihm wurde auch blass. Durch den Raum ging ein Raunen.

„Was sagst du da, Junge?", fragte der König entsetzt.

„Esst das Essen nicht", wiederholte Jakob. „Es ist vergiftet!"

„Woher willst du das wissen?", fragte der König, der inzwischen kreidebleich geworden war und sein Glas auf dem Tisch abgestellt hatte.

„Majestät, ich schlief in der Nacht am Stadtrand hinter einem Felsen und da hörte ich, wie zwei Männer sich miteinander unterhielten. Sie hatten sich heimlich dort getroffen, und der eine sagte zum anderen, dass er dem Koch den Auftrag gegeben habe, so viel Gift in das heutige Mittagessen zu geben, dass nicht nur Ihr sterbt, sondern alle, die mit euch am Tisch sitzen!"

Jetzt ging ein noch lauteres Raunen durch die Menge. Einige der Männer standen entsetzt auf und kamen näher zu Jakob. „Ist das wahr?", fragten sie.

„Wie sahen die Männer aus?", frage der König.

„Ich konnte sie nicht genau erkennen, aber bei dem einen fehlte ein Stück vom Nasenflügel", erklärte Jakob.

Die Augen des Königs verengten sich vor Zorn. „Dann weiß ich schon, wer es ist ... Wenn das wahr ist ...", murmelte er wütend. „Wachen, lasst nicht zu, dass irgendjemand jetzt den Palast verlässt!", befahl er. „Und untersucht das Essen! Keiner rührt etwas an, bis geklärt ist, ob das stimmt, was dieser Junge sagt."

Cynthia war frustriert. Sie war nun schon so lange in diesem Gefängnis. Und immer, wenn sie sich bei der Taube beklagte, sagte diese nur: „Vertrau dem König. Alles wird gut!" Aber es wurde nichts gut! Im Gegenteil! Es wurde immer schlimmer! Jeden Tag wurde eine von ihnen weggebracht. Niemand wusste, wohin, und ob sie jemals wiederkommen würden. Mehrere der Mädchen, die jetzt nicht mehr da waren, waren gute Freundinnen von Cynthia gewesen. Ganz besonders Shira. Obwohl sie sie nur kurz gekannt hatte, hatte sie sie doch ganz besonders ins Herz geschlossen. Und sie vermisste sie.

An diesem Nachmittag weinte sie. Sie war so verzweifelt wie noch nie zuvor in ihrem Leben. Die Situation war einfach zu schrecklich und sie verstand nicht, warum der König nicht eingriff! Er hatte doch alle Macht, er konnte doch helfen! Das wusste Cynthia. Für ihn war nichts unmöglich! Und doch schien es ihr, als würde er nichts tun! Als würde er sie einfach im Stich lassen und tatenlos zuschauen, wie sie und die anderen Mädchen hier leiden mussten! Nein, diesmal verstand Cynthia den König wirklich nicht!

„Das kommt mir irgendwie bekannt vor", murmelte Lena.

„Wieso?", fragte Michaela, die kaum den Blick von der Geschichte wenden konnte.

„Naja, ich habe mich auch immer gefragt, wieso Gott mir nicht hilft in meiner Not!"

„Das Interessante ist aber, dass der König zu dem Zeitpunkt, als Cynthia dachte, er würde sie im Stich lassen, die Hilfe schon längst losgeschickt hatte. Die Rettung steht da doch kurz bevor. Cynthia weiß es nur noch nicht!"

„Ja", meinte Lena nachdenklich. „Das ist bei uns wahrscheinlich auch manchmal so. Wir denken, es passiert nichts, und in Wirklichkeit stehen wir kurz vor einem entscheidenden Durchbruch oder der Lösung unseres Problems!"

Michaela nickte. „Ja, ich glaube auch. Manchmal hat Gott unsere Gebete schon längst erhört und alles in die Wege geleitet, um uns zu helfen, und wir wissen es nur noch nicht!"

„Ich habe in der letzten Zeit viel im Psalm 23 gelesen", fuhr Lena fort und schlug ihre Bibel auf. *„Du hast mein Haupt mit Öl gesalbt, mein Becher fließt über. Nur Güte und Gnade werden mir folgen alle Tage meines Lebens, und ich kehre zurück ins Haus des Herrn lebenslang"*, las sie vor. „Das ist genau das, was Shira erlebt hat", meinte sie nachdenklich. „Als Bettlerin aufgewachsen, kam sie zurück in den Königspalast, wo sie eigentlich hingehört, und darf dort für immer bleiben."

„Ja, und mit Öl wurde man früher immer gesalbt, wenn man zum König eingesetzt wurde", ergänzte Michaela. „Das ist auch genau wie bei Shira, denn die wurde zur Thronerbin eingesetzt! Das ist wirklich krass, dass sie die ganze Zeit wie eine Bettlerin gelebt hat und nicht wusste, dass sie in Wirklichkeit Thronerbin ist!"

„Ja, manchmal erkennen auch wir nicht, wer wir eigentlich sind und was wir haben", meinte Lena nachdenklich. „Mir ist erst jetzt wieder klar geworden, welchen Wert ich habe. Aber in der ganzen letzten Zeit wusste ich das nicht. Im Gegenteil, ich habe an Gottes Liebe gezweifelt." Sie schwieg eine Weile nachdenklich. Dann meinte sie: „Manchmal frage ich mich immer noch, warum Gott das ganze Leid zulässst!"

Michaela überlegte. Dann sagte sie nachdenklich: „Darauf gibt es wohl keine einfache Antwort. Das einzige, was wir wissen, ist, dass er selbst schrecklich gelitten hat, als Jesus am Kreuz hing. Er hat seinen einzigen, geliebten Sohn leiden lassen, damit wir erlöst werden können. Er ist den extremsten Weg gegangen, um uns Menschen seine Liebe zu zeigen. Und es gab nur diesen einen einzigen Weg, uns zu erlösen. Deshalb hat er das getan."

„Ich habe mich so oft gefragt, warum Gott mich so leiden lässt", meinte Lena noch einmal.

„Nun ja, in deinem Fall", antwortete Michaela, „muss ich erstens sagen: Es war nicht Gott, der dich leiden lassen hat, es war Toni! Und ein bisschen warst du auch selbst schuld, weil du es niemandem erzählt hast! Ich glaube, die Frage, warum Menschen leiden müssen, ist so vielschichtig und es gibt so viele unterschiedliche Gründe dafür, dass wir das niemals ganz beantworten können werden. Aber eins weiß ich ganz sicher: Es ist nicht Gott, der will, dass wir leiden. So, wie ich ihn kennengelernt habe, ist er voller Mitleid und Liebe zu uns und willig, uns in allen schweren Lebenssituationen zu helfen. Und letzten Endes hat er dir ja auch geholfen!"

„Das stimmt", bestätigte Lena.

Michaela schlug ihre Bibel auf. „Ich habe neulich einen Vers gelesen, der mich sehr ermutigt hat. Psalm 40 Vers 1: *Beharrlich habe ich auf den Herrn geharrt, und er hat sich zu mir geneigt und mein Schreien gehört.* Fällt dir auf, wie sehr der Schreiber dieses Psalms hier betont hat, dass er *beharrlich* zu Gott geschrien hat? Darunter stelle ich mir nicht nur ein kurzes, halbherziges Gebet vor. Ich vermute, dass David, der diesen Psalm geschrieben hat, wie den Psalm 23 ja auch, ziemlich ernsthafte Probleme hatte. Und wenn wir in der Bibel seine Geschichte nachlesen, dann wissen wir, dass das tatsächlich der Fall war. Aber dieser Typ hat nicht aufgegeben! Er hat nicht gesagt: Ach, das erste Gebet hat Gott nicht erhört, das bringt alles nichts! Nein, er hat zu Gott geschrien, und das nicht nur einmal, sondern so lange, bis Gott ihm geholfen hat! Beharrlich halt! Das zeigt mir, dass wir niemals aufgeben dürfen, egal wie schwierig vielleicht alles aussieht!" Michaela hatte sich richtig ereifert. Nun errötete sie und sagte: „Oh, jetzt habe ich dich ja echt vollgequatscht!"

Lena lachte. „Danke für die Predigt! Die war nicht schlecht!"

Jetzt lachte Michaela auch. Dann lasen sie weiter.

Bald hatte sich bestätigt, was Jakob gesagt hatte: Das ganze Essen des Königs war vergiftet! Man hatte gründliche Nachforschungen angestellt und herausgefunden, dass jedes der Worte Jakobs wahr war. Daraufhin hatte man den Koch, eine Küchenhilfe und zwei weitere Angestellte des Palasts festgenommen. König Erydian persönlich hatte Jakob zu den Gefangenen geführt und sie ihm gezeigt, und Jakob konnte bestätigen, dass die beiden Männer dabei waren, die er in der Nacht belauscht hatte. Jakob atmete auf. Er war so froh, dass er König Erydian rechtzeitig hatte warnen können und den Verschwörern das Handwerk gelegt hatte.

XXXIII. Jakobs Belohnung

Nachdem das alles vorbei war und sich die größte Aufregung gelegt hatte, stand Jakob ein wenig verloren in einer Ecke des Palastes herum. Er wusste nicht, was er jetzt tun sollte. Da kamen zwei der Diener des Königs auf ihn zu und sagten: „König Erydian hat befohlen, dass wir deine Wunden versorgen, dich ins königliche Bad führen, dir etwas Frisches zum Anziehen geben und dich hinterher zu ihm bringen."

Jakob war überrascht. Das hörte sich gut an! Er hätte lieber zuerst etwas zu Essen gehabt, aber das hier war auch nicht schlecht, fand er. Bis über beide Ohren grinsend ging er mit den Dienern mit.

Eine Stunde später betrat er, sauber und mit edlen Klamotten bekleidet, erneut den Speisesaal des Königs. Wie die Angestellten des Königs es geschafft hatten, so schnell ein neues festliches Essen zu besorgen, wusste er nicht, aber der ganze Tisch war erneut voll beladen mit den köstlichsten Speisen. Jakob lief sofort das Wasser im Mund zusammen. Man bedeutete ihm, neben dem jungen hübschen Mädchen, das man ihm als Prinzessin Amelia vorstellte, Platz zu nehmen.

Wieder kam sie ihm irgendwie bekannt vor und er fragte sich, wo er sie schon einmal gesehen hatte. Plötzlich fiel ihm ein, dass die Prinzessin ihn ja offensichtlich auch kannte, denn sie hatte ihn mit Namen angesprochen. In all der Aufregung der letzten Stunden hatte er das ganz vergessen. Doch jetzt wandte er sich an die Königstochter. „Verzeiht, Prinzessin", fragte er schüchtern. „Aber ich habe mich gefragt, woher Ihr meinen Namen kennt!"

Doch in dem Moment wurde die Aufmerksamkeit Amelias von ihm abgelenkt und auch Jakob selbst drehte sich erstaunt um, denn plötzlich wurden Johrin, Jotan und Emith in den Saal geführt, ebenfalls mit festlichen, königlichen Gewändern bekleidet.

Jakob blieb vor Staunen der Mund offen stehen. Wo kamen seine Brüder denn jetzt auf einmal her?

Die drei Jungen wurden ebenfalls an den königlichen Tisch geführt und nahmen neben Jakob Platz. Keiner von ihnen sagte etwas, dazu war die Atmosphäre viel zu feierlich. Denn jetzt stand König Erydian auf und erhob sein Glas. „Zum zweiten Mal an diesem Tag erhebe ich nun mein Glas und verkünde, dass wir heute großen Grund zum Feiern haben. Und es kommen immer mehr Gründe dazu: Erstens ist meine einzige Tochter heute nach vielen Jahren zurückgekehrt! Zweitens ist mein Leben und das Leben all derer, die mit mir am Tisch sitzen, auf wunderbare Weise bewahrt worden. Eine Verschwörung wurde vereitelt, die von langer Hand geplant war und dem Königreich großen Schaden zugefügt hätte. Drittens ist auf ungewöhnliche Weise am gleichen Tag wie meine Tochter auch ihr Siegelring zu mir zurückgekommen! Der Ring, der sie unzweifelhaft als Thronerbin kennzeichnet." Er griff nach der Hand seiner Tochter und hielt sie hoch. Jetzt erst sah Jakob, dass sie den goldenen Ring trug.

„Und nun, meine verehrten Freunde, gebe ich meiner geliebten Amelia das Wort, denn es war ihr wichtig, etwas zu sagen."

Der König setzte sich und Amelia stand auf. Mit klarer Stimme erzählte sie:

„Wie ihr wisst, bin ich als kleines Kind entführt worden, und zwar von den gleichen Männern, die jetzt auch meinen Vater vergiften wollten. Sie waren von Anfang an darauf aus, die gesamte Königsfamilie auszurotten und den Thron an sich zu reißen. Heute hat sich das alles aufgeklärt und die Schurken sind im Kerker! Aber wir wollen uns nicht lange mit dem schlimmen Teil der Geschichte aufhalten. Mir ist nämlich etwas Wunderbares passiert und das will ich erzählen: Ich konnte als Kind meinen Entführern entkommen und schlug mich viele Jahre lang auf der Straße durch. Damals nahm ich zum Schutz eine neue Identität an: Ich gab mich als Junge aus und nannte mich Toto." An dieser Stelle unterbrach sie ihre Rede kurz und warf Johrin, Jotan, Jakob und Emith einen kurzen Blick zu. Diese rissen vor Überraschung die Augen weit auf. Doch Amelia fuhr fort: „Vor kurzer Zeit lernte ich diese vier Jungen kennen und sie wurden sehr gute Freunde für mich." Sie wandte sich jetzt direkt an die Jungen. „Es tut mir unendlich leid, dass ich euch belogen habe. Ihr seid die besten Freunde, die ich jemals hatte, und ich weiß, ihr hättet es verdient, die Wahrheit zu hören. Aber ich hatte zu große Angst, mich jemals wieder als Mädchen zu zeigen, weil ich mir nicht sicher war, ob man mich nicht immer noch verfolgte. Wie froh bin ich, dass ich euch wenigstens jetzt alles sagen kann, und ich hoffe so sehr, dass ihr mir verzeiht!" Sie machte eine Pause und schaute die Jungen bittend an. Johrin als der Älteste räusperte sich und sagte: „Natürlich verzeihen wir Euch, Prinzessin!" Die anderen Jungen nickten nur stumm.

Amelia strahlte sie an und sagte: „Danke! Vielen Dank! Aber bitte, tut mir den Gefallen und nennt mich nicht Prinzessin! Für euch bin ich Amelia!" Nun wandte sie sich wieder den anderen zu und erzählte ihre Geschichte weiter. Sie erzählte, wie sie dem König begegnet war, die Farben angenommen und die Taube bekommen hatte. Der ganze Saal hörte gespannt zu, ebenso wie König Erydian. Am Ende hatte König Erydian Tränen in den Augen und sagte: „Dieser König steht höher als ich. Wenn es mir erlaubt ist, würde ich ihn gerne kennenlernen und die Farben auch in mein Königreich bringen."

Amelia strahlte und antwortete, mit einem kurzen Blick auf ihre Taube: „Das freut mich, mein Vater! Und ganz sicher wird es dem König eine Freude sein, auch in dein Reich die Farben zu bringen."

Plötzlich fiel König Erydian etwas ein. „Wir haben ja noch gar nicht angefangen zu essen", meinte er. „Nun wird es aber Zeit!" Damit eröffnete er das Essen, sehr zu Jakobs Erleichterung, der es vor Hunger kaum noch ausgehalten hatte!

Bald griffen alle fröhlich zu und mit Sicherheit war das das glücklichste und denkwürdigste Essen, das in diesem Palast bisher jemals genossen wurde!

Nach dem Essen erhob sich König Erydian noch einmal und sagte: „Und jetzt möchte ich noch den tapferen Jungen belohnen, der mir den Ring meiner Tochter gebracht und außerdem die gemeine Verschwörung gegen mich aufgedeckt hat!" Er wandte sich an Jakob. „Gibt es irgendetwas, womit ich dir eine Freude machen kann?"

Jakob wusste gar nicht, was er sagen sollte. Damit hatte er nicht gerechnet! Doch in dem Moment flüsterte ihm die Taube etwas ins Ohr. Seine Augen begannen zu leuchten. „Ja, Majestät", sagte er schließlich. „Ich hätte da tatsächlich eine Bitte. Aus unserem Land sind fünfzig Mädchen entführt und in Euer Reich gebracht worden. Ich bitte Euch darum, diese Mädchen freizulassen und ihnen zu erlauben, in ihr Land zurückzukehren."

König Erydian, der Jakob mit unbewegter Miene zugehört hatte, sagte schlicht: „Selbstverständlich soll deiner Bitte stattgegeben werden."

Hier war die Mail zu Ende. Lena und Michaela lehnten sich entspannt zurück. „Dann ist ja doch alles noch gut ausgegangen", meinte Michaela schließlich.

„War doch klar, oder?", grinste Lena.

Plötzlich fiel Michaela etwas ein. „Ich glaube, ich muss jetzt los. Muss noch Gitarre üben. Morgen habe ich wieder Unterricht bei Johnny. Zum Glück gibt er mir jetzt Unterricht", sagte sie. Auf einmal kam ihr eine Idee. „Sag mal, willst du nicht mitkommen? Hattest du nicht auch irgendwann mal gesagt, du möchtest gern Gitarre lernen? Johnny macht das echt gut!"

Lena dachte nach. Ja, sie hatte mal überlegt, Gitarre zu lernen. Doch jetzt schien es ihr nicht mehr so reizvoll. Aber bei Johnny? Das wäre ja das, wovon sie immer geträumt hatte. Doch plötzlich kam Mirko in ihre Gedanken. Sie hatte in der letzten Zeit so oft mit ihm geredet und es war immer gut gewesen. Und dann war er zur richtigen Zeit da gewesen, um ihr zu helfen. Und sie hatte sich in seinen Armen ausgeweint. Ja, und irgendwie hatte sie hinterher ganz oft an diesen Augenblick denken müssen und daran, wie wohl sie sich in seinen Armen gefühlt hatte. Plötzlich schien ihr die Aussicht, bei Johnny Gitarrenunterricht zu nehmen, gar nicht mehr so reizvoll. „Ich glaube nicht", sagte sie zu Michaela.

Mirko stellte sein Fahrrad ab und drückte auf den Klingelknopf. Endlich hatte er sein Vorhaben in die Tat umgesetzt und war zu Großtante Lieselotte gefahren. Er hatte den ganzen gestrigen

Abend und die halbe Nacht über Lena nachdenken müssen und über diesen Kerl, der sie belästigt hatte. Der Gedanke daran machte ihn so wütend! Wie froh war er, dass er seine innere Unruhe gestern nicht einfach ignoriert hatte, sondern zu ihr gefahren war und ihr helfen konnte! Und er musste immer wieder an den Augenblick denken, als Lena sich in seinen Armen ausgeweint hatte. Wie sehr hatte er das genossen … Er wünschte sich durchaus, Lena noch öfter in den Arm nehmen zu können …

Doch nun musste er seine Gedanken auf anderes konzentrieren. Denn heute konnte er endlich das tun, was er schon so lange vorgehabt hatte!

Großtante Lieselotte öffnete die Tür. Sie freute sich sichtlich, dass Mirko da war. „Hallo, mein Junge", begrüßte sie ihn herzlich.

Mirko mochte es überhaupt nicht, „mein Junge" genannt zu werden, aber er schluckte seinen Ärger hinunter. So war seine Großtante nun mal. Er folgte ihr in das muffige Haus und riss wieder, wie immer, wenn er sie besuchte, ein paar Fenster auf. „Großtante, warum lüftest du nie?", murmelte er vor sich hin. Die Luft war Übelkeit erregend.

„Das ist aber sehr windig hier!", jammerte Großtante Lieselotte jetzt, als die Gardinen im Durchzug flatterten. Seufzend schloss Mirko eins der Fenster wieder. Er plauderte eine Weile mit seiner Tante. Schließlich wollte er nicht mit der Tür ins Haus fallen! Als er meinte, nun genug über belangloses Zeug geredet zu haben, räusperte er sich und sagte: „Großtante, ich weiß, du sprichst nicht so gern darüber. Aber kannst du mir noch etwas über Opa und seinen Jugendfreund Emil erzählen?"

Großtante Lieselotte zuckte ein wenig zusammen, als Mirko das sagte. Aber sie blieb gefasst. „Was willst du denn wissen, mein Junge?", fragte sie.

Da war es schon wieder – „mein Junge!" Oh, wie Mirko das hasste. Aber er sagte nichts dazu und antwortete nur: „Erzähl mir einfach was über die beiden. Was sie so zusammen gemacht haben, ihre Freundschaft ..."

Großtante Lieselotte dachte eine Weile nach, dann sagte sie: „Die beiden waren unzertrennlich. Allerbeste Freunde. Als Emil tot war, war dein Opa hinterher nie wieder derselbe. Ich glaube, dass er das nie ganz überwunden hat!" Sie wischte sich eine Träne aus ihrem Auge. „Mein Junge, ich bin so froh, dass Gott mir vergeben hat! Du glaubst nicht, wie sehr mich die Last dieser Schuld all die Jahre niedergedrückt hat. Es war buchstäblich die Hölle!"

Eine Weile schwieg sie, dann sagte sie leise: „Emil war ein sehr kreativer Junge, genau wie dein Opa. Er steckte voller verrückter Ideen und die beiden hatten viel Spaß miteinander. Dein Opa hat zu Emil immer gesagt: Du bringst Farbe in mein Leben! Und das war auch so! Wo dein Opa schon kreativ und verrückt war, zusammen waren sie unschlagbar! Sie hatten eine komische Idee nach der anderen, und sie setzten sie alle in die Tat um. Zum Beispiel ..."

Mirko hörte nicht mehr zu, obwohl seine Tante weiterredete. Irgendwas, was sie gesagt hatte, hatte eine Erinnerung in ihm ausgelöst. Aber was? Plötzlich fiel es ihm ein: Opa hatte zu Emil gesagt, er würde „Farbe in sein Leben" bringen. Farbe! Die erste Colorania-Geschichte hieß „Emith und der Herr der Farben". Die ganze Colorania-Serie drehte sich um Farben und darum, Farbe ins Leben zu bringen! Konnte es tatsächlich sein ...? Mirkos Herz pochte vor Aufregung. Konnte sein Opa, als Erinnerung an seinen Jugendfreund Emil, die Geschichten geschrieben haben? Natürlich konnte er den Namen in Emith verändert haben. Das war das Recht eines Autors, sich Namen selbst auszudenken oder Namen von realen Personen zu verändern. Während Großtante

Lieselotte immer noch weitererzählte, holte Mirko das Tagebuch seines Opas heraus. Mit pochendem Herzen schlug er die erste Seite auf, gab das Buch seiner Großtante und bat sie: „Kannst du mir vorlesen, was dort steht?“

Die Großtante hielt es sich ein Stück weiter von den Augen weg, um besser sehen zu können. Dann fing sie an zu lesen: *Meinem lieben Freund gewidmet, den ich immer noch vermisse. Im Gedenken an dich habe ich all diese Geschichten geschrieben, und ich habe sie liebgewonnen, die Menschen in Colorania. Aber vor allem liebe ich den König. Und mein Wunsch ist, dass alle, die das lesen werden, ihn kennenlernen. Den König, der mich geliebt und gerettet hat und der immer für mich da war in all den Jahren meines Lebens.*

Großtante Lieselotte hörte auf zu lesen. „Woher hast du das?“, fragte sie.

„Ich habe es auf dem Dachboden unseres alten Hauses gefunden“, erklärte Mirko. Seine Stimme zitterte. Er hatte soeben die Antwort gefunden auf das, was er sich die ganze Zeit gefragt hatte. Sein Opa hatte tatsächlich die ganzen tollen Geschichten geschrieben, die in seinem Freundeskreis so beliebt waren. Und er hatte es getan, weil er selbst Trost gefunden hatte in seinem Glauben an Jesus Christus. So, wie er selbst und auch Großtante Lieselotte diesen Trost gefunden hatten.

Großtante Lieselotte las weiter: *Emith und die letzte Schlacht,* las sie vor. Mirkos Herz pochte aufgeregt. „Steht da wirklich Emith und die letzte Schlacht?“, fragte er.

„Ja“, bestätigte seine Großtante.

Mirko strahlte. Er wusste noch nicht, wer die Geschichten immer per Mail an alle verschickte. Und wie der Mail-Schreiber überhaupt die Geschichten bekommen hatte. Und wie er auf die Idee gekommen war, sie auf diese Weise an andere weiterzugeben.

Aber eins wusste Mirko: Er hielt gerade den letzten Band der Serie in seiner Hand.

Michaela wollte sich gerade von Lena verabschieden, da meldete sich ihr Handy. Sie hatte eine E-Mail bekommen. „Epilog" stand darüber. „Ich glaube, ich übe heute doch nicht mehr Gitarre", murmelte sie und leitete die Mail sofort an Lena weiter. Lena öffnete auf ihrem Tablet die Mail und beide lasen:

Epilog

Die vier Jungen sowie die fünfzig Mädchen wurden von mehreren Soldaten König Erydians begleitet. Er hatte sie großzügig ausgestattet mit Kamelen, mit Lebensmitteln und Wasser.

Es war ein fröhliches Wiedersehen mit Cynthia und den anderen Mädchen gewesen und ein trauriger Abschied von Amelia und König Erydian. Aber vorher hatten sie noch mehrere Tage gefeiert, und alle Coloranier waren Ehrengäste gewesen. Der König hatte sich bei den fünfzig Mädchen aufrichtig für die Entführung entschuldigt. Er hatte ihnen erklärt, er habe nach einer Nachfolgerin für seine verstorbene Frau gesucht und in seinem Land keine geeignete gefunden.

Daraufhin habe er mit dem Schwarzen Meister ein Abkommen geschlossen, dass er ihm helfen wollte, gegen seine Feinde Krieg zu führen, wenn er ihm fünfzig der schönsten Mädchen seines Landes schickte. Durch Amelias Geschichte und durch die anderen Coloranier hatte König Erydian nun Farben angenommen, und er hatte jetzt eingesehen, dass der Schwarze Meister kein geeigneter Bündnispartner war. So war es nur folgerichtig, dass er das Abkommen kündigte und die fünfzig Mädchen in ihre Heimat zurückschickte.

Cynthia saß neben Linah auf dem Kamel, während die heiße Wüstensonne auf sie herabschien. „Ich habe Durst", murmelte sie.

Sofort zog Linah ihre Trinkflasche heraus. „Ich habe noch ein bisschen Wasser übrig“, sagte sie. „Hier, trink“, bot sie bereitwillig an.

Cynthia warf ihr einen erstaunten Blick zu. Dann nahm sie dankbar das Wasser an und trank. Anschließend drehte sie sich zu ihrer Taube um. „Es ist doch immer wieder erstaunlich, wie deine Liebe Menschen verändern kann!“, sagte sie leise zu dem König, den sie in den Augen der Taube sah.

Personenregister

Personen der Colorania-Geschichte:

König: der wahre Herrscher von Colorania. Hat die Farben ins Land gebracht

Emith: guter Freund des Königs von Colorania

Cynthia: beste Freundin von Emith

Der Schwarze Meister: Gewaltherrscher, der Colorania viele Jahre unterdrückt hat und jetzt noch einen Teil des Landes beherrscht

Tante Leah: Emiths Tante, bei der er lebt. Mutter von Johrin, Jotan und Jakob

Onkel Anohim: Emiths Onkel, bei dem er lebt. Vater von Johrin, Jotan und Jakob

Johrin: ältester Bruder von Emith (eigentlich nicht sein richtiger Bruder, sondern sein Cousin)

Jotan: mittlerer Bruder von Emith (eigentlich nicht Emiths richtiger Bruder, sondern sein Cousin)

Jakob (Emiths jüngster Bruder (eigentlich nicht sein richtiger Bruder, sondern sein Cousin)

Linah: Schwester von Cynthia

(Sinayah: beste Freundin von Cynthia)

(Berolunth: früherer Geheimagent, guter Freund des Königs, hat Emith und seinen Freunden schon oft geholfen)

(Gwinon: Fischer, guter Freund von Emith und seinen Freunden)

(Gero: Freund von Gwinon, hat früher Emith und seinen Freunden Schwierigkeiten bereitet, hat es später jedoch bereut)

(Meloman: Buchdrucker, Freund von Emith und Cynthia)

(Timon: arbeitet mit Meloman zusammen)

(Herr Murin: Wirt, hat seinen Gasthof gegenüber von Melomans Druckerei)

Meister Coro: Gelehrter in Atraria, der sich gut mit Landkarten auskennt

Häuptling Alafael: Beduinenhäuptlng, der Emith und seinen Brüdern hilft

Avi: Hirtenjunge bei den Beduinen

Toto: Junge, der in der Wüste versucht, Emith zu töten, sich später aber den anderen anschließt

König Erydian: König von Erydor, Nachbarland von Colorania

Personen:

Michaela: hat zuerst die E-Mails bekommen

Nico: bester Freund von Michaela, geht in ihre Parallelklasse

Mirko: erst vor kurzem in Nicos Klasse gekommen. Michaela hat ihn schon vorher kennengelernt

Lena: Klassenkameradin und beste Freundin von Michaela

Elli: Schwester von Nico

Tim: Kleiner Bruder von Nico

Anna: Schwester von Lena

Johnny: Bekannter von Michaela

Connor: gemeinsamer Freund von Michaela, Nico, Mirko und Lena

Joanne (Jo): Klassenkameradin von Michaela und Lena, war früher Michaelas beste Freundin, aber die Freundschaft ist kaputt gegangen

Angelina: Klassenkameradin von Michaela und Lena, Freundin von Joanne

Großtante Lieselotte: Großtante von Mirko, Schwester seines verstorbenen Opas

Onkel Günther: Onkel von Mirko. Mirko hat eine Zeit lang bei ihm gewohnt

Tante Gerda: Tante von Mirko, Onkel Günthers Frau

Emil: früherer Jugendfreund von Mirkos Opa. Durch Großtante Lieselottes Verschulden ums Leben gekommen

(Emilia: Frühere Klassenkameradin von Michaela, ist jetzt weggezogen)

Toni: Gitarrenlehrer von Michaela

Finn: Klassenkamerad und Kumpel von Nico

(Tante Nadine: Tante von Michaela)

(Pia: Tochter von Tante Nadine)

Die eingeklammerten Personen spielen in diesem Buch keine oder nur eine untergeordnete Rolle, jedoch in den anderen Teilen der Serie.

Der „Kampf um Colorania" geht weiter …

Wollt ihr wissen, wie es weitergeht?
Dann freut euch auf das große Finale in Band 7!

Emith und die letzte Schlacht

Noch einmal versucht der Schwarze Meister, die Herrschaft über Colorania zurück zu gewinnen. Mit großer List gelingt es ihm, sogar die Freunde des Königs zu täuschen.

Emiths Leben gerät dadurch in ernsthafte Gefahr. Und ist die Freundschaft zwischen Emith und Cynthia noch zu retten?

Währenddessen spitzt sich in Colorania alles auf den letzten, entscheidenden Kampf zu …

Michaela, Nico, Mirko und Lena versuchen immer noch herauszufinden, wer ihnen die Colorania-Mails schickt. Doch warum hat Mirko plötzlich ständig das Gefühl, verfolgt zu werden? Zu spät erkennt er, dass die Suche nach dem Mail-Schreiber gefährlicher wird, als er erwartet hatte …

Besucht doch auch einmal meine Website
www.anettesorge.de

Dort findet ihr immer die neusten Informationen zur Buchreihe, kostenlose Buchzeichen zum Ausdrucken und vieles mehr.

Ihr könnt mir auch schreiben unter
hallo@anettesorge.de
oder einen Kommentar in das Gästebuch der Website schreiben.

Ihr findet mich auch auf facebook:
www.facebook.com/AutorinAnetteSorge

Ich freue mich, von euch zu hören!

Eure Anette Sorge

Der Kampf um Colorania
Band 1

Die Schwarzen Ritter haben das Land Colorania unter ihre Kontrolle gebracht. Als Emith erfährt, dass sie ihm nach dem Leben trachten, muss er fliehen. Mit seiner Freundin Cynthia begibt er sich auf eine gefährliche Reise.

Ärger mit den Mitschülern und Streit zu Hause. Schlimmer könnte es nicht kommen, findet Michaela. Doch plötzlich bekommt sie geheimnisvolle E-Mails, in denen sie Emiths Geschichte liest. Bald merkt sie, dass dessen Abenteuer auch ihr eigenes Leben verändern.

Alter: 9–99 Jahre.

Der Kampf um Colorania
Band 2

Der Kampf um Colorania geht weiter!

Emith hat sich das alles ganz anders vorgestellt. Der König ist plötzlich verschwunden und hat nur eine Taube hinterlassen. Wer ist der Unbekannte, der den Anschlag auf ihn verübt hat? Und was verbirgt sich hinter dem geheimnisvollen Medaillon?

Fragen über Fragen. Als Emith versucht, sie zu lösen, gerät er in Lebensgefahr ...

Der Kampf um Colorania
Band 3

Emith und Johrin werden vom König damit beauftragt, einen Schatz zu finden und nach Colorania zurückzubringen. Doch sie haben Gegner, die das mit allen Mitteln verhindern wollen. Auf ihrer abenteuerlichen Reise müssen sie sich gegen viele Feinde zur Wehr setzen und eine schwerwiegende Entscheidung treffen ...

Michaela, die sich freut, endlich wieder Colorania-Mails zu bekommen, lernt auf eine äußerst dramatische Weise den undurchsichtigen Johnny kennen. Was verbirgt er nur vor ihr?

Als er spurlos verschwindet, machen sich Michaela, Nico, Lena und Connor auf die Suche, um ihm zu helfen. Dabei decken sie ein dunkles Geheimnis auf und Michaela gerät in eine gefährliche Situation.

Der Kampf um Colorania
Band 4

Emith und seine Freunde sind wieder im Auftrag des Königs unterwegs. Diesmal treten sie eine Seereise an, um die Farben zu einer weit entfernten Insel zu bringen. Doch ihr alter Widersacher, der Schwarze Meister, hat bereits Pläne geschmiedet, um das zu verhindern. Außerdem spielen sich auf der Insel merkwürdige Dinge ab.

Was hat es mit den geheimnisvollen Spiegeln auf sich? Und welchen Plan verfolgt die undurchsichtige Frau Rodrian?

Während Emith und Cynthia in dem unterirdischen Spiegellabyrinth herumirren, muss Johrin ein Rätsel lösen, das über Leben und Tod entscheidet.

Auch Michaela und Nico stehen vor neuen Herausforderungen. Nicos Smartphone verschwindet und ihm kommt ein furchtbarer Verdacht. Gleichzeitig sorgt ein neuer Mitschüler in seiner Klasse für Wirbel ...

Der Kampf um Colorania
Band 5

Ein nächtlicher Hilferuf veranlasst Emith und seine Freunde, eine weitere gefährliche Reise zu unternehmen. Diesmal geht es nach Shantakan, ein Nachbarland von Colorania. Bald schon stellen sie fest, dass dort nicht alle Dinge so sind, wie sie auf den ersten Blick scheinen. Bei ihren Ermittlungen geraten sie zunehmend in Verwirrung, bis sie nicht mehr wissen, wem sie überhaupt noch trauen können. Als dann plötzlich Jotan verschwindet, wird die Reise zu einem Kampf um Leben und Tod ...

Mirko versucht weiterhin herauszufinden, was es mit den Zeichnungen seines Opas auf sich hat und stößt dabei auf eine erschütternde Familientragödie.

Michaela bekommt Besuch von ihrer Tante Nadine und deren Tochter. Bald stellt sie fest, dass ihre Tante ausgerechnet mit ihrer Erzfeindin Emilia ein Geheimnis teilt. Was steckt dahinter?